The Berserker
Rises to Greatness.
黒の召喚士 16
迷井豆腐
Illustration
ダイエクスト、黒銀(DIGS)
JN105243

ケルヴィン
Kelvin
「何ですとっ⁉」

『雷《あずま》』
天から地に落とされるようにして、
スズの踵落《かかとお》としが
オッドラッドの頭部へと見事に決まる。
動作の大きい筈《はず》の攻撃だというのに、
その攻撃速度はオッドラッドの連続技よりも数段素早い。

シン Sin
「——きいええええええええ——！
リオルドの仇《かたき》い——！」

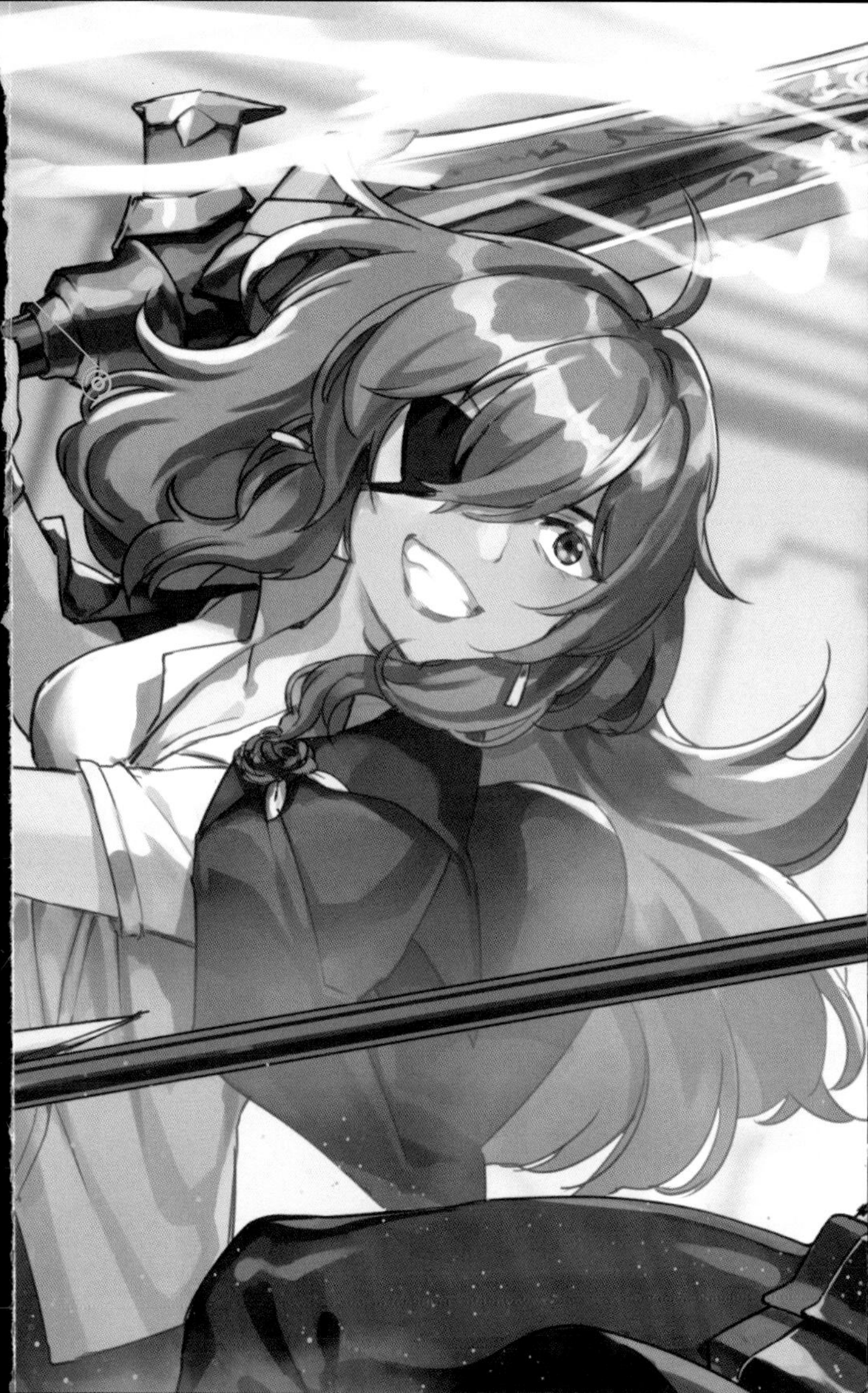

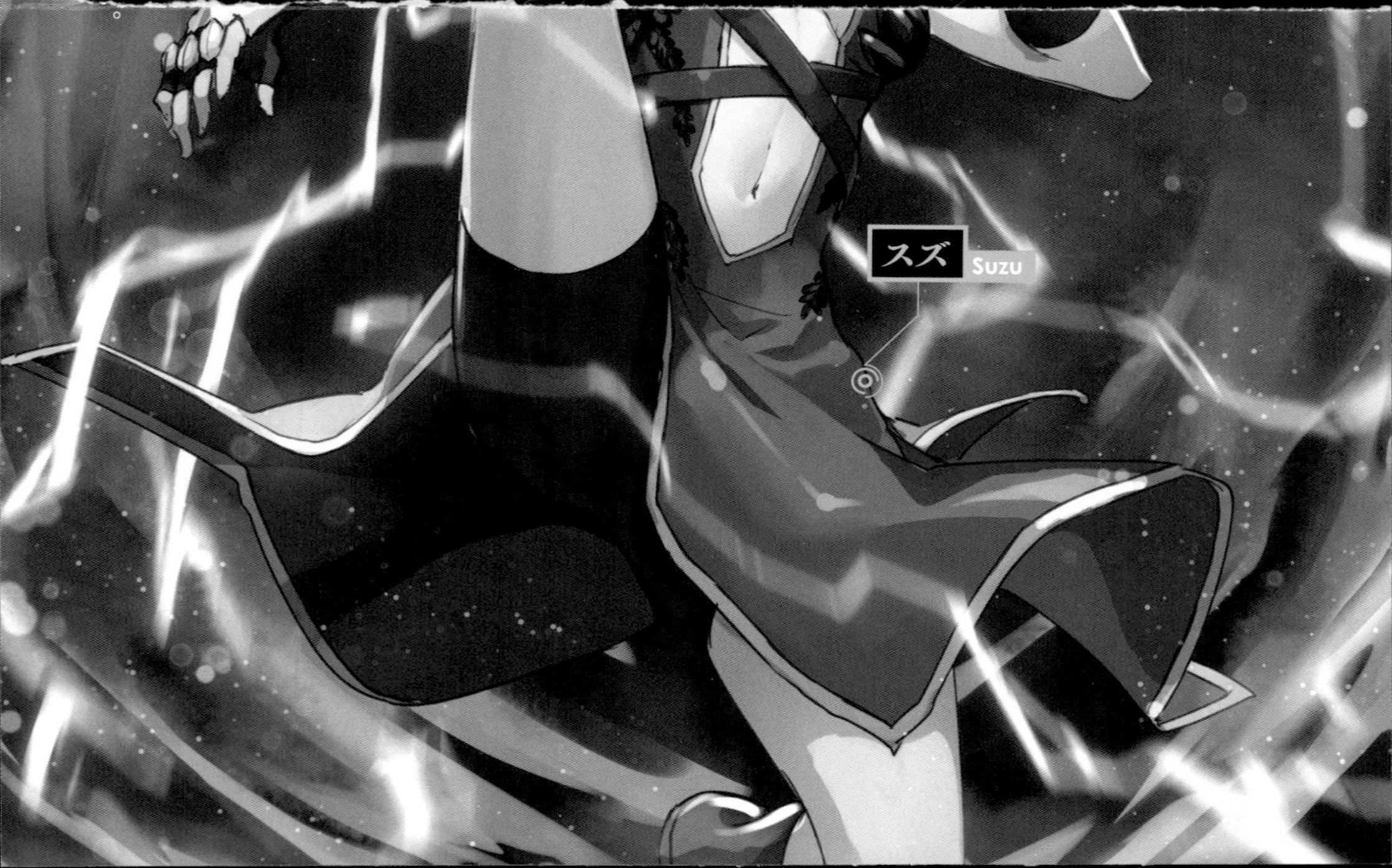
スズ
Suzu

黒の召喚士 16

迷宮国の冒険者

迷井豆腐

OVERLAP

黒の召喚士

The Berserker Rises to Greatness.

登場人物

ケルヴィン・セルシウス

前世の記憶と引き換えに、
強力なスキルを得て転生した召喚士。
強者との戦いを求める。二つ名は『死神』。

ケルヴィンの仲間達

エフィル

ケルヴィンの奴隷でハイエルフの少女。
主人への愛も含めて完璧なメイド。

セラ

ケルヴィンが使役する美女悪魔。かつての魔王の
娘のため世間知らずだが知識は豊富。

リオン・セルシウス

ケルヴィンに召喚された勇者で義妹。
前世の偏った妹知識でケルヴィンに接する。

クロト

ケルヴィンが初めて使役したモンスター。
保管役や素材提供者として大活躍！

クロメル

瀕死だったクロメルがケルヴィンと契約したこと
で復活した姿。かわいいだけの、ただのクロメル。

メルフィーナ

転生を司る女神（休暇中）。
ケルヴィンの正妻を自称している。よく食べる。

ジェラール
ケルヴィンが使役する漆黒の騎士。
リュカやリオンを孫のように可愛がる爺馬鹿。

シュトラ・トライセン
トライセンの姫だが、今はケルヴィン宅に居候中。
毎日楽しい。

アンジェ
元神の使徒メンバー。
今は晴れてケルヴィンの奴隷になり、満足。

ベル・バアル
元神の使徒メンバー。激戦の末、姉のセラと仲直り。天才肌だが、心には不器用な一面も。

神皇国デラミス

教皇が頂点に立ち、転生神を崇拝している。
西大陸の帝国と十字大橋で結ばれているが険悪。

コレット
デラミスの巫女。
勇者召喚を行った。
信仰上の病気を
患っている。

神崎刀哉《かんざき とうや》
日本から召喚された勇者。
二刀流のラッキースケベ。
恋心にはとても鈍感。

志賀刹那《しが せつな》
日本から召喚された勇者。
生真面目で、
刀哉のトラブルの
後処理係。

水丘奈々《みずおか なな》
日本から召喚された勇者。
火竜のムンちゃんを
使役する。ほんわか。

黒宮 雅《くろみや みやび》
日本から召喚された勇者。
ロシアとのクォーターで
不思議系帰国子女。

フィリップ
デラミスの教皇。
コレットの父でもある。
セルジュと同じく
古の勇者パーティーの
メンバーだった。

CONTENTS

イラスト／ダイエクスト、黒銀（DIGS）

第一章 ▼ 学園都市

　春の陽気に包まれた、居心地の良い日が続いている。このところのパーズは平和も平和で、突発的に凶悪モンスターが出現する事もなく、いつぞやの天使型モンスターが舞い降りてくる事もない。魔王や黒女神の影響は凄《すさ》まじかったんだな、なんて今更に身に染みて実感するほどだ。いやー、平和っていいよね。マジで平穏が一番ですわー。

「駄目だ、ピースが過ぎる……」

　私室の窓より頬杖《ほおづえ》をつきながら外を眺めていると、自然とそんな言葉がこぼれてしまった。全くの無意識である。やる気のない俺の台詞《せりふ》を嫌ってなのか、近くの木の枝に留まっていた小鳥がパタパタと飛び去っていった。いや、別に平和を脅かそうとか、そんな意味で言ったんじゃないからね？

　ついひと月前、俺はバトルラリーを思う存分に堪能しながら大陸中を駆け巡った。あれほど楽しいひと時はクロメルとの決戦以来で、今でも目を瞑《つぶ》れば、その時の光景が瞼《まぶた》の裏に鮮明に甦《よみがえ》る。しかし、それも一ヵ月も前の事。それからは結婚を控えての諸々《もろもろ》の挨拶回り、歓迎の酒盛り、お立ち台阻止、新たな女神関連の行事に参加するなどのせいで、バトルとは程遠い生活を強いられていた。このままではいくら理性的な戦闘狂だって、ストレスで悶《もだ》えてしまうというもの。せめて仲間達《たち》との模擬戦でも挟み、欲求を解消したいところだ。

「あ、でも義父《とう》さんとの殴り合いは良かったかも」

「何のお話ですか、ご主人様？」

俺のふとした呟《つぶや》きにエフィルが反応。聞かれてしまったかと頬をかきながらも、エフィルになら正直に打ち明けても大丈夫だよな、などと思ったり。

「いやさ、このところ本腰を入れて手合わせしたり、思いっ切り体を動かしてモンスターを倒したりする事がなかっただろ？　それで、ちょっとだけバトル分が不足しているというか……」

「最近は皆さんも予定尽《ず》くめで、なかなか時間に余裕がありませんでしたものね。でしたらご主人様、今からでも地下修練場に向かいませんか？　不肖ながらこのエフィル、ご主人様のお相手をさせて頂きます」

エフィルは胸に手を当て、さあさあ！　とやる気に満ちた様子だ。そのやる気は大変嬉《うれ》しい。嬉しいが――

「そうやって俺を喜ばせようとしたって駄目だぞ。仕事をするのはまだいいけど、戦闘行為は絶対に禁止だってこの前決めただろ？　本当ならメイドの仕事だって、少しずつ減らしていかないといけないくらいだ」

「そ、そんなぁ……」

「ぐっ……！　な、涙ぐんだって駄目なもんは駄目なんだ」

以前の俺ならば、エフィルの誘いに意気揚々と乗っていた事だろう。しかし今は、そうしてはならない理由が、絶対に許されない理由がある！　手合わせしようぜ！　と、そう叫びたい気持ちを泣く泣く抑え付け、俺は己に打ち克《か》つのであった。

「新しい命が宿った事が分かってから、もうそろそろひと月だ。エフィル、俺や皆の気持ちを分かってくれ」

「も、申し訳ありません。頭では分かってはいるのですが、つい……」

そう、めでたい事にエフィルは、俺の子を身ごもったのだ。バトルラリー後、自身の管理も万全なエフィルにしては珍しく、体調を崩して熱を出したり吐き気に襲われたりと、そんな日々が暫《しばら》く続いていた。俺が回復魔法を施しても症状は変わらず、流石《さすが》にこれはおかしいと俺とジェラールが心配する。不安は餌付けされた偉大なる竜王達にも広がっていき、急いで医者に、いや、コレットに見せるべきだと、最終的には家族内での騒ぎに発展。そんな中、副メイド長であるエリィが待ったをかけて、こう宣言したのだ。

『おめでとうございます、ご主人様。ご懐妊ですよ』

『おめでた～♪』

リュカが追撃の宣言を投げ掛けてくれるも、この時の俺はその言葉を瞬時に理解する事ができなかった。思わぬタイミングで仮ひ孫ができてしまったジェラールと顔を見合わせ、またエリィを見てマジかと再確認。力強く頷《うなず》かれる。そうしてからやっと顔を赤らめているエフィルへと振り向き、よくやったと声を掛けるに至った訳だ。男とは、肝心な時に頼りないものよ。

『正妻的に、私が一番乗りだと思っていましたのに……』

『メルはクロメルがいるから、ある意味で一番乗りしてるじゃないの。ま、私は順番なんて気にしないわ！　こういう時は女の器の大きさを示すべきだって、ゴルディアーナが言ってたもの！』

『セラお姉ちゃん、後半の台詞は心の中にしまっておくべきだと思うわ』

『くぅ～……！　回数か、やっぱり回数なのかっ⁉　悔しいけどおめでとう、エフィルちゃん！』

『エフィルねえ、お腹《なか》触ってみてもいい？　え、まだ動かないの？』

『わあ、早くも妹ができるのですね。パパ、ナイスです』

尤《もっと》も、この時に動揺していたのは何も俺やジェラールに限った事ではなかった。誰が何と言ったのか、そこまで話す気はないが、まあ女性陣も結構なもんだったよ。けど最終的には、まあエフィルなら順当だよね、といった感じで意見がまとまったらしい。

それ以降も家族内で色々な意味で騒ぎになったのだが、話し合いの末、エフィルが戦闘に参加するのを全員一致で禁止する事に。たまにこうして誘惑される事もあるが、俺は鋼の意志で注意を促すに徹している。一方でメイドの仕事だけはエフィルが頑《かたく》なに譲ろうとしなかった為《ため》、妊娠初期である今だけ、それも無理をしない範囲で行う事を条件に、渋々許可を出した。エリィ達にこっそりとフォローをお願いしたり、陰ながら仕事量を減らしたりと努力はしているけどな。

「エフィルは俺の理解者筆頭だ。謝らなくたって、俺を想《おも》っての事だって分かってるよ。それで、調子はどんなもんだ？　味の好みが変わって、料理するのに苦戦していたみたいだけど？」

「あ、はい。リュカに味見をお願いして、何とか調整しています。工程と分量さえきっちり仕上げれば、ほぼほぼ完璧にできあがりますし」

「そっか。でも本当に無理はしないでくれよ。少しでもやばいと思ったりお腹が膨らみ始めたりしたら、もう絶対安静だぞ？」

「ええ、重々承知しています。なので、今だけは私の我が儘《まま》にお付き合いください」

ニッコリと微笑《ほほえ》むエフィル。そんな顔をされては、もう俺からは何も言えなくなってしまうではないか。存分に奉仕されてしまうではないか。俺の鋼の意志はいつまで持つだろうか？

「……ん？」

　何だかいい雰囲気になっている最中、部屋の外からドタドタという焦ったような足音が聞こえてきた。耳を澄ませば、その足音がこの部屋へと近づいているのが分かる。何だ何だ、緊急時でなければ廊下は走るなと家訓で決めてるってのに。セラもしくはリュカ、大穴でダハクかフーバーかな？　全く、いっちょ注意してやるか。

　――バタァーン！

　勢いよく開かれる扉。おいおい、扉をそんな風に開けるもんじゃありません。お行儀がなってないぞ、なんて咎《とが》めようとしたら、開かれた扉の先にいたのは意外にもリオンだった。リオンらしからぬ行動に驚いてしまい、なかなか第一声が出てこない。そうこうしているうちに、リオンは一枚の紙を俺達に向かって突き出す。

「ケールにぃぃ――――！　ルミエストからの合格通知書、今届いたよぉ――――！」

「マジかぁ――――!?　リィオ――――ンようやったぁ――――！」

　これまでの行動を、俺は秒で許した。そして胸に飛び込むリオンを当然の如《ごと》くキャッチし、暫くその場でクルクル回って祝福。何がどうしたと話す事は山積みなんだろうが、今はこの触れ合いが最優先なのである。

◇　◇　◇

学園都市ルミエスト、西大陸に位置する世界有数の学《まな》び舎《や》とされ、各地から王族貴族が集う名門中の名門。入学する為の条件は大変厳しいらしく、中にはロイヤルファミリーなのにその条件を満たせず、入学を断られた者も過去にはいたそうだ。地位と才能、或《ある》いはそれらを補う何かがないと、とてもではないがルミエストに入り込む余地はない。その分、入学してからの指導は超一流。武術や魔法に止《とど》まらず、あらゆる分野の勉学を最高の環境下で行う事ができるのだ。

ルミエストについての説明は、まあこんなところだろうか。では、そもそもなぜリオンがルミエストからの合格通知書を持ってきたのか、その経緯について話そうと思う。時は遡り、俺がバトルラリーを終えて数日が経過した辺りへ。ここ最近の行動と同様に、その時の俺は既に戦いを謳歌《おうか》する暇がなく、結婚などの準備を進めているところだった。

屋敷に戻り、少し休憩を――慣れない疲れを少しでも緩和する為に、バルコニーに置いたデッキチェアへと身を沈め、ぐったりする俺。戦いならいくら明け暮れても疲れを感じないのに、贔屓《ひいき》する事なく平等に用意を整える行為は、何と難易度の高い事か。まあ兎《と》も角《かく》、俺は心底ぐったりしていた。

「えっと、ケルにい。今、ちょっといいかな？」

「……リオン？　リオンかっ!?」

戦闘行為を抜かすとなれば、俺の精神的な回復ポイントは実に少なくなる。しかしそんな数少ないポイント、妹成分を補給する絶好のタイミングが、向こうからやって来た。当然、俺はすぐに飛び起きる。兄として至極真っ当な反応だろう。

「あはは、ケルにい凄《すご》い反応速度だね。バトルラリーの時よりも速いんじゃない？」

「兄として、今の俺が秘める最高速度を叩《たた》き出すのは当然だろ？　それで、どうしたんだ？　兄妹水入らずで駄弁《だべ》るなら、俺は大歓迎だぞ。その間の回復速度も倍々だ」

「もちろんオッケーだよ。でもね、その前に見せておきたいものがあって……これ、なんだけど」

「んん？」

リオンが何かの冊子を差し出してきた。もちろん、俺は素直に受け取る。大きく印字された文字を読むと、そこにはルミエストと記されていた。どうやら可愛《かわい》い可愛い我が妹は、ルミエストの資料を携えながらやって来たようである。

「これ、シュトラやコレットが卒業したっていう、学園都市の紹介資料じゃないか。何でリオンがこれを？」

「えっと、実はね……僕、そこで学園生活を送ってみたいんだ」

「……」

――バサリ。

　ショックの大きさのあまり、俺は受け取った資料を床に落としてしまった。え、今何て言った？　学園生活？　リオンを、西大陸のルミエストに通わせるって事か？　屋敷から通わせるのは現実的じゃない。って事は、寮生活？　俺と離れての生活？　そりゃ学園都市って言うくらいだもの、寮くらいはあるだろう。だけどさ、その寮って本当に安全？　未知の勢力からS級魔法をぶっ放されても、ちゃんと耐えられる設計になってんの？　いや、そもそもの話さ、リオンをどこの野良犬とも知れぬ若人共と一緒に生活させるなんて、許される事じゃないからね？　で、俺との距離はやっぱり離れちゃう感じ？

　そんな疑問と確認の問答が並列思考内で繰り返し行われ、外見的には停止状態になってしまう俺。しかしリオンはこうなる事も織り込み済みだったようで、俺が再起動するまでしっかりと待っていてくれた。

「――ッハ！　今、俺止まってた!?」

「うん、ピクリともしなかったね。はい、その間に落とした資料を拾っておいたよ」

「あ、ああ、それはすまなかった……」

「あとね、この資料を見てもらえば分かると思うけど、寮は男女で厳重に分かれているから安心だよ！」

「……ええと、さっき俺、考えていた事が声に出てた？」

「ううん、僕の予想。ケルにいなら、まずはそこを心配するんじゃないかと思って」

「な、なるほど」

俺はリオンが兄の事をよく理解してくれていると喜ぶ反面、リオンをルミエストに行かせる事には賛成しかねていた。だってさ、寮は別々だったとしても、学園自体には男の生徒もいるんだろ？　思春期真っ盛りの、飢えた男共がいるんだろ!?

そう強く抗議したいが、リオンの天使そのものの笑顔を前に実行する事ができない。

……などと俺が躊躇《ためら》っていると、次の瞬間に奴《やつ》は現れた。

「話は聞かせてもらったぞい！　駄目じゃ、駄目じゃよリオン！　寮が男女で分かれていようとも、学園内には飢えた猛獣共が跋扈《ばっこ》しておる！　男は狼《おおかみ》なんじゃ！　ワシはそんな危険な場所に可愛いリオンを送るなんて、到底了承できん！」

わざわざ一階から登ってきたのか、ジェラールがバルコニーの手すりに手を掛けながら頭を出し、そう魂の叫びを上げたんだ。たまたま下の庭にいたのか、俺とリオンの会話が聞こえていたらしい。何という地獄耳である事か。だけど、俺が言いたかった台詞《せりふ》をそのまま言ってくれたその所業、今ばかりはグッジョブだ。リオンに見えぬよう、ジェラールに称賛のハンドサインを送っておく。

「確かに、俺もその点は心配だな。それにだ、ルミエストはそう簡単に入学できる場所じゃないんだぞ？　相応の推薦状が必要だったり、場合によっては大金を積んだりしなくちゃならない。周りはお偉いさんの関係者ばかりだろうし――何よりもリオンの事が心配なんだよ、俺達《たち》は」

　今が好機だとばかりに、ここで俺も不安要素を叩き込む。心優しいリオンの事だ。大好きな兄と爺《じい》がここまで反対したとなれば、考え直してくれるに違いない。

「そ、そっか。そうだよね。僕、転生する前は病弱だったから、学校にあまり行った事がなくって……少しの間でもいいから、そんな経験がしてみたかったんだ。ケルにいと結婚したら、もうそんな事もできないと思って……でも我が儘言っちゃったよね。ごめんなさい」

「「……（ズキン）」」

　やはりリオンは分かってくれた。頭まで下げてくれた。くれたけど、何だこの胸の痛みは？　凄い罪悪感だし、後味悪いし。これが俺達が求めていた結果なのか？　本当にそうなのか？

「お、王よ、ワシの信念がポキリと折れた音がしたんじゃが……」

「奇遇だな、俺もだよ。しかし、しかしだ！　ここで俺まで折れて、リオンの身に何かあってからじゃ遅いんだ！　致命的に遅い！」

　俺、何とか堪《こら》える。

「なるほどね、話は聞かせてもらったわ！　ここは私に任せなさい！」

「っ!?」

バルコニーの手すりの向こうより聞こえる新たな声。それが誰のものなのか、恋仲にある俺としては考えるまでもなかった。ジェラール同様庭の方からこの場所へとよじ登ってきたセラは、やけに自信満々な表情で登場。ねえ、何で皆そこから現れるの？　よじ登って登場する手法、君らの中で流行《はや》ってるの？

「セ、セラ、お前まで……いや、まあいいけどさ。で、どうした？」

「不安に不安を重ねる心配性な二人に、私が妙案を持ってきてあげたの！」

「「妙案？」」

「リオン一人で行かせるから不安になっちゃうのよ。それなら、頼りになる護衛役を一緒に入学させたらいいじゃない！」

「ほ、ほう……？」

セラめ、またとんでもない案を持ち込んできやがった。

「なるほど、護衛役か。それならワシや王も安心じゃな！」

「でしょう？　ふふん！」

「待て待て、待てったら待て。ジェラール、安心するにはまだ早い。ただでさえ入学条件が厳しいのに、リオンの他にどうやってその護衛役を入学させるんだよ？　人様の子まで入学支援をする余裕は、メルの食費、結婚費用やらの関係で我が家にはない。そもそも護衛なら、寮でも一緒じゃなきゃ意味がないんだ。男なんて以《もっ》ての外《ほか》。よってリオンと同性、尚且《なおか》つリオンと同等以上の力を持つ奴じゃなきゃ、俺は認めないぞ」

「むう、それは確かにのう。王の言い分も尤《もっと》もじゃわい」

俺はセラを説き伏せるつもりで、諸々《もろもろ》の理屈を織り交ぜた渾身《こんしん》の台詞を言い放った。そいつの力のみで入学ができ、リオンに匹敵する実力者。そんな奴、都合よくいる筈《はず》がない。そう確信していたからだ。だが、俺の言葉はセラの表情を崩すには至らなかった。

「なら問題ないわね。今ケルヴィンが言った条件ね、私の自慢の妹、ベルなら全部クリアできるもの！　それじゃ次に帰省した時、父上とベルにお願いしましょう。二人とも、きっと力強く頷《うなず》いてくれるわ！」

「えっ、ベルちゃん？　ベルちゃんも一緒に入学できるの!?」

「そ、できちゃうの！　私と同じでベルったらお姫様だし、今の安定したグレルバレルカならお金の問題も些細《ささい》なもの。何なら、私が獣王祭で稼いだお金を使ってもいいし！　フフッ、それに妹と妹で相性も抜群よね～」

「え、ええー……」

この辺りから、話が俺の予想斜め上の方向へと傾き出していた。

◇　◇　◇

「話は聞かせて頂きました。パパ、私も学園に興味あります！」

リオンたってのお願いを渋々、それはもう仕方なしに了承した後の事だった。具体的には皆が食堂に集まり夕飯を取っていたんだが、徐《おもむろ》に愛娘《まなむすめ》のクロメルがそんな事を言い出したんだ。

――カラァーン。

本日二度目の衝撃、ショックの上塗りにスプーンを落としてしまう俺。一つにしてはやたらと響くなと思ったら、ジェラールも同様にスプーンを落としていた。どうやらお爺ちゃんも脳が処理できる許容範囲を超えてしまったようだ。うん、俺も理解するまでもう少し掛かりそうだから、ちょっと待ってね。

「……ええええ、えっと、ど、どゆ事、なのかなぁ？」

「クロ、クロメルや、お爺ちゃんにも分かぁーるように、言ってほしいなぁって」

やっと口から絞り出した俺とジェラールの言葉は、全くと言っていいほど舌が回っていない。あまりこんな醜態は晒《さら》したくないんだけど、こんなにも動揺が透けて見えては、言い訳のしようがなかった。

「リオンさんから学園都市ルミエストのお話を聞いたんです。何でもお年頃の子供は、早ければ私くらいの年齢で学び舎で勉学に励むのだとか。私ももう八歳ですし、一度お家《うち》を離れて新しい風の中で成長してみたいなと、そう思ったんです！」

「そ、それは素晴らしい心掛けじゃな。じゃけど、やっぱりお爺ちゃんは心配というか、何というか……」

言いたい事は明確だが、リオンに許可を出した手前、なかなか反対意見を言い出す事ができないジェラール。チラチラと俺を見て「王が止めて」とでも言いたげな視線を寄越《よこ》していやがる。いや、俺だって正面から止めたいけどさぁ！　こんなキラキラで純粋な瞳で来られるとさぁ！

「……クロメルの事が心配なのは、俺も同じ気持ちだ。けど、今はさて置こう。居心地の良い場所から離れて、自らを成長させたいっていうクロメルの強い想《おも》い、親として俺は尊重したい」

「パパ！」

「だが！　リオンとクロメルの二人をルミエストに入学させるのは、現実的に無理があるんだ。金もそうだけど、推薦人だって必要になる。如何《いか》にS級冒険者の家からだって、王族でもないセルシウス家から一気に二人もってのは――」

「――なるほど、状況を把握しました。できますよ、リオンさんとクロメルさんの入学」

「っ!?」

決死の説得を試みている最中に、凜《りん》とした声が食堂に響き渡った。そのあまりの美しさに、そして台詞内容の容赦のなさに、俺は思わず説得を中断してしまう。

「シュ、シュトラ……？」

　発言したのはシュトラ。そう、ここ最近は屋敷内でもなぜか大人の姿でいる事の多い、大人シュトラであった。家の中で毎日ドレス姿でいる訳にはいかないので、現在はお姫様らしからぬラフな格好だが、紅茶を淹《い》れたカップを片手に持つ姿は実に優雅である。クロメルに向かって優しげな表情を浮かべ、妙案がありますと暗に言っているようで――いや、実際あるんだろう。その優しげな表情が、今はとても恐ろしく感じられる。

「ルミエストへ入学する為《ため》の試験内容は実技、筆記、面接。そして成績のプラスアルファ要素となる特別推薦人、特別入学金の支払いがあります。クロメルさんは大変優秀な実力をお持ちですし、リオンさんに至っては言わずもがな。日頃から熱心に勉強に勤《いそ》しみ、礼儀作法も十分に弁《わきま》えていると言えます。よって試験内容について不安視する必要はないでしょう。実技試験に至っては、やり過ぎないか逆に心配になってしまうくらいです」

「「えへへ」」

　シュトラにべた褒めされ、自然と笑みをこぼしてしまう二人。あまりに真っ正面からだった為に、リオンは照れて頬を赤く染め、対してクロメルは純粋に喜んでいるようだった。兄で親な俺の鼻は高くなるばかり。そして不安も順調に募っていく。

「表向きはこれらを総合的に判断して合否が決定される訳ですが、ルミエストは家柄を重要視する傾向があります。唯一お二人の落とし穴になるとすれば、ここです。S級冒険者になる事で貴族の証《あかし》であるファミリーネームを得た私達セルシウス家ですが、冒険者上がりの親族がどの程度評価されるかは未知数。殆《ほとん》ど前例がないので、私にも予想がつきません。『女豹《めひょう》』のS級冒険者、バッケさんの双子の娘さんが入学できた事例もある事にはあるのですが、そもそものお二人は火の国ファーニスの姫でしたし……S級の力に畏怖して高評価とするか、伝統を守り正統な血筋の他貴族を優先するか、正直なところ評価を下す教官次第だと思います」

「なるほどね～。その点、ベルは何の問題もないわねっ！　同じくプリンセスだものっ！」

「ベルの場合、面接がちょっと心配だけどな」

「あっ！」

　確かに！　と、そんな顔で驚くセラ。そんだけベルがお姫様である事を強調するのなら、お姫様に護衛役を任せるのもどうかと思っちゃうんだけど。

「それでは、その不安要素をどのようにして排除するのですか？　先のシュトラの発言、何か奥の手があると見ました。私のクロメルの将来に関わる大切な事です。ここは入学を確実にしませんと！」

　唐突に眼鏡をして、なぜか教育ママ面を開始するメル。その伊達《だて》眼鏡、セラが白衣になってる時のアレだよね？　何、この時の為にわざわざ借りてきたの？

「方法は二つあります。先ほども少し触れた、特別推薦人と特別入学金です。後者は入学後の印象がよろしくなく、セルシウス家の財政を圧迫する可能性もありますので、今回は前者の方法を取ります。もうお分かりの方もいらっしゃるでしょう。ルミエスト首席卒業者として、私とコレットちゃんがお二人を推薦しちゃえば良いのです！」

　これで解決！　そんな勢いでババンと宣言しちゃうシュトラ。最後だけ、若干子供シュトラに引っ張られた感がある。だがこのお言葉は一大事、兄と父にとっての一大事であった。

「そ、そんな簡単にいくものなのか？　シュトラとコレットがルミエストの卒業生かつ首席だった事は知ってるけどさ、いくら何でもそこまでの決定力にはならないと思うけど？」

「いいえ、なります」

　きっぱりと真っ向から否定されてしまった。駄目だ、舌戦でシュトラに勝てる気がしない……

「首席で卒業するとはこれつまり、学園都市ルミエストより全幅の信頼を寄せられた事に通じます。かつてルミエストが認めた首席が、この入学希望者は期待できると判を押す。名ばかりが通る王族貴族よりも、よほど影響力があるのです。入学金や学費の免除まで、視野に入れて良いかもしれません」

「ほ、本当に？」

「わくわく……！」

「ええ、本当です。コレットちゃんはリオンさんとクロメルさんを溺愛、いえ、崇拝……？　コホン。兎《と》も角《かく》、好意的に見ている事は間違いありません。私の方からデラミスに連絡を入れておきますので、安心して試験に励んでくださいね」

「「わーい！」」

「「「……」」」

諸手《もろて》を挙げて歓喜する妹と娘、ガックシと肩を落として観念する父と爺《じい》。推薦人をわざわざ手配してくれて、お金も掛からない。更には護衛役として元神の使徒、しかも同性が同伴してくれるとなれば、もう反論材料はないだろう。無念、まことに無念である。

『ケルヴィンさん。リオンさんとクロメルさんが離れるからといって、がっかりする事ばかりではないと思いますよ？』

ふと、シュトラより念話が届いた。何事かと、自然にシュトラの方を向いてしまう。ちょうどシュトラは、ティーカップに口をつけているところだった。

『ルミエストへの入学は、お二人の人生経験に良い影響を与えるものです。しかしそれ以上に、ケルヴィンさんにとってまたとないチャンスでもあります。ここは一つ父として兄として、クロメルさんとリオンさんの夢を応援してあげましょう』

それからシュトラの話を聞いて、俺はリオン達《たち》を応援する立場に鞍替《くらが》えした。いや、別に学園に付いて行くとかそういう訳ではないんだが、確かに俺にとって実りある話だったのだ。シュトラは理性的なバトルジャンキーをよく分かっていらっしゃる。

◇　◇　◇

妹と愛娘、そしてシュトラに懐柔されてしまった俺は、セラ提案の護衛役をベルにお願いする為に、転移門を経て北大陸のグレルバレルカ帝国を訪れていた。同伴するのは提案者であるセラ、そしてベルと学園生活を共にする予定のリオン、クロメルである。

セラ曰《いわ》く超センスのある、俺の所感としては悪魔らしいユニークな装飾の為《な》された客室に通され、待つ事数分。まず最初にやって来たのは、我らが親馬鹿代表グスタフ義父《とう》さん。その立派な赤髭《あかひげ》を靡《なび》かせながら扉を破壊するという盛大な登場に、俺は思わず手を出しそうになってしまった。だって以前よりも、明らかにパワーが上がっているんだもの。バトルジャンキーの血が疼《うず》くんだもの。が、耐える。俺、偉い。

「「すごーい！」」

予想の斜め上な義父さんの登場に、リオンとクロメルは素直に喜び、パチパチと拍手で迎え入れる。セラは何をやっているんだ、という呆《あき》れたような表情になっているが、それに気付いていないのか、義父さんはご満悦な様子だ。

「セラ、お帰りぃ！　クロメルとリオンもよく来た、ゆっくりしていくといい！　愚息もおまけで歓迎してやろう。感謝せよ」

「相変わらず俺の扱いが酷《ひど》いっすね……」

「クフフ、照れ隠しというやつですよ。察してあげてください」

人数分のカップとティーポット、そして甘い香りのする焼き菓子を載せた配膳台を押しながら、客室に姿を現すビクトール。執事服に似た服装を纏《まと》っているからか、いつもとは違った印象を受ける。ただ、その特徴的な笑い声はいつも通りだ。

「ぬあっ!? ビクトール、貴様! 適当な戯言《たわごと》を言うでないわっ!」

「あら、流石《さすが》はビクトールね! よく分かってるじゃないの。父上はそんな感じよね～」

「セ、セラまでっ!?」

ほほう、嘘《うそ》は良くないよね。それにしても、この国も明るくなったものだ。義父さんが現役の魔王だった頃は、こんなやり取りなんてあり得なかったそうだし。この調子なら、案外ベルも快く了承してくれるんじゃなかろうか?

「クフフフフ、お褒めに与《あずか》り恐悦至極。ささ、茶と菓子をどうぞ。僭越《せんえつ》ながら、私のお手製のものです」

「うぐぐ、勘違いするでないぞ、愚息ぅ!」

「ははははっ……」

義父さんの見え見えな照れ隠しはさて置き、この焼き菓子マジで美味《うま》いな。小食で普段はあまり食べないクロメルも夢中になってる。ここにメルがいたら一瞬で平らげているところだが、クロメルはリスの如《ごと》く少しずつ食べてくれるので、安心感が違う。その、色々な意味で。

「待たせたわね」

それから更に数分後、本日の主役であるベルが漸《よう》くやって来た。さて、本題に行きますかね。

「――は？　何で私がそんな事をしなきゃならないのよ？」

「ですよねー」

世の中、そう旨《うま》くいく事ばかりじゃない。ベルに事情を話し、リオン達と一緒にルミエストへ行ってくれないかとお願いしてみたが、返答はこの通り無慈悲なものであった。しかも、心底嫌そうな顔である。

「ベルちゃん、僕と一緒は嫌だった、かな……？」

「え、ちょ、いや、そういう訳じゃないから！　リオン、その涙目は狡《ずる》いわよ!?」

「ベル、実はこれ、私が提案した話だったのよね。ベルなら身分も実力も、何より一番信頼できると思って推したのだけれど……どうやら私、ベルの気持ちを蔑《ないがし》ろにしていたみたい。姉、失格よね……」

「セラ姉様の提案!?　え、ええと、別に嫌がってるとかそういう訳じゃなくって、話が急だったから、単に驚いたっていうか……」

　何という事だ。早々に表情と態度に変化が見られる。リオンとセラに甘過ぎるぞ、この隠れ世話焼き。どれ、ここらで再確認してみようか。

「ふふっ、どうやら心変わりをしたみたいじゃないか。護衛の任、受けてくれるな？」

「は？　待ちなさいよ。何で貴方《あなた》が仕切るのよ？　百万回死になさいよ」

「あのさ、君ら親子揃《そろ》って俺に対する口悪くない？　言うにしても、もう少しオブラートに包んでほしいんだけど」

「十分包んでるわよ、これでも」

「えー……」

　厳しいのは表面上だけで、内心はそこまでない事は分かっている。けど、毎回これだと俺だって凹《へこ》む。まあ俺に辛《つら》く当たる分、セラ達には甘々なのだが。

「まあまあ、ベル様落ち着いてください。ささ、こちらの菓子をどうぞ」

「あら、これ新作？　前に作ってもらったブラッドケーキが美味《おい》しかったから、これも期待できそうね。うん、美味しいわ」

「クフフ、ありがとうございます」

「この美味しさに免じて、その依頼受けてあげる。でも勘違いしないでね？　仕方なくよ、仕方なく」

甘いベルは甘味にも弱かったらしい。まさか、ビクトール印の焼き菓子が決め手になってしまうとは。

「ほ、本当に？　わぁーい！　ベルちゃん、ありがとう！」

「落ち着きなさい。言っておくけど、馴《な》れ合う気はさらさらないからね。あくまで私は、二人の護衛に徹するだけだから」

「だとしても、僕はすっごく嬉《うれ》しいよ。頑張って三人一緒に、トリプル首席卒業を目指そう！」

「ングング……はい、頑張りましょう！」

「クロメル貴女《あなた》、あの女神の一部だったくせに、随分と食べ方が上品なのね……まあそれはさて置き、リオン、ちょっと自己評価が低過ぎるんじゃないの？　世界屈指の学園だか知らないけど、所詮は一般人に毛が生えた程度の人材が集まる場所。頑張るも何も、首席で卒業できない方がおかしいわよ。楽な仕事ね」

　ベルさんや、それって壮大なフラグを狙っての発言でしょうか？

「あ、それ知ってるわ。ケルヴィン風に言うと、壮大なフラグってやつ！　これを立てる事で大いなる何かが邪魔をして、ベル達が簡単には卒業できなくなるのよね！」

「セラ姉様、そいつの話を真に受けないで。頭がおかしくなるから」

「うわ、どでかい流れ弾が来た……」

確かに考えはしたけど、そう返されると思って口にはしなかったのに。

「待て待て待てぇ！」

「そんなに興奮してどうしたのよ、父上？　お腹《なか》でも痛いの？」

「パパ、いきなり大声出さないで。うるさいし、また血圧が上がるわよ？」

「うおおぉ、愛娘《まなむすめ》達が我を心配してくれている！　その言霊が身に染みるぅ……！って、そうではなかった！　なぜにベルが学園などに行く必要があるのだ!?　愚息の話を聞くに、その場所には人間の男、それも若い狼《おおかみ》共が巣くうそうではないかっ！　駄目だ、危険過ぎる！　パパは許しませんっ！」

誰もが予想した通り、義父さんは猛反対の立場を取るらしい。今はセラベルの言葉に感動しているから良いが、これ以上ボルテージが上がってしまうと、『憤怒』の固有スキルが発動してしまいそうだ。しかし――

「――義父さん。残念ながらその話題、もうけりが付いているんです。それ以上は不毛なんです」

「愚息ぅ!?　貴様、確か我と同じスタンスだったではないかっ!?　ええい、この裏切り者めぇ！　愛娘と実の妹がどうなっても良いのか!?」

「良い訳ないでしょう！　それだけは全力で否定しますっ！　ですがいいですか、義父さん？　実はこの学園都市ルミエスト――制服を採用しているっ！　しかも普段ならベルが絶対に着ないような、可愛《かわい》らしいスカートです！」

「な、何ぃぃぃ!?」

「ちょっと、さりげなく私を出しにしてない？」

すまんベル、その自覚は大いにある。学園での安全はもちろん確保するが、説得対象が義父さんでは、その辺をいくら説明しても絶対に納得してくれない。だからこそ、ショートパンツばかり穿《は》いてるベルのスカート姿を口実に、義父さんを陥落させようと考えたんだ。全てはリオンとクロメルの為《ため》、許せっ！

「そしてここに今、エフィルに再現して作ってもらった、ベル専用の制服がありますっ！エフィルの腕が確かなのは、セラの私服を目にしている義父さんなら、既にご存じでしょう。義父さんがうんと頷《うなず》けば、その脳裏に浮かんでいるであろう光景、現実になるんですよ……！」

「ぬうっ!?　これが悪魔の契約というものかっ!?」

「二人とも、ちょっとそこに並びなさい」

いつぞや俺の心を物理的に貫いた蹴りが飛び、俺と義父さんが城外へと吹き飛ばされる。

これぞ自業自得、だが想像以上に良い蹴りで、ちょっと満足してしまう俺。

◇　◇　◇

義父さんと仲良くぶっ飛ばされたものの、何とかベルと同行してもらうという約束を取り付ける事に成功。義父さん自身も制服ベルという魅力に完全敗北してしまったようで、渋々ながらもルミエストへの入学許可を出してくれた。絶対に何を犠牲にしようとも、ベルを狼共の魔の手から護《まも》るという条件付きではあるが……俺の心臓を物理的に貫いてくれたベルなら、そこまで心配する必要はないというのが正直なところだ。

あ、でもリオンとクロメルは別だぞ？　まだまだ社会経験が少なく純粋無垢《むく》でしかない二人に、世の黒々とした部分に触れさせる訳にはやっぱ入学は時期尚早だったのではうーんやっぱ止《や》めた方が無難――

「――にい、ケルにい～？　ねえ、ちゃんと聞いてる？」

「えっ？　あ、ああ、何の話だったたっけ？」

っと、いかんいかん。もう過剰な心配はしないと、入学の許可を出した時に決心したんだった。無駄に考え過ぎて、あろう事かリオンの話を素通りしてしまっていた。これは兄として、絶対にあってはならない失態だ。今、挽回《ばんかい》の時！

「ルミエストに行くの、とっても楽しみだねって話。何か考え事？」

「いや、リオンとクロメルなら、ルミエストでもしっかりやっていけるだろうなって、安心していたところだよ。万が一に備えてボディーガードのベルもいるし、これは心配する要素が微塵《みじん》もないな！　ハッハッハ！」

　心の中で前言撤回。嘘である。滅茶苦茶《めちゃくちゃ》心配である。やっぱ無理、愛娘と妹をいくら心配したところで、それが過剰に至る事は絶対にない。何せ、この心配は俺にとっての愛でもあるからだ！　愛を語って何が悪い！　でも表情と声に出したら、それこそ義父《とう》さんと同類！　鋼鉄の意志で、俺は凄《すさ》まじく耐え忍んでいるのだ……！

「また馬鹿な事を考えているみたいね。顔に出ているわよ？」

「え、嘘っ!?」

「ええ、嘘よ。でも、やっぱり考えていたんじゃない。まったく、親馬鹿の上シスコンってどうなのよ？」

「……」

　ベルに探りを入れられ、俺の鋼鉄の意志は即刻白日の下に晒《さら》されてしまった。お前だってシスコンじゃねーかと言い返してやりたかったが、何とか堪《こら》える。鋼の意志、鋼の意志なのだ。

　義父さんの許可を貰《もら》ってから更に数日が経過し、俺達《たち》は今、ルミエストに向かっているところだ。メンバーは入学希望組の三人に、俺と義父さんの保護者組である。用件は申請関係の手続きをしに、ってのが名目ではあるが、ぶっちゃけこれはわざわざルミエストに赴かなくてもできる。直《じか》に学園都市ルミエストを目にして、本当に信頼に足る学び舎《まなや》なのかをチェックするのが真の目的ってところかな。リオンやクロメル達の参考にもなるだろうし、まだ俺自身も来た事のない土地だ。見分《ターゲット》を広げられるとなれば、こういった遠回りも決して無駄にはならないだろう。

移動はコレットとシュトラの伝手《つて》で最寄りの転移門を使えるようにしてもらい、そこからは馬車を使ってルミエストに向かう手筈《てはず》となっている。というか、今現在もう馬車に乗って移動している。馬車は二台用意し、体のサイズが異様にでかい義父さんがもう片方の馬車に乗っている形だ。

『パパと一緒？　嫌よ、絶対狭いじゃない』

予想通りベルと一緒がいいと散々駄々をこねられたが、そんな娘の一言に義父さんは撃沈。馬車は二台で列を作って走り、義父さんは後ろの馬車に乗っている。で、この移動中は怖いくらいに静かになっている。よっぽどベルの心ない言葉が効いたんだろうな。南無です、義父さん。

「にしても……こんな馬車でトロトロ進むより、自分で走って進んだ方が良かったんじゃないの？」

「まあそう言うなって。こうやって景色を眺めながらゆったりと旅を満喫するのも、なかなか雅《みやび》なもんだろ？」

「雅とか、心にもない言葉をよく口にできるわね、貴方」

「おい、人を可哀想《かわいそう》なものを見る目で見るなって。流石《さすが》の鋼鉄の意志も粉々に砕けるぞ?」

「また意味の分からない事を……リオンにクロメルも、こんな馬鹿と一緒に生活していたら、いつか馬鹿が感染《うつ》るわよ?　ああ、そういう意味では、この入学は英断だったのね。納得したわ」

心ない言葉をガンガン言ってるのは、果たしてどっちなんですかねぇ?……まあ、こんなトゲトゲしているベルも、本当は優しい娘だと分かってるからいいけどさ。護衛の件も断り切れずに受けてくれたし、セラとは真逆に不器用な奴《やつ》である。

「な、何よ、その生暖かい目は?　こんなに中傷されてそんな目ができるって、本格的におかしいわよ!?……あ。もしかして、この前に心臓穿《うが》った時、脳に変なショックを与えちゃった、とか?」

うん、優しさと刃《やいば》が見事に融合した発言だ。マジで頭を心配されてしまい、割と傷つくマイハート。

「そんな事はありません。パパはとっても思慮深くて、とっても優しいんです。恐らく、ベルさんを気遣っての行動かと」

「僕もクロメルの意見に賛成かな。だからベルちゃんが心配する必要は、全然ないと思うよ～」

「おお、流石は俺の愛する娘と妹だ!　俺の事をよく分かってくれてる!」

「「えへへー」」

俺の思考を見極めてくれたお礼に、二人を軽くハグしてやる。いや、させて頂く。はぐはぐ。

「はぁ、よく人前でそんな事ができるわね……」

「あまりそんなジト目で見つめないでくれ、照れる」

「私はその数倍は恥ずかしいわよ……予《あらかじ》め言っておくけど、ルミエストではそういう行為を気軽にしないでよね。これでも私はグレルバレルカ帝国の王族として、リオンやクロメルは冒険者上がりの貴族として入学するんだから」

「ハハッ、言われなくても分かってるよ。お前達の都合が悪くなるような事はしないつもりだ」

「本当に？」

「本当だって。さっきベルが指摘したこの馬車の移動にも、ちゃんとその思惑が含まれているんだぞ？」

「へえ、どんな思惑よ？」

「なら説明しようか。グレルバレルカ帝国は北大陸の覇者とも呼べる大国だ。けど北大陸の存在自体は、まだ世間に発表されて間もない。中央海域での戦いに参加した東大陸の四大国ならまだしも、西大陸諸国には伝わっていない部分も多いだろう。今回のベルの学園都市ルミエストへの入学は、国家間の橋渡し的な役割も担っているんだよ。ベルから受けるイメージが、グレルバレルカのイメージに直結すると言っても過言じゃない」

「……ま、確かにね。それで？」

「そんな勝手の知らぬ土地で、ましてや印象が大切になるこの面接前の時期に、一国のお姫様がやべぇスピードのまま大陸横断してみろ。グレルバレルカ、マジかよ……!?って空気になるぞ、絶対」

「それは……」

「で、リオンとクロメルも、そんなベルの立場に合わせてもらう形です」

「なるほど～。僕もそれでいいと思う！」

尤《もっと》もベルの敏捷《びんしょうりょく》力なら、まず常人には影も捉えられないだろう。しかし、それも絶対ではない。僅かにでも見られたら、それは一大事に繋《つな》がってしまう。だからこそ、ここは大事を取らせてもらうんだ。

「要は俺がS級冒険者として自由気ままに、ベルが使徒として迅速に動いていた時とは勝手が違うって事だ。何事も常識の範疇《はんちゅう》で、ってな。あ、でも試験で力を振るうのは大いにアリだ。見せつける場面では見せつけようぜ！」

「うん！」

「はーい」

その方がビビッて悪い虫も近づかないだろう。成績もガンガン上げて、飛び級もしまくりだろう。更には結果として、我が家に帰ってくるのも早くなるという寸法だ。うむ、我ながら完璧な作戦である。

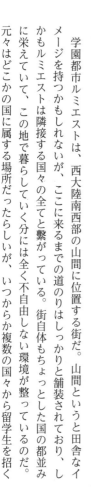

「その理屈でいくと、王族が大した護衛もなしに移動するのは不味《まず》いんじゃないの？　普通はそこいらの商人だって、冒険者を何人かは雇うものよ。護衛の騎士どころか、移動用の馬車二台のみで移動する王族ってのも、なかなかおかしいと思うけど？」

「えっ？　頭数と格好だけの護衛がいたって、戦いの邪魔になるだけだろ？」

「……ああ、そうだったわね。頭がおかしい以前に、貴方《あなた》はバトルジャンキーだったわ」

な、何だよその呆《あき》れた顔は？　義父さんだって同じ意見だったんだぞ!?

◇　◇　◇

学園都市ルミエストは、西大陸南西部の山間に位置する街だ。山間というと田舎なイメージを持つかもしれないが、ここに来るまでの道のりはしっかりと舗装されており、しかもルミエストは隣接する国々の全てと繋がっている。街自体もちょっとした国の都並みに栄えていて、この地で暮らしていく分には全く不自由しない環境が整っているのだ。元々はどこかの国に属する場所だったらしいが、いつからか複数の国々から留学生を招くようになり、今では国から独立して学園が街の運営に携わっているのだとか。そこまでに至った経緯はもっと複雑なんだろうが、リオンから貰った資料でしか勉強していない俺にはさっぱりな話だ。まあ色んな国の支援で成り立っているそうだから、東大陸でいうところのパーズみたいな立ち位置、なのかな？　ルミエストへ出発する前日、俺はその辺の事情をシュトラに聞いてみた。

『各国の思惑、学園の利権、街で商いを行う者達の水面下での活動エトセトラエトセトラ――説明すると、その辺もかなーり重要になってくるけど、講義しましょうか、ケルヴィンお兄ちゃん？』

『あ、いいです遠慮します』

『えー』

うん、軽い気持ちで聞いたのがいけなかった。講義がしたくてうずうずしていたシュトラには悪かったが、そこまでは興味のなかった俺は、即座にその場から撤退した。それはもう、自分でも驚くほどの逃げ足の速さだったと思う。

「あ、見えてきたよ！　学園都市ルミエスト！」

馬車の窓から外を覗《のぞ》いていたリオンが、進行方向を指差しそんな事を言った。リオンの言葉に釣られて、どれどれと俺も窓の外を見る。

山頂から山を下り出した今は、正にルミエストの全景を一望する絶好の機会だった。緑溢《あふ》れる山々の境目に、周りの風景から一転して聳《そび》え立つ、明らかに人工物の姿がある。高い高い、それはそれは高ーい灰色の防壁だ。壁に継ぎ目がないところを見るに、ただの石材や煉瓦《れんが》で造られたものではないっぽい。よくよく見れば、壁の表面に魔力が流れているし、俺の絶崖黒城壁《アダマンランパート》みたいに魔法で生成したものなのかな？　防壁には四方に伸びる道毎《ごと》に門が設けられていて、そこで一人一人に対して出入りの確認を行っている様子も窺《うかが》える。各国有力者の子が通う学園なだけあって、セキュリティも万全に整えられているようだ。

「許可が貰えれば、パーズの石壁もあれくらいに造り直したいな……いや、それ以上の代物に仕上げたい」

「何よ、街を要塞にでも造り変える気？」

「ハハッ、そんな野暮な事をするつもりはないさ。街の体裁を保ちつつ、防衛力だけそれくらいにするつもりだ！」

「どう違うのよ……」

全然違う。護《まも》る事に特化した要塞なら、最終的にそれはもう性能重視の武骨な出来になってしまう。だが、人々が住まう場所にはそれに伴う趣が必要になるんだ。それを壊さない絶妙なバランス、それが最重要課題だ！って、いつかダハクが言っていたような。まあ兎《と》も角《かく》、俺にだってエルフの里で挙げた実績がある。今度時間がある時にでも、ミストギルド長に提案してみよう。

「わあ、とっても綺麗《きれい》な街ですね！」

「うんうん！　学校も凄《すご》く立派！」

防壁を抜けた内部は一際大きな学園の施設を中心に、整然とした街並みが広がっていた。細部を覗けば街を歩く者達《たち》に交じって、ルミエストの制服を纏《まと》う生徒の姿も。へえ、こんな昼間から街を出歩けるのか。ああ、そういえばルミエストは、自分が選択した授業を受ける単位制の学校だったな。授業がない時間に、ああやって自由に過ごす事もできると。なるほどなるほど。

「見た感じ、制服も生徒それぞれで結構違う感じだな。その辺も自由な校風だったっけ？」

「だね～。支給品をそのまま着る人もいれば、オーダーメイドで個性的に魔改造しちゃう人もいるんだって。制服の原形が分かる程度であれば、まあオッケーらしいよ」

「シュトラさんやコレットさんは、支給品をそのまま着る派だったようです。後者の方々は、ええと、じこけんじよく？　の強い貴族の方が多かったとか」

「ああ、何となく想像できちゃうな、それ……っと、噂《うわさ》をすれば何とやらだ。ほら、あの男とか凄いぞ！　制服が全身金ぴかだ！」

「ど、どれどれ!?　わっ、本当だっ!?」

「ええっと……ちょ、ちょっと私の趣味とは合わないかも、です……」

遠目でもその輝きで位置把握ができるほど、ギラギラと光沢のある制服を着る生徒に注目する。金の長髪で顔は鼻が高く超絶美形と正に王子様風の男なんだが、そのコスチュームが全てを台無しにしていた。あんなのが制服として認められているのかと思うと、少し頭が痛い。一応入学したら、彼もリオンの先輩になるんだろうか。なるんだろうな……

「んんっ……あの光の事？　まだあんなに遠くだってのに、三人ともよく細かいところまで見えるわね？」

「ん？　ああ、そりゃあな。俺、エフィルからS級の『千里眼』を借りて来てるもん。この程度の距離なら、道端に落ちてる石ころまで丸見えだ」

腕に装備している悪食の籠手《スキルイーター》を軽くベルに見せ、カラクリを説明する。

「ああ、そういう……じゃあ、リオン達は？」

「僕？　僕の場合、ケルにいが記録して配下ネットワークに上げた情報を、クロトの分身体を通じて確認した感じかな。ほら、出ておいで～」

リオンがそう言うと、肩のあたりから小さな分身体クロトが顔を出した。「よっ」と挨拶で手を振るように、体の一部がぴょこんとせり上がる。

ちなみにこの分身体にはそれなりの戦闘力を持たせ、リオン達の予備護衛の役割も担ってもらっている。基本的にS級モンスターもちょちょいと一撃で仕留められる程度には強い。もちろん、これは悪い虫、趣味の悪い先輩にも有効である。

「私も分身体クロトさんを持ってますよ。けど、私はパパと契約しているので、直《じか》に意思疎通してます。殆《ほとん》どタイムラグなしに把握できるので、とっても便利です！」

「なるほどね。へえ、セラお姉様から話には聞いていたけど、これがあのスライムなの。へえ、へえ……」

リオンの肩に乗った分身体クロトを、ベルが指先でつんつんと突っつく。なぜか知らんが突っつきに突っつく。その指は止まらない。……感触が癖になってきた、とか？　それなら――

「あ、そうだ。ベルにもクロトの分身体を貸すよ。さっきリオンが言った通り、クロトがいれば配下ネットワークに参加する事ができる。二人を護衛する他に、学園で生活する時にも役立つと思うぞ？」

リオンとクロメルの分身体の戦力は分割したくないので、俺が持つクロト分身体を更に分裂させてベルに手渡す。意外というか予想通りというか、そっぽを向きながらも、ベルはクロトを素直に受け取ってくれた。

「そう？　ま、そこまで言われたら断る訳にはいかないわね。仕方ないから、ありがたく借りてあげるわ。本当に仕方なくだけど、たまには貴方の顔も立てないといけないからね」

「お、おう、助かるよ……？」

一見素っ気ない態度を取っているように見えるベルであるが、彼女が両手でクロトの分身体をぷにぷにして止《や》まないのを、俺は見逃さなかった。本当に素直じゃない奴《やつ》だ。

◇　◇　◇

「旦那、そろそろ街の入り口ですよ。まずはあっしが対応しますが、一応身分証明の用意をおねげぇしやす」

舗装された山道を進む事、暫《しばら》くして。馬を操る御者《ぎょしゃ》のルドさんから、そんな連絡を貰《もら》う。

「っと、いよいよ到着か。了解です。ルドさん、後ろの馬車にも連絡をお願いします。勘が良いので気付いていているとは思いますけど、念の為《ため》」

「へえ、それはもちろんでさぁ」

今回、馬車の移動で雇う事になったこのルドさんは、以前パーズとトラージ間の移動の際にもお世話になった、あの腕利きの御者さんだ。道中で『黒風』盗賊団に襲われた時、と言った方が分かりやすいだろうか？

あの後にルドさんは、その筋ではトラージのツバキ様が一目置くほどに名声を高めたそうだ。所有する馬車の規模と質、その両方を向上させ、若者の育成、更にはトラージの観光にも大いに貢献するなど、ツバキ様に資金面を支援される事まであるのだという。で、ルドさんを雇う切っ掛けとなったのも、確かな腕を持つ御者と立派な馬車を俺が探していると、どこからか地獄耳で聞きつけたツバキ様だった。

『ここだけの話、ルドは元々西大陸の出身でな。その昔は戦乱の最中、安全なルートを見極め御者としての技術を磨いたそうなのじゃ。もちろん、今と昔では土地状況は違うであろう。しかし、そこはプロというもの。前準備さえしっかりとして行けば、まあ何とでもなるものよ。馬車は我がトラージが特別に用意してやろうぞ。何、妾《わらわ》とケルヴィンの仲ではないか。そう遠慮するでない。もうルドには連絡をしておってな、予定していた仕事を全てキャンセルさせて、いつでも行けるよう手配しておる。いやいや、礼は要らぬ。妾はいつでもケルヴィンの味方、これくらいの厚意は当然なのじゃ。ホッホッホッホ』

とまあ、こんな感じでルドさんが率いる御者の一団を熱く薦められ、ツバキ様に精神的に押されまくった俺。当初は何か裏があるのでは？　と、かなり疑ったものだが、俺としてもルドさんの熟練した技術を知っていたので、まあルドさんならと、トントン拍子で話が決まった訳である。そのついでにトラージの最新技術が詰まったこの雅《みやび》な馬車も拝借。いやはや、雅雅、黒宮雅《くろみやみやび》。

……まあ、ルドさんはルドさんで、ルミエストでの新規事業拡大活動を命じられているらしく、体《てい》のいい馬車の護衛役に使われた感もあるけど、そこはあくまでギブアンドテイク。双方にとってプラスであれば、何の問題もないのだ。

「一応、四大国全部の国王クラス直々に身分証明を発行してもらってるけど、こういう時は第一印象が大事だ。皆、怪しまれないように、基本はスマイルを心掛けようか」

「ケルヴィン、私が僅かに持つ親切心から言ってあげるけど、貴方《あなた》は止めておきなさい。戦闘時の顔を出されたら、不審者どころの話じゃないから。一発アウトものよ」

「ベル、お前俺を何だと思ってるの？」

「笑顔が不気味な戦闘狂」

いや、半分間違ってはいないけどさ、俺だってその場に合わせた笑顔ができるからね？

「まあまあ、取り敢《あ》えずは自然体でいこうよ。僕とケルにいが身分を偽って関所を通ったトライセンの時とは違って、今日は正規の訪問になるんだし、普通にしていれば何の問題もないよ、きっと」

「お、トライセンに侵入した時の話か。懐かしいな～。そうそう、俺にはその時の実績があったんだ。ベルよ、俺は普通の笑顔もできるんだぞ？　ほらほら（ニコッ）」

「……詐欺師が浮かべる笑みの間違いじゃない？」

「ぷふっ……！」

愛娘《まなむすめ》よ、変なところで笑いのツボにはまらないで、お願い。普段はそうでもないけど、そういうところはママに似ているから泣ける。

と、そんなこんなでルミエストの防壁間近にまで到着する馬車。近くで見ると、防壁が更に高く感じられる。これ、どれくらいの高さがあるんだろうか？　何十メートルクラス？

「結構な列ができていますね」

「一組一組、かなり厳重に確認してるみたいだね」

ルミエストの防壁は入る用、出る用で出入り口が分かれていた。出るにも入るにも身分と荷物の確認が行われ、リオンやクロメルの言う通り厳重な警備態勢を敷いているのが分かる。

「流石《さすが》はお偉いさん御用達《ごようたし》の学園。だからこそ、誰であっても平等に検問か。やっぱこれ、俺達も見られるな」

「お洒落《しゃれ》してきて良かったよね！」

「です！」

本日の目的は事務的な手続きだけとはいえ、こんな事もあろうかと身なりには気を配ってきたのだ。俺とリオンはS級昇格の際に貰った例の礼服とドレスを、クロメルにはエフィルに上品な黒のドレスを仕立ててもらった。リオンのドレスに倣って、こちらにも翼の模様が刻まれている。控えめに言って、二人とも天使としか喩《たと》えようがない。白も黒も、どちらも輝いて見えてしまう。

「はぁ……私はこんなヒラヒラした服装、あんまり好きじゃないんだけど……」

「えー、とっても可愛《かわい》いのにー」

「はい、とっても可愛いです！　それに、格好良いとも思います！」

当然ではあるが俺達だけでなく、ここにいるベルと後方の馬車に乗る義父《とう》さんも、儀礼的な格好（但し軍服）となっている。ベルはルミエストの制服でもあるスカートに慣れてもらう為なのか、やや丈の短いスカートに紫の軍服姿だ。全体として格好良くもあるが、同時に女性らしい可愛らしさも感じられる。そして、たぶんこれは義父さんのチョイスだろう。俺の感想は既にクロメル達が言ってくれている。ベリーベリーナイスチョイス、イエス……！　ちなみに義父さんの軍服姿は、ええと、まあその、イメージ通りの威圧感だと思います。虫除《よ》けする気満々です。

「分かった、分かったからそれ以上べた褒めするのは止めて。お世辞でも、ちょっと恥ずかしいから」

「お世辞なんかじゃないですよ？　出発の際、セラさんも頬ずりをするほど喜んでいましたよね。グスタフおじさんなんて、洪水みたいな涙を流してました。つまり、皆さんが認めています！　パパもそう思いますよね？　ねっ、ねっ？」

「うん、すっげぇ思う。ベル、似合ってるぞ」

「セラお姉様とパパは、単純に私に甘いだけよ。ほら、そろそろ順番が回ってくるわよ。そっちに集中なさい、そっちに」

「「はーい」」

あれ、ベルさん？　地味に俺の発言、スルーされました？……ま、まあいいさ。ベルの提案は照れ隠しでしかないって、バレバレだからな。ただ、検問の順番が回ってきそうなのもまた事実。これ以上いじったら蹴りが飛んできそうだし、リオン達《たち》に倣ってお行儀良くしておこう。

「――今、確認が取れました。お手数をお掛けして申し訳ありません、ユーステレサ様。そしてようこそ、学園都市ルミエストへ。どうぞ中へお進みください」

「うむ、ご苦労」

ルミエスト門兵の許可を受けて、俺達の前に並んでいた馬車が前に進み始める。態度から察するに、あちらさんも結構な地位にいそうだ。

「それでは次の馬車、こちらの停止線まで進んでください。……はい、そこで結構ですよ。っと、あまりこの辺りでは目にしないタイプの馬車ですね？　失礼ですが、代表者のお名前をお伺いしても？」

「へえ、本日学園への入学希望手続きをする事になっている、東大陸のS級冒険者、ケルヴィン・セルシウス様の馬車でさあ」

「なあっ!?　え、S級……!?」

何だかよく分からないけど、門兵達に衝撃が走る。お偉いさんに会い慣れているであろう者達にとっても、S級冒険者とは怖い存在なんだろうか？　西大陸の代表的なS級冒険者といえば――ああ、なるほど。全てを理解した。門兵さん、怖がらなくても大丈夫ですよ。プリティアちゃんほどのインパクトは、流石に俺にはないので。

◇　◇　◇

「疲れた……」

「そ、そうだね。お疲れさま、ケルにい……」

検問所では散々だった。身分証と乗車している者、積み荷の確認と、俺達が乗っていた馬車に関しては何の問題もなかったのだが（それでも異様なまでに怖がられはしたけど）、義父さんが乗る後ろの馬車が不味《まず》かった。

「パパったら、何を張り切っていたのかしらね？　まったく、歳《とし》を考えてほしいものよ。娘として恥ずかしいわ」

「ま、まあ父親の立場ってのは、色々と複雑なんだよ。でもまあ、時と場合を選んではほしいけど」

こちらの馬車がチェックをクリアして、義父さんの馬車に順番が回ってきた時の事だ。まあこれなら問題ないだろうと、俺が僅かに油断した瞬間、義父さんの馬車の扉が不意に開けられた。そこからバァーン（イメージ音）と現れる規格外の巨体、不機嫌そうな表情はプレッシャーを撒《ま》き散らし、周囲の人々騒然、こちらの馬車の御者をしていたルドさんのお仲間も唖然《あぜん》。ついでに俺も目が点になってしまった。一体何事かと。

『グ、グスタフ様？　い、一体何を……？』

『警備態勢の確認だ。我の最愛の愛娘の一人、どうしようもなく世界一かわゆいベルを預ける事になるのだ。こうして直《じか》に外敵からの護《まも》りの厚さを目にせんと、心配で心配で我が夜も眠れなくなってしまうではないか。それは我の健康を害する事に繋《つな》がり、延《ひ》いてはベルがパパンを心配しちゃう事にもなる。さすれば身を焦がすほどの歓喜に我は包まれ、興奮によって更なる不眠へと誘《いざな》われるだろう。……む？　それはそれでアリだったのでは？　いや、しかしだ。やはりベルに要らぬ負担を掛ける訳にはいかぬ。命を賭して目に焼き付けるのだ、この光景を……！』

　そう言って、その場で仁王立ちを続ける義父さん。親子だけあって、そのポージングはセラがよくやるものに大変似ていた。が、セラがやると気品と華々しさを感じるこの姿勢も、義父さんが行う事でその場が生き地獄と化してしまう。悪魔随一の強面《こわもて》である義父さんが、あっちこっちに眼《がん》を飛ばしまくっているのだ。怖くて直視できたものじゃない。取り調べを行う筈《はず》のルミエスト門兵の方々も、無意識のうちに視線を逸《そ》らす始末である。近寄るなんて以《もっ》ての外《ほか》だった。

「あの直後にベルが言葉の刃《やいば》で注意してくれたお蔭《かげ》で、大人しく馬車に戻ったから良かったけどさ。あれ以上の騒ぎになっていたら、ちょっと面倒な事になっていたよ」

「ベルちゃんの一声で、吃驚《びっくり》するくらいすんなりと戻ってくれたよね……」

「でも、かなりショッキングな様子でした。大丈夫でしょうか？　その、お体の方も……」

「いつもの事だから、心配する必要なんてないわよ。手続きとか言ってたかしら？　ま、それが終わるまでは大人しくしてるでしょ、きっと」

　視察に妙な力を入れる義父さんのストッパーとして逸早《いちはや》く動いたのは、意外な事にベルであった。点になった目を正気に戻した俺よりも早くに馬車を飛び出し、華麗に跳躍して義父さんの頭部目掛けて、勢いの乗った踵落《かかとお》としをお見舞い。頭から叩《たた》き落とされ、地面に猛烈なキスをしてしまう義父さん。そして更に啞然とするギャラリー&馬車に取り残された俺達――次いでベルは、心を抉《えぐ》るような言葉をこれでもかと投げに投げ、義父さんの心を再起不能状態にし、気絶させてしまったのだ。

「父は娘には勝てない。それはどんな種族にも共通、か……」

「パパ、何か言いました？」

「いんや、クロメルはいつも変わらず可愛いなって」

「えっ？　も、もう、パパったら！」

　クロメルにかわゆく首を傾《かし》げられたので、俺は表情を崩しながら思いのままに言葉を返した。義父さん、此度《こたび》の件は不問と致しましょう。愛ゆえに……！

とまあ、ベルに汚物を見るような鋭い視線を浴びせられたのはいいものの、さっきの騒動で実害がなかった訳ではない。ルドさんの交渉術と四大国の権威に物を言わせ、ルミエストの玄関口を何とか突破した俺達。しかしやはりと言いますか、少々目立ち過ぎたんだ。予定では手続きに入る時間の合間に、ルミエストの街中を散策するなど、ちょっとした観光要素もあったのだが、あんな騒ぎの後ではそうもいかない。前にも言ったように、入学前のリオン達へのマイナスイメージは絶対にご法度だ。よって、騒動が人々の記憶に根付かないうちにこの場を退散し、学園都市内部へと姿を暗ます必要があった。現在ルドさんにお願いして、ルミエストの中心部——手続きを行う学園の校舎へと、極力目立たないように向かってもらっている最中である。

「こりゃあ、観光は少し時間を置いてからかな？」

「それがいいかも。でもでも、まずは手続きをしっかりしないとね！　頑張ろー！」

「頑張るのはいいけど、書類関係を実際やるのは保護者《ケルヴィンとパパ》なんでしょ？　リオンが気合いを入れても仕方ないわ」

「いや、問題ない。その応援が保護者の力になるからなっ！」

精神的に救われるし、クロメルの力で身体的にも最強になるだろう。セルジュだろうがプリティアちゃんだろうが、どんと来い！……いや、さっきの門兵さん達の反応の件もあるし、やっぱり止《や》めておこう。ストップ、今日のところは来ないでお願い。

「ケルヴィンの旦那、盛り上がっているところ申し訳ねぇんですが、そろそろ校舎に到着しやすよ。正門ではなく来客用の門からになりやす。で、さっきのような検問をもう一度やる事になってやして、だから、そのですね――」

「――パパの事を不安視しているのなら、安心してくれていいわ。流石に同じ過ちを二度も続けてしたら、親子の縁を切るって宣言してやったから」

お、鬼がおる……あ、いや、悪魔だったわ。

「ええと、そうらしいです。一応俺も直《す》ぐに対応できるよう身構えておきますんで、ルドさんは検問の方に集中してください」

「へ、へい。承知しやした」

ここに来てまた検問、などと溜息《ためいき》の一つも零《こぼ》してしまうところだったが、裏を返せばそれだけ警備態勢は万全という事だ。校舎を囲う塀を見れば、結界も空へ伸びるように施しているようだし、その出来もなかなかのもの。その辺を不安視する義父さんは、今のところ意気消沈してるみたいだから、後で丁寧に教えて差し上げよう。それで少しは安心してくれるだろうか。

――で、ここでの検問は何事もなく、学園内に無事に入る事ができた俺達。馬車をルドさんにお任せして、手続きを行う窓口へと向かおうとした訳だが。

「あっ、しょ、少々お待ちを！　学院長が直ちに参りますので、こ、こちらでお待ちくださいませ……！」

門の警備員に学院長が直に来るからと、呼び止められる。

「い、いえっ、まずは客室へご案内しますすす……！　学院長も、そちらにむむ、向かいますので！　ケケ、ケルヴィン様にグスタフ様でで、ですね!?　どど、どうぞこちらへへへへ……！」

「……どうぞお構いなく」

それもつかの間、その直後に校舎の方からバタバタと現れた事務制服のお姉さんに、客室へと案内される事となった。警備員も緊張気味だったが、このお姉さんは更にその上を行っていて、こっちが心配してしまうほどだ。大丈夫、私達は安全な戦闘狂と悪魔の王様、とっても紳士的です。

「あわっ!?」

えっと、ちょっと早く来過ぎたかな？　街で潰す予定だった時間を繰り上げて来たから、それで予定が変わって焦ってるとか？

「あいたっ!?」

いやー、そもそも学院長と会うなんて聞いていないし、そこまで時間が変わった訳でもないぞ。お姉さん、大丈夫ですよ。さっきも言ったけど、この魔王は良い魔王。それ以前に元魔王。北大陸とS級冒険者、怖くない、怖くないよー。

「ふべっ……！」

なんて、俺の心の声が届く筈もなく。意識が朦朧《もうろう》としている義父《とう》さんを何とか引き連れて客室に辿《たど》り着くまでに、お姉さんはベタに三回も転んでみせてくれた。……全部顔から、何もないところで。

◇　◇　◇

「そ、そそそっ、それではっ！　こここちらの部屋でお待ちくださいいいぃぃ――！」

切迫した叫びとは裏腹に、パタンと扉を閉める音は静かだったお姉さん。俺達から逃げるような感じだったけど、最低限のマナーは守ってくれたようである。

「……何だったのかしらね、アレ？」

「えっと、兵士の人達《たち》以上に凄《すご》い反応だったね……」

「顔色もあまり良くなかったと思います。大丈夫でしょうか？」

お姉さんの様子があんまりだったので、未来の生徒一同もかなり心配している。

「ふーむ。あの挙動不審な仕草は兎《と》も角《かく》として、質はそれなりに良いと思うのだがな」

「うわっ!?　と、義父さん、気付かれたのですか？」

苦労して連れて来た義父さんを部屋の椅子に座らせた矢先、義父さんの口が何事もなかったかの如《ごと》く、急に動き出した。何の予兆もなかったので、間近にいた俺は結構驚いてしまう。

「フッ、我を誰だと思っておる、愚息。相手が人間であろうと、一目見ればある程度の実力は推測できるというものよ。あの女、なかなかにやりおるわ」

「あっ、いや、俺が言っているのは、そっちの話ではなくですね」

「先ほどから何を呆《ほう》けておる？　これからこの学園の最高責任者が来るのであろう？　我らはベルらの保護者として訪れているのだ。愚息、そのような顔を晒《さら》している暇はないぞ」

「そ、そうですね……」

俺は義父さんが目を覚ました事について言及しているのだが、どうも義父さんは気絶した事実をなかった事にしたいらしい。ベルの一言がよほどクリティカルヒットしたんだろう。現実逃避のようにも感じるが、今の保護者然とした義父さんの姿を見ていると、言動に対してかなり慎重になっているのも確かなようだ。ベルの戒め、効果覿面《てきめん》だなぁ。

それと今さっき義父さんも言っていた、あの事務のお姉さんについて。義父さんの言う通り、振る舞いは多少アレな感じではあったけど、俺の『鑑定眼』を防ぐ程度にやり手である事が分かっている。誰のスキルによる『隠蔽』なのかまでは分からないが、少なくとも学園内にS級のスキルを使える者がいると。ふーむ、俺も入学を検討しようかしらん。

——コンコン。

俺がリオン達との学園生活を妄想していると、扉をノックする音が聞こえてきた。次いで、扉が開かれる。

「失礼する。お待たせしてしまったかな？」

そう言って客室に入ってきたのは、漆黒肌の女性だった。灰色の髪をうなじの辺りで束ね、理性的な両目には眼鏡を装着。如何《いか》にもできる女性といった、凜《りん》とした印象を第一に受ける。そして次に注目したのは、彼女の耳だった。長い、まるでエルフのように長い。

「……いえ、私達も今案内されたところでしたので、お気になさらず。ええと——」

「——ああ、重ねて失礼した。まだ自己紹介もしていなかったか。私の名はアート・デザイア。ルミエストの学院長を務めている者だ」

ありっ？　彼女が学院長？　確かルミエストの学院長って、おひげがナイスなお爺様《じいさま》だったと思うのだが……よし、リオンにヘルプを要請しよう。

『リオン、一つ尋ねたいんだけどさ、学院長って最近になって変わったのか？　こんなクールビューティーな女性じゃなくって、賢者なお爺ちゃんじゃなかったっけ？』

『あ、うん。去年変わったみたいだよ。先代の学院長が高齢を理由に引退する時、アート学院長を後継として指名してって流れだったと思う』

『ほほー』

『それとケルにい、今女性って言ってたけど、アート学院長は男性だよ?』

『ほ、ほほうっ!?』

俺、驚きのあまり念話内で変な声を出してしまう。百戦錬磨の胆力スキル先輩のお蔭で表情と実際の声に出すのは何とか防げたが、この衝撃は凄《すさ》まじいものだった。目を耳を、疑いに疑う。

『だ、大丈夫、ケルにい? 容姿が中性的だから、そう見えちゃうのも仕方ないよね』

『内心あんまり大丈夫じゃない……けど、待て待て! 彼女、いや彼なのか……!? た、確かに胸はないが、それはスマートなだけかと……! それにアート学院長の服、スカートではないにしても、明らかに女性ものだぞ? こんな颯爽《さっそう》と現れておいて、なぜに女装!?』

『うーん、そこはそういう趣味の人だと思うしか……』

『趣味!?』

いやいや、プリティアちゃんじゃないんだから。むしろ容姿が抜群に優れている分、逆に質《たち》が悪い。絶対勘違いしている男がいるぞ、これ。……あ、あれっ? ひょっとしてS級冒険者って、半分くらい女装癖があるんじゃ?……深く考えないようにしよう。うん、そうしよう。

『あと、肌の色と耳の長さで気付いていると思うけど、アート学院長はダークエルフなんだ。エルフの里のネルラス長老みたいに、見た目よりも随分と人生の先輩みたい』

『な、なるほどなぁ……あ、そういえばダークエルフを直接目にするのは、これが初めてになるかな？』

『本で読んだ事があるけど、ダークエルフはエルフよりも数が少ないらしいからね。個人で訪れている人は別だけど、東大陸にダークエルフの集落はなかった筈《はず》だよ』

『へえ、勉強になるなぁ、ってリオン、やけに詳しくないか？』

『シュトラちゃんに色々と教えてもらっているから！』

あー、よくシュトラと一緒に本を読んでたりしていたから、そこで知識をつけていたのか。最近はクロメルもそこに加わる事が多いし、もしや妹娘達の方が俺よりも博学だったりする……!?　あ、いや、シュトラに関しては最初から絶対的な敗北を認めているけど。

『そういえば、アートって名前にも覚えがあるような……』

『冒険者名鑑で見たんじゃないかな？　アート学院長ってS級冒険者でもあるし――』

『――ふぁっ!?』

再び吹き出しそうになる俺の感情。しかし堪《こら》える、表面上だけでも堪える。胆力スキル先輩、毎度毎度すんません……！　でも、これで変人だって事はよく理解できた。S級冒険者って言葉で理解できた！

ルミエストには西大陸のＳ級冒険者の一人が所属していて、リオンらが学園に通う事でそいつと知り合う事ができる。これがシュトラが教えてくれた、俺にとって実りのある話その一だ。あわよくば、何か適当な理由を付けてちょっくらバトルしね？　とか、そんな流れに持っていけると考えていたんだが……うーん。学院長って立場だと、なかなかそれも難しいぞ。リオン達の立場を危うくせず、かつ円滑に俺と戦ってくれる方法を考えねば。

『アート学院長の戦闘スタイルを知りたくないからって、名鑑では名前しか見てなかった感じかな？』

『フッ、流石《さすが》は俺の愛する妹。よく分かっていらっしゃる。だけど安心してくれ、直ぐには手を出さないつもりだ』

『ケ、ケルにい、時と場合によってはその発言、とっても危ないよ……僕ならいいけど、ベルちゃんの耳には入らないように注意してね？』

『えっ？　戦闘狂としては、かなり理性的な発言じゃないか？』

まあ、他ならぬリオンの頼みなら聞くけどさ。しっかし、これが男の顔なのかー。世の中不公平だよなー。どうやってお膳立てしようかなー。

「……私の顔に、何かついているだろうか？」

おっと、いかん。感情を表に出すのは我慢できたけど、視線が無意識のうちにアート学院長の方に向いていたらしい。

「これは申し訳ない。失礼ながら、ダークエルフの方とお会いするのは、初めての事でして――」

「――なるほど。いや、全て口にしなくても良い。この美しさに目を奪われるのは、まあよくある事だからな。何、遠慮する事はない。満足するまでその目で味わうと良い。さあ！」

そう言って、その場でモデルの如きポージングを始めるアート学院長。ああ、この人は間違いなくS級冒険者だわ。俺はそう確信した。

◇　◇　◇

アート学院長は自意識が強い系のダークエルフらしく、俺達がもういいですと断っても、なかなかポージングを止《や》めてくれなかった。結局、リオンがスケッチブックに即席で肖像画を描き、それをプレゼントする事で何とか満足してくれた。

「ほう、これは興味深い。リオン君は芸術にもおいても凄まじい才があるようだ。この美しき肖像画、ありがたく頂戴しておくよ。残念ながら、試験の加点対象にはできないけどね」

「気にしないでください。僕、試験には真っ当に合格したいので！」

「ほほう、これまた興味深い。S級冒険者の仲間には変人奇人が多いというのに、ここまで真っ当で純粋な性格だったとは。セルシウス卿《きょう》は素晴らしい妹君をお持ちのようだ。そう、この私のようにね」

「ははは……」

どの口が変人奇人を謳《うた》うのだろうと苦笑い。数秒前までのポージングの嵐をお忘れなのかな？

「話は変わりますが、本日は――」

「――ああ、皆まで言わなくとも理解している。此度《こたび》の学園への訪問は入学試験の手続きと申請、それらを行う為《ため》で、私と会う予定はなかった。どうしてこの場に招待したのか、それを聞きたいのだろう？」

「……え、ええ、まあ端的に言えば」

やけに食い気味に喋《しゃべ》るな、この人。

「ならば私も端的に話そう。私が個人的に興味があったのだ。まず第一に、私と同じS級冒険者であるセルシウス卿。既に西大陸のS級冒険者『桃鬼《とうき》』と『紫蝶《むらさきちょう》』、それに『女豹《めひょう》』とも会い、拳を交えていると聞く。この大陸で未《いま》だに相対していないS級冒険者は、私と冒険者ギルド本部の総長たる彼女だけ……となれば『縁無《ふちなし》』の二つ名を持つ私とも、是非会っておくべきだろうと思ったんだ。神が創りし美の極致たる私を目にしていないなんて、不幸以外の何物でもないのだから！」

「……カモシレマセンネェ」

んー、すんごいナルシー。端的と言いつつ、結構な長台詞《ながぜりふ》で説明してくださった。しかも、第一の理由だけでこれだ。長くなるパターン？　これ、話が長くなるパターン？　学《まな》び舎《や》のトップの話は長いってのは、どこの世界も同じなんだろうか。それに何だよ、縁《ふち》無《なし》って。確かに眼鏡はフレームのないタイプのものだけど、それを二つ名にしちゃっていいの？

『ケルにい、色々とツッコミたいような顔をしているね。実際の表情には出ていないけど、その、心の方で……』

『流石は我が愛する妹、やっぱり分かっちゃう？』

『うん、分かっちゃう。たぶん、二つ名のところで引っ掛かってるんじゃないかな？　言っておくけどアート学院長の二つ名、眼鏡の事を指している訳じゃないよ？』

『やっぱり？　となれば、アートの能力や戦闘スタイルの特徴が反映されてるって事か。あ、その辺は説明しなくても大丈夫だから！』

『あははっ、分かってるよ～。ただね、この縁無《ふちなし》って二つ名、言葉遊びでこんな読み方になっているみたい。ユーモアがあるというか、命名した冒険者ギルドの人も色々考えてるよね』

言葉遊び、ね。縁無《ふちなし》、縁が無い、無縁——人と関係を持たない、見つからないって意味では、アンジェみたいな暗殺者タイプのようにも思える。勝手な偏見だけど、ダークエルフはそういう職業が多そうなイメージ。

しっかし、二つ名は一体誰が名付けているんだか。人の二つ名で言葉遊びなんて、あまり褒められたものではない。そういう意味では、俺の『死神』は随分と真っ当だったと言える。

「おっと、私の眼鏡が気になるか？　流石はセルシウス卿、良い目の付け所だ。この二つ名を得てからというもの、より眼鏡を洗練させようと努力したものでね。どうせ見られるのならと世界各地を回り、私に相応《ふさわ》しい眼鏡を探したんだ。まあ結局は自らデザインしてのオーダーメイドに——」

聞いてもいないのに、アートの口は止まる気配を見せない。眼鏡トークが止まらない。

『リオン、眼鏡は無関係なんだよな？』

『その筈、なんだけど……』

これ、最初は『無縁』とかで能力をストレートに表現していたけど、アートがギルドに殴り込みして変えさせたとか、そういうオチじゃないよな……？　ま、まあ二つ名にも色々あるって事で。

「アート学院長、学院長の眼鏡愛は十分に分かりましたから、次のお話に……」

「む、重ね重ね失礼した。どうも私は己に心酔する悪い癖があるようでね。そして身に着けるものもまた然《しか》り、なのだ。ああ、分かってる。話を戻そう。第二の理由についてだが、どちらかといえばこちらが本命だ。そちらのベル君とクロメル君がルミエストに入学するに際して、少し、いや、よく注意してもらいたい事があってね」

「私、ですか?」

「ふん」

今のアートに眼鏡トークをしていた時のような柔らかさはない。最初に彼に抱いた、敏腕なイメージに戻っている。それだけ重要な話って訳だ。

「知っての通り、このルミエストは長い歴史を誇る世界屈指の学び舎だ。かつての国から独立し、各国と関係を結んで今の仕組みを形作っている。しかし、だからこそと言うべきだろうか。ルミエストに入学する為には莫大《ばくだい》な金が掛かり、その大半は王族や貴族で占められている。種族も人間が殆《ほとん》どだ。よほどの力を持つ亜人の国の者でもない限り、エルフやドワーフ、獣人はいないと言ってもいい」

「差別意識が高い、という事ですか?」

「簡単に言ってしまえばそうなる。地位や財力だけでなく、歴《れっき》とした実力が伴わなければ入学は叶《かな》わないが、それも完全ではない。それを補うほどの金を支払って強引に入学する者も、現にいるのだからな」

「それ、私達《たち》の前で公に言っていい事なの？　裏口入学をやってるって言っているようなものでしょ、それ？」

「何、入学の条件にも明記している事だ。国によっては己の財力で権利を勝ち取る事を良しとし、逆にその行為を貴族間で力の指標とする者達もいる。四大国で形成された東大陸では珍しいかもしれないが、幾つもの国々が集う西大陸諸国では、それが一般的だと思ってくれていい。要は高慢かつ差別的な者が多いのだ。これは仮の話なのだが、そんな中に悪魔であるベル君、天使種族のクロメル君が加われば、少なからず嫌な思いをする事があるだろう。ましてやベル君は北大陸の大帝国から渡ってきた王女、クロメル君は他に例のないS級冒険者の愛娘《まなむすめ》なのだからね。嫌でも注目は集まる。この界隈《かいわい》に住まう者達は目立ちたがりで、ちょっとした事でも腹を立てやすい。そんな経験、今までになかったかい？」

　あー、トライセンのタブラみたいな、あんな感じかな？　そういやファーニスを訪れた際、シュトラ達もあそこの双子姫に謎のいちゃもんを付けられていたような……やっぱ上の階層の方々の世界は、陰湿で面倒なんだろうか。大抵を武力で解決しちゃう北大陸や、全ての国が安定した力を持つ東大陸とは、また事情が違うのかもしれないけどさ。

「ふーん、要は忠告って事かしら？　ここに通う事になったら、辛《つら》い思いをするから止《よ》した方がいいって」

「いいや、それは違う。むしろ私は、君達の入学を歓迎している立場だ。私の見立てでは、君達は何の問題もなくルミエストへ入学する事となるだろう。私のような亜人が多く在籍できるようになるのは、これからのルミエストにとって絶対に必要な事なのだ。先代はその為にも、ダークエルフのこの私に学院長の座を渡したのだからね」

「あの、アート学院長も就任の際、苦労されたのですか？」

「教員の中にも、昔からの風習に囚《とら》われている者がいるくらいだ。正直なところ、反発は今も多いよ。尤《もっと》もこの美しさで見惚《みと》れさせれば、心を入れ替えてくれる者が多いのもまた事実っ！　やはり私は新世代の学院長として、これ以上ないまでに適任だったと断言せざるを得ないね」

バッと立ち上がり、再度ポージングを始めるアート。貴族タイプではないけど、こちらも違う意味で目立ちたがり屋だ。暗殺者タイプではない気がしてきた。

話をまとめると、彼はクロメル達がルミエストへ入学する事で、内部の様相が変わる事を期待しているらしい。しかし、それって相手がS級冒険者だから、力業で従っているんじゃ……こんなポージングで圧を掛けられれば、そりゃあ首も縦に振る。ま、まあ、そんな込み入った事情があるのなら、多少の力業も必要って事なんだろう。先代の学院長様が期待しているのは、アートの美しさではなく強さ、それに異種族ってところだと思う。そうじゃなかったら、マジで見損なうぞ先代様。

◇　◇　◇

「とはいえ、私はクロメル君達に多くを望むつもりはないよ。試験をトップで突破し、周りの学生達に流される事なく学園生活を謳歌《おうか》し、更には中心人物としてまとめ上げ、飛級で逸早《いちはや》く上へと突き進み、行く行くは首席としてルミエストを卒業する――うむ、私が期待するのはそんなところだ。もちろん私は贔屓《ひいき》などしないし、他の生徒と同じくフラットに成績を評価させてもらう。これぱかりは金で買う事はできないからね。全ては君達の実力と努力次第、だよ？」

ね、簡単でしょう？　とばかりに、長台詞の最後にウインクを決めてくれたアート。男だけどそれを感じさせない美貌を持つだけあって、その様は大変決まっている。ただ彼が期待している事柄は、学園生活の全てにおいて最高の結果を残せと、そう言っているようなものだ。澄ました顔で大胆に期待してくださる。だがしかし、それは俺が望む展開でもある。そういった意味では、この学院長と目的は一致していると言えるだろう。

「私から伝えたいのは、まあそんなところだよ。そうだ。手続きが終わったら、学園内を少し見学してはどうだろうか？　これも折角の機会、流石《さすが》に私が直《じか》に案内する事はできないが、誰か案内役を付けるとしよう」

「誰かって、さっきの彼女みたいな調子じゃ、とても案内ができるとは思えないわよ？」

「さっきの彼女？　ああ、カチュア君の事か。なるほど、その話し振りだと相当動揺していたようだね」

「動揺と言いますか、ええと……」

「あはは、気の毒になるくらいだったような……」

苦笑いを浮かべながら、クロメルとリオンが顔を見合わせている。

「やはりそうか。いや、カチュア君はあれで元A級冒険者なのだよ。サバイバルの専門家で、情報収集にも優れているんだ。ただ察知能力が優秀であるが故に、場合によっては精神面が著しく不安定になってしまうのが悩みの種でね。現役時代はそれでよく苦労したものだ」

「何となく想像できちゃいますね、その光景……」

如何《いか》に優秀な探索役だったとしても、あんな状態になってしまうのでは苦労もするだろう。

「フフッ。まあそんな難儀な体質のお蔭《かげ》で、生徒達の力量を正確に推し量れるという訳さ」

「ん？　私達の案内に彼女を付けたのには、もしかしてそんな狙いがあったりします？」

「当然あるに決まってる。ステータスを隠されてしまっては、鑑定眼も意味を成さないだろう？っと、もうこんな時間か。呼び出しておいてすまないのだが、これから仕事があってね。私はこれで失礼させてもらうよ」

「いえ、お話ができて有意義な時間でしたよ。入学後、保護者としてまたお会いできる事を楽しみにしています」

「ああ、私も楽しみにしている。そしてベル君、クロメル君、リオン君の三名が試験をパスする事を、心から祈っているよ。今案内役をよこすから、この部屋で少し待っていてくれ。それでは」

　束ねた髪をこれ見よがしになびかせながら、クールに部屋を出るアート。去り際まで自己愛に溢《あふ》れている。

「……義父《とう》さん、やけに静かでしたね？」

「全てはベルの為《ため》にお口にチャック、である」

「な、なるほど……？」

「よしよし。ちゃんと学んでいるわね、パパ」

　ベルに褒められ、無言のまま天に拳を突き上げる義父さん……は、見なかった事にする。

　それから少しして、別の案内役のおじさんが到着。ベテランの風格漂うおじさんは、若干の緊張を窺《うかが》わせながらも、問題なく学園内を案内してくれたのであった。

　ルミエストは学園内部だけでも広大で、歩いて回るにはかなりの時間を要する。その上、場所によっては生徒達が普通に授業を行っているところもあるので、一先《ひとま》ずはその邪魔にならない、言い換えれば目立たないような場所に限定して案内をしてもらっている。

「あの、さっき教室らしき部屋の中から、黄金色の輝きが見えた気がしたんですけど、魔法か何かの授業をしているんですか？」

「先ほどの教室ですね？　今の時間ですと、確か座学の講義をしている筈《はず》ですが……あっ、生徒の制服が放つ光かもしれません。やたらと目立つ制服の者が、まあ稀《まれ》にいますので」

「せ、制服ですか……」

とんでもない事を言っているようだが、おじさんは至って真面目に答えている様子だ。

確かに街中でも黄金色の制服を見かけたけどさ、稀にいるレベルでいらっしゃるの？　自己顕示欲が強いのは勝手だけどさ、そこまで行っちゃうと授業妨害レベルじゃないの？　そんなに金ぴかで自分の目は大丈夫なの？　等々、疑問が尽きない。

「……ベル、そういう輩《やから》とはできるだけ二人と関わらせないように、お前の方で注意をお願いできるか？」

「それ以前に、私が関わりたくないのだけれど？」

「はい、仰《おつしや》る通りで」

稀にいる生徒の存在に一抹の不安を感じながら、俺達は学園の中庭に当たるエリアへと差し掛かる。この時間帯に授業がない者達だろうか？　設置されたベンチや整備された芝生など、所々に生徒達の姿があった。入学前に学園内を見学する受験者が多いのか、俺達の姿を見ても特に注目する様子はない。

「んっ？」

　この辺りの生徒達が普通の制服を着ている事に安心していると、ふと視界の隅に真っ白かつ巨大なモニュメントが映った。塔のように空へと伸びるそれは、このエリアの中心部に建てられている。そしてそれは、俺にとって見覚えがあるもので。

「すみません、アレは何かの記念碑ですか？」

「ああ、あの柱ですか。文献によりますと数百年も前に、女神様がこの世界にもたらした奇跡の一つなんだとか。ルミエストに降りかかる邪悪を払い、我々を救済してくださる――そのような象徴とされています。生徒達の間では、あの柱の下で愛の告白をすると成功するだとか、そんな噂《うわさ》もありますね」

「なるほど、青春ってやつですねぇ」

「ですねぇ。微笑《ほほえ》ましいものです」

　俺はおじさんに相槌《あいづち》を打ちながら、心の中でガッツポーズを決めていた。何せシュトラから情報を提供されていた、俺にとっての目的の一つを発見したのだ。アートの真似《まね》では決してないが、これはポーズを決めざるを得ない。

『ケルにい、アレってもしかして……』

『ああ、神柱だ』

◇　◇　◇

　学院長室に扉を叩《たた》く音が響き渡る。アートは手元の資料に目をやりながら、部屋へ入るよう促す。

「し、失礼致します。アート学院長、お客様がお帰りになりました。そう、やっと帰られたのです……」

　入室したのは最初にケルヴィン達の案内を担当したお姉さん、もといカチュア。何やら随分と疲れた様子で、ケルヴィンが帰路に就いた旨の報告を行っている。

「ご苦労。早速ではあるが、カチュア君の所感を聞きたいな。率直に言って彼女達、どうだった?」

「どうもこうも、今の私の調子を見て頂ければ、丸分かりかと……」

「ほう、流石は冒険者時代『人間計測器』と呼ばれ、私とパーティを組んでいたカチュア君だ。今も変わらず頼りになる。私は君の体が感じた事を、心から信じよう!」

「いいい、言い方!　言い方に気を付けてくださいっ!　そそそ、それにそれは学院長が勝手につけたあだ名じゃないですか……それにしたって学院長、酷《ひど》いですよぉ。私にあんな怪物を立て続けに測らせるなんて……」

「ああ、その通りだ。私は酷く美しい。最早《もはや》、この美しさは罪。カチュア君はそう言いたいんだね！」

「全然違いますぅ！　うう、学院長は今も昔も勝手が過ぎます。自己愛も過ぎます……！

先日もあんな怪物受験生の強さを測らせたじゃないですかぁ……本当に酷いです……」

「ああ、あの子の事か？　そういえばあの日も、今日と同程度にやつれていたんだったか。

ふむ、今年の入学希望者は実に素晴らしい。彼は人間を疾《と》うにやめ、彼女はそもそも人間
ではない、私の期待は膨らむばかりだ。そして期待値が高まれば、私の美しさも更に高ま
る！　そうは思わないかね、カチュア君!?」

「はぁ～～～……」

カチュアは今日一番の溜息《ためいき》で返答するのであった。

◇　◇　◇

アート学院長との顔合わせ、そして本来の目的であった手続きを無事に完了させた俺達《たち》
は、ルドさんと合流して密《ひそ》かにルミエストの観光を楽しみ、検問での義父さんの暴走にハ
ラハラしながら帰路に就いたのであった。次にこの都市を訪れるとすれば、それは入学試
験日である。俺としては殆《ほとん》ど心配はしていないけど、アート学院長の期待もあってなのか、
リオンとクロメルは日々の勉強を頑張っていた。一方でベルはいつも通りな印象だったけ

ど、あいつは努力を表に出さないタイプだろうから、きっと裏では猛勉強しているんだと思う。昔はセバスデルに教わっていたらしいが、今だと絶対嫌がるだろうな。いや、昔から嫌がってはいたんだろうけど。

「いよいよあと数日で試験日です。残る日程は徹底的に過去問を解いて頂きますので、本番だと思って臨んでください」

「「はい！」」

「やる気は十分のようですね。ですが、同時にこの時期は無理をし過ぎて体調を崩しやすくもあります。エフィルおね……コホン！　エフィルさんの料理を三食分しっかりと食べて、睡眠・休憩時間も忘れずに取るように心掛けてください。いいですね？」

「「はいっ！」」

クロメルの部屋にて勉強机を並べ、頼りになるシュトラ先生の指導を受けるリオンとクロメル。追い込み時期という事もあって、今日はいつにも増してやる気だ。俺はその様子を部屋の入り口からそっと眺め、陰ながらエールを送る。本当なら義父さんの如《ごと》く応援旗でも振ってやりたいところだが、そこはまあ常識人枠な俺ですし？　弁《わきま》えるところは弁えているのである。

「ねえねえ、ケルヴィン。私だってあれくらいの勉強はできるんだから、二人に教えてあげたいわ。安心して、私はシュトラとコレットと一緒に、解析班でご飯を食べた仲よ！」

そんな俺の横で、先ほどから激しく俺の肩を揺らす輩が約一名。勉学の先生を務めるシュトラに触発されたのか、セラが大変その姿を羨ましがっておられる。今のシュトラは大人の姿だから、尚更《なおさら》先生っぽいもんなぁ。しかし、研究班主任をしていた頃の眼鏡と白衣を身に着けているのは一体……？　ま、まあ大人の姿だからサイズはピッタリだし、似合ってるからいいけどさ。

「食べた仲って、そこは教える側として関係ないだろ。せめて一緒に転移門の謎を解いた頭があるんだとか、その辺りを売り文句にしてくれないと意味ないぞ」

「あ、なるほどね。ケルヴィン、頭いいわね！」

いや、確実にセラよりも頭は悪い筈なのだが。

「まあ、そうだったとしても今の時期は駄目だって。二人にとって、今こそが頑張りどころなんだ。つか、そこまで先生をやりたかったのなら、ベルに教えてやったら良かったんじゃないか？　あいつなら、喜んで受け入れると思うけど？」

「ベルに？　うーん、それはどうかしらねぇ。ベルってば私とそう変わらない成績だったって、前にビクトールから聞いた事があるのよ。それなら、別に私が教えるまでもないと思うのよねー」

「そ、そういや、ベルもセラと同じく、悪魔四天王の英才教育を受けていたんだったな……シュトラが用意した試験の過去問、前にベルにも渡しただろ？　あれ、出来はどうだったんだ？」

「殆どの教科で満点だった筈よ。楽勝だったって、お茶してる時にベルが言ってたわ」

「……マジで？」

「マジマジ」

あいつ陰で努力するタイプじゃなくて、セラレベルの天才タイプだったのかよ⁉　心配する必要皆無じゃねぇか、ちくしょう！　俺も試しに解いてみたら、正直口にはできない点数だったのに……！

「ケルヴィン、どうしたの？」

「い、いや、何でもない。ベルの出来の良さが嫌ってほど理解できた、それだけだ」

「でしょ！　流石《さすが》はベルよね！」

何か話の方向性が、先生願望から妹自慢にずれてきている気がする。しかし勉強、勉強か。この世界に来てからというもの、勉強らしい勉強はしていなかったな、俺。だからこその、あの点数でもあるんだが……うん、平和になった今でこそ、そういった新しい事を始めるのもアリか。

「セラ、そんなに教えたいのなら、まずは俺に勉強を教えてくれないか？　試験を受ける訳じゃないけどさ、あんな点数のまま放置するってのも格好がつかないだろ、保護者的に」

「えっ、いいの!?」

「おう、セラさえ良ければご指導ご鞭撻《べんたつ》よろしくだ」

「わあ、本当に本当、マジのマジね!?　さっすがケルヴィン、分かってる～♪」

「おいおい、そんなにぴょんぴょん跳ねるなって。それで、セラはどうやって教えてくれるつもりなんだ？」

「それはもう、口頭で懇切丁寧によ。例えばこの問題、ここはクイッとしてターン！　あれとそれをバンッとして、パーッと気合いで解けばオーケー！　ほら、簡単でしょ？」

「……」

　忘れていた。セラは感覚型の天才であるが故に、人にものを教える行為は致命的に向いていなかったんだ。つかその説明、大半が擬音と精神論じゃないか。戦闘でもなく勉強の指導なのに、何でそうなるんだよ？

「セラさん、この話はなかった事にしましょう」

「ええっ、何で!?　というか、何で他人行儀!?」

　すまない。セラの指導法が高等過ぎて、俺は付いて行けそうにないんだ。

「ケルヴィンさん？　セラさん？」

「あ、シュト、ラ……？」

　そんな問答をセラとしていると、いつの間にやらシュトラが俺達の前に立っていた。

シュトラの表情は大変冷たい。眼鏡の奥にある非常に美しい瞳も、途轍《とてつ》もなく冷たい。

「えと、シュトラさん……？　もしかしなくても、怒っていらっしゃる？」

「当たり前です。お二人とも、部屋の目の前で騒ぎを起こさないでください。今、テスト中なんですよ？」

「ご、ごめんなさい……」」

「ごめんで済むのなら、この世に法はいりません。罰として二人とも、テストの採点を手伝うように！……返事は？」

「「は、はいっ！」」

という訳で、俺達はシュトラとリオン達に謝罪した後、誠心誠意の採点をさせて頂く事になってしまった。臨時の机を更に用意して、俺とセラは並んで作業に没頭する。没頭する。没頭する――

「――お、終わった。採点、終わったぞ……！」

「うう、ずっと後ろからシュトラのヌイグルミに監視されていたから、すっごく疲れた……」

渡されたテスト用紙全ての採点を終え、机に顔を突っ伏す俺達。いくら答えを合わせるだけとはいえ、今日ほど活字と睨《にら》めっこをした日はなかったと思う。セラの言う通り、テスト中のクロメル達以上に俺達への監視の目がやたらと厳しかったし、精神をすり減らし

ながらの作業だった。

「パパ、お疲れ様です」

「セラねえもお疲れ～。糖分補給にお菓子食べる？」

「食べるー」

「俺もー」

ちょうど休憩時間になったらしく、リオンとクロメルはリュカの作ったクッキーを頬張っていた。バターの芳醇《ほうじゅん》な香りが、脳に糖分を与えよと勝手に指示してくる。抗《あらが》えん、これは抗えんよ。リュカめ、また腕を上げたな？

「これにて贖罪《しょくざい》は果たされました。お二人とも、自由の身ですよ」

「シャバの空気、美味《うま》い」

「甘くて美味《おい》しい！」

「空気というか、クッキーの匂いだけどね。それでシュトラ先生、テストの結果はどうだったかな？　僕、今回は自信あるよ！」

「わ、私もそれなりにできたと思います！」

「そうですね……」

俺とセラが死に物狂いで仕上げたテスト用紙を、シュトラが丁寧に一枚一枚めくっていく。

「……上々です。これなら本番の試験も問題ないでしょう。これまでの努力、ちゃんと実を結んでいますよ」

「「わあっ！」」

ニコリと微笑《ほほえ》んだシュトラを見て、リオンとクロメルは嬉《うれ》しそうにハイタッチを交わした。

第二章 ▼ 入学試験

　ルミエスト入学試験当日、リオンらは前日から宿泊している学園都市内の宿を出発し、試験会場である校舎へと向かう。試験日という事もあり、学園までの道中は分かりやすく整備、更には受験者が優先して通行できるよう規制されており、案内役を務める者達も多く配置されていた。余程の方向音痴でもない限り、受験者が迷子になる事はないだろう。

「うわー、僕達の他にも沢山いるね。全員ライバル？」

「や、やはり私よりも年上の方が殆ど、みたいです。うう、緊張してきましたー……」

「数も歳《とし》も全然関係ないでしょうが。安心なさい。九割九分九厘、ライバルとか何の冗談？って、真顔で言っちゃいそうなレベルだから」

「べ、ベルちゃん、あまり大きな声でそういう事は――」

「「「……（ギロッ）」」」

　書類審査などで試験前にある程度の希望者が絞られるとはいえ、試験を受ける者の数は多く、また受験者一名につき二人まで従者を引き連れる事を許されている事から、リオン達の周囲にもかなりの人数の関係者がいた。ベルの嘘《うそ》偽りのない本心からの言葉はそんな者達の耳に入り、一斉に非難の視線を浴びせられる事となる。ちなみにベルの判断で、三人に付き添いはいない。

「あわわわわ……」

「もう、クロメルったら動揺し過ぎよ。あの学院長曰《いわ》く、学園内には馬鹿も多いって話じゃない。この程度の事は軽く受け流せるようにならないと、先行き不安よ？　まあケルヴィンの親馬鹿っぷりを見れば、あまり負の感情に触れ慣れていないってのも分かるけどね」

「だからって不用意に敵を作るのは駄目だよ、ベルちゃん！　クロメルを怖がらせるのも駄目！」

「……私としては、対人戦になった時のリオンの方が、よっぽど怖いのだけれど？」

「そ、それは一生懸命勝とうとしているだけだから！」

怯《おび》えるクロメル、慌てふためくリオンの姿に、ベルは思わず苦笑してしまう。この二人が世界を崩壊させかけた黒女神、そしてその勢力に真っ向から対抗した勇者だとは、絶対に誰も思わないだろうな、と。

「まあ、そういう事にしておきましょうか。それよりも二人とも、これからの日程はちゃんと頭に入れてるの？」

「もちろ――」

「――あわわわわ……」

「えっと、クロメル？　大丈夫？」

「だだだ、大丈夫、でで、です……！」

「全然大丈夫そうには見えないわよ？　まったく、もっと自分に自信を持ちなさいよ」

そう言いながら、ベルがクロメルの手を軽く握る。そして更に発動させるは、固有スキル『色調侵犯』。クロメルの心に宿る恐怖心の色を一時的に薄くし、動揺を抑える方向に調整していく。

「あ、あれっ？　ベルさんに手を握ってもらったら、凄《すご》く落ち着いたような……？」

「そ、良かったわね」

クロメルの心が安定したのを確認したベルは、その後直《す》ぐに素っ気なく手を離した。クロメルは何が起こったのかよく分かっていない様子だ。

「わあ、ベルさんの手って凄いですね！　まるで魔法の手です！　パパやママみたい！」

「そんなんじゃないわよ。それと、あの戦闘馬鹿や大食い馬鹿と一緒にするのは止《や》めて。軽くショックだから」

表情ひとつ変えず、何事もなかったかのようにベルが歩き出す。しかし、そんなベルの事をリオンはよーく見ていたようだ。

『フフッ、ベルちゃんは優しいなぁ』

『何、意味不明な事を言ってんのよ。驚かせちゃったのは私が原因だし、責任を取っただけよ』

　念話にてリオンにこっそりと指摘されてしまうベル。彼女の頬は僅かに赤みを帯びていた。

「それよりも試験よ、試験！　私は余裕だけど、貴女達《あなたたち》はどうなのよ？　ほら、リオン。さっき言いそびれた日程を言ってみなさい」

「うん、いいよー。試験は三日間行われて、初日の今日は筆記試験、明日《あした》は実技試験、明後日《あさって》は面接試験をやる事になってるよ。三つの試験の総合点数で、合否判定が決まる仕組みだね」

「お勉強は筆記対策が中心で、面接は触る程度、実技に関しては全くと言っていいほど練習しませんでしたけど、これで良かったんでしょうか？」

「きっと大丈夫！　シュトラちゃんを、ううん、シュトラ先生を信じよう！　おー！」

「お、おー！」

　リオンとクロメルが拳を突き上げ、自分達を鼓舞する。

「……」

「「……（チラッ）」」

　そして無言でベルを見る。

「……私はやらないわよ？」

「「えー」」

「やらないったら！」

結局、ベルは最後まで拳と声を上げなかった。

「フン。そんなに奮起しなくたって、逆に試験に落ちる方が難しいってもんよ」

「むむっ、ベルちゃんは自信満々だね？」

「自信どころか確信よ。クロメル、貴女は筆記試験以外、特に殆《ほとん》ど対策をしていない実技試験を不安視しているようだけど、心配するだけ無駄だわ。だってこの中で一番弱い貴女でさえ、S級冒険者に近い実力を有しているのよ？　戦闘経験もろくにないそこいらの貴族達が、そんな貴女よりも優れていると本気で思ってるの？　だとしたら、とても現実的とは言えないわね。ナンセンスよ。仮にそれでクロメルが落ちたら、私とリオンくらいしか合格なんてしないわ」

「……そうなのですか？」

「え、自覚ないの？　貴女、今の強さでも割と世界の上位クラスよ？」

「んー、もしかしたらクロメルの判断基準、僕達になっているのかな？」

「は？　どういう事よ？」

「えっとね――」

　リオンが自らの推測を口にする。セルシウス家の一員となってから、基本的にクロメルは家族と行動を共にしていた。他に関わるとしても、それは他のS級冒険者であったり、四大国の首脳陣、或《ある》いはグレルバレルカ帝国の悪魔達が殆どだ。つまるところクロメルは、セルシウス家やそこに関わる面々の強さに馴染《なじみ》が深い。そんな世間一般の化け物基準で物事を考えてしまっている為《ため》、自分の実力にいまいち自信が持てないのでは？　更に言えば、自分は標準的な普通レベルの力しか有していないと、そう考えているのではないか？　と。

「なるほど。だからさっき、あんな雑魚達の視線を気にしていたのね」

「ベルちゃん、そこに関しては僕も気にしているからね？」

「まあ、そういう事なら実践あるのみよ。明日の実技試験、他の面子《メンツ》の力をよーく観察してみなさいな。たぶん貴女、手を抜いてるんじゃないかと勘違いすると思うから。でもだからって、自分も手を抜いたら駄目だからね？　兎《と》も角《かく》クロメルが真面目にやる限り、実技試験の評価が低くなる事はないから」

「は、はい、私なりに頑張ります！」

　ベルにポンと肩を叩《たた》かれ、色調侵犯で今度は胆力を高められるクロメル。これも素直に受け入れ、段々と自信が湧いてきているようだ。

「よし！　それじゃ次、三日目の面接試験について。これについてはサラッと対策立てたんでしょ？　それで十分よ、本当に十分」

「えっと、なぜですか？」

「考えてもみなさいよ。周りはプライドの高い王族や貴族、あとは豪商の跡取りの受験者が殆どなのよ？　もちろん例外はあるでしょうけど、基本的にそいつらって鼻につくのよ。何を話しても、どう取り繕ったってね。面接中、必ずどこかでぼろを出すわ。それに比べたら、リオンとクロメルは善良も善良よ。マイナスイメージを持たれる事なんて、まずないでしょうね」

「そ、そうかな？　そんなに真っ直ぐに言われると、ちょっと恥ずかしいや」

「フフン、存分に恥じなさい。さっきのお返しよ」

「あ、でもベルちゃんにそう思われていたって事なら、それ以上に嬉しいよ！」

「私もとっても嬉しいです。三人とも、仲良しさんですね♪」

「……ホント毒気がないわよね、貴女達」

「「？」」

逆に少し恥ずかしくなってしまうベルであった。

（面接に関しちゃ私が一番不利でしょうね、性格的に。ま、その分は筆記と実技で稼がせてもらうわ）

会話もそこそこに、リオン達は学園内の会場へと到着する。ここからは従者も入る事を禁じられ、受験者のみが入場を許される。

「さ、いよいよ会場入りよ。二人とも、名前の書き忘れなんてしないでよ？」

「うん、分かった！」

「了解です！」

◇　◇　◇

受付にてリオンらは受験票を係の者に提示し、持ち物の検査を無事に通過する。第一試験は何部屋かに分かれて行われるのだが、三人は運が良かったのか、全員が同じ会場に割り振られたようだ。

「第二会場の多目的ホールは……ああ、ここね」

会場となる広間には、規則正しく幾つもの机と椅子が並べられており、既に半数ほどのライバル達が着席を済ませていた。余裕なのか涼しい顔をしている者、両手を組んで黙々と祈りを捧《ささ》げる者、ブツブツと何かを呟《つぶや》き続けている者がいれば、机に突っ伏してすやすや呑気《のんき》に眠る猛者の姿も見受けられる。受験日は特に格好を指定されていない為、服装までもが色取り取り。中には自らの爵位を表すのであろう、小さな王冠を被《かぶ》ったまま受験している者までいて、お前マジかよといった衣服もチラホラ。尤《もっと》も、これはある程度予想できていた事なので、適当にスルーする。ちなみに今回のリオンらの服装は、前回ルミエストを訪れた時と同じものである。

他に気になるところがあるとすれば、広間の四方に設置された、マジックアイテムらしきオブジェだろうか。先端に宝石をあしらった杖《つえ》を、床に直立できるよう周りで固定したような置物である。しかし、これについては追々学園側から説明があると考え、こちらも今はスルーだ。

「うう、人が多いです……でも、今の私ならきっと！」

「その調子その調子！　ええと、僕達が座る席って、予《あらかじ》め決められているんだったよね？」

「そ、受験票に記されていた番号が自分の席よ。あそこの壁に席の割り当て表が貼ってあるわね。んー……私はここ、リオンはあっち、クロメルはそっちね」

会場入り口付近の壁、そして机の上には受験者の番号が貼られており、それが席を確認する役割を担っているようだ。流石《さすが》に席順までは一緒にならず、三人には別々の場所が指定されていた。

「わっ、ベルさん見つけるのが早いですね。ありがとうございます！」

「お礼もいいけど、しっかり試験に取り組みなさいよ」

「だね。ここから席は離れ離れ、意思疎通も禁止なそれぞれの闘いになる訳だけど、僕、クロメルの事もベルちゃんの事も、絶対に合格するって信じてるから！」

「リ、リオンさん……！」

「はいはい、そういうのいいから。さっさと自分の席に行きなさい」

「うう、ベルちゃんつれないよ～……武運、祈ってるからね！」

「私もです！　ご武運を！」

立てた親指をベルに見せながら、自らの席へと向かっていくリオンとクロメル。

「……この場合、祈るのは武運でいいのかしらね？」

ベルは溜息《ためいき》を吐《つ》きながら首を振るも、まああの様子なら大丈夫そうかなと、こっそり安堵《あんど》するのであった。

（確かこうすれば良いと、パパが言っていました。人の字、人の字――）

（だるい。さっさと始まらないかしら……）

（フフッ、楽しみだな～）

手の平に人の字を書いて飲み込む、机に肘をついてただただ開始を待つ、これからの学園生活に想《おも》いを馳《は》せる等々、着席してからの各々の行動は様々だ。それからさほど待つ事もなく、広間のステージ側に試験官らしき大柄な男が歩み出て来る。

「お静かに。試験開始の時間になりましたので、以降の私語は休憩時間以外慎むようお願い致します。どうやら約一名時間に間に合わなかった者、もう一名未《いま》だに眠っている者がいるようですが……まあ、仕方がないでしょう。私の名はホラス、この第二会場の試験官兼責任者を務めさせて頂きますので、適度によろしく。では、まず初めに――」

軽い挨拶と併せて、第一試験の流れについての説明がなされる。この日に実施される第一試験は、五つの分野毎《ごと》に一時間程度の記述式テストを行っていく。一つのテストが終われば小休憩を一度挟み、次のテスト、また小休憩、テスト、といった流れを繰り返していく訳だ。午前中に二回のテスト、昼食時間を挟んで午後に三回のテストが実施される予定である為、この第一試験が全ての試験の中で、最も時間を要する内容となっている。詳しい日程や細部の注意事項など、説明は他にも及ぶ。

「――試験の出題教科については、予め当学園が公表した通りのものです。そしてここで一つ、皆さんに注意して頂きたい事があります。言うまでもない当然の事ではありますが、試験中のカンニング行為は一切禁止です。事前に手荷物を確認し、試験に必要な筆記用具類を全てこちらで用意していたのは、その為の防止策でもあります。不必要に魔法やその他スキルを使用するなどもまた、警告行為に該当しますので注意してください。この試験会場の四隅を見て頂ければ、杖の形に似たマジックアイテムが目に入ると思います。詳しくは話せませんが、あれらは不正を行っていないかチェックする機能があるとお考えください。これまでの説明で、何か質問はありますか？……ないようですね。では、これから問題用紙を配布致します。そのままお待ちください」

この会場にいたホラス以外の試験官が、一斉にテスト用紙を裏向きに配り始める。リオンの机に、クロメルの机に、ベルの机に、未だに夢の中にいる強者《つわもの》の机に。ホラスは辺りを見回し、全員に用紙が行き渡った事を確認。次いで会場に設置している時計を確認しながら、僅かに間を置いた。

「――時間です。試験を開始してください」

◇　◇　◇

第一試験の開始から半日が経過し、現在は五教科目、つまり初日最後の試験に臨んでいる最中だ。

（……暇）

制限時間のうち半分ほどが経過した頃、疾《と》うの昔に全ての解答を終えたベルは、それはそれは暇を持て余していた。というよりも、この時間だけでなく、全ての教科の時間において暇を持て余していた。暇過ぎて解答の見直しは何度もしてしまったし、記入ミスや記入漏れがないのもチェック済み、名前の有無も当然ながら万全だ。ぶっちゃけ、やる事がない。

（死ぬほど簡単だったわね、試験問題。ファーニスの本能だけで生きてるお姫様達《たち》の出身校だし、まあある程度は納得しちゃうけど。にしても暇、死ぬほど暇。時間の浪費にもほどがある。設定時間ミスしてない？　実質半分くらいで適正なんじゃないの？　終わったら順に帰宅でいいんじゃないの？って、護衛としてそれは駄目か……机に伏して眠るにしても、試験中だと印象悪いわよね？　中には朝からずっと眠ってる馬鹿女とか、二つ目の試験時間にやって来た遅刻魔がいるけど、アレはまあ受かる気が最初からないんだろうし。ハァ、何で私が人間共の顔色を窺《うかが》っているんだか……）

心の中でそう言いつつも、ベルは前の方の席にいるリオンとクロメルにチラリと視線を向ける。二人はまだ問題を解いている最中なのか、必死に解答用紙と睨《にら》めっこをしている。

（……ま、時間にも多少の余裕は必要なのかもね。さて、席が一番後ろだから周りを見回す事はできるけど、不自然にキョロキョロするのも怪しいか。この試験の後に寄る菓子屋《コンフエクシヨナリー》の事でも考えて、時間を有意義に潰しましょ）

この試験中、ベルはあまり頭は使っていないようだが、それでも糖分は欲しているらしい。これからの学園生活に大した実りを見出《みいだ》せていないベルも、学園都市に関心のある甘味処《どころ》が多く存在している事だけは、密《ひそ》かに楽しみにしていたのだ。本当に密かにしているので、セラ姉様にも内緒なのだ。

（——決めた、今日はカンノーロにする！）

かくして、第一試験は終了するのであった。

◇　◇　◇

試験初日が終わるとリオンとクロメルは宿へと直行し、ベッドへと盛大にダイブした。少し遅れてベルも部屋へと帰ってくる。

「疲れた～！　でもやり切った～！」

「全力を出し尽くしましたぁ……」

ベッドの上でゴロゴロと転がりながら、本日の試験の出来についての感想を吐露する二人。よほど頭を酷使したのか、もう起き上がれないといった様子だ。

「ングング……貴女《あなた》達、やり切った感出しているところ悪いけど、まだ初日の試験が終わっただけなのよ？　そんなざまでトップ合格なんて、本当にできると思っているの？」

ベルの辛口な口調とは対照的に、部屋は甘い空気で満たされていた。それもその筈《はず》、ベルは備え付けの椅子に座り、筒状の生地にクリームを詰め込んだ菓子を頬張っていたのだ。サクサクとリスの如《ごと》く少しずつ咀嚼《そしゃく》し、見るからに幸せオーラに包まれていて、とても微笑《ほほえ》ましい。

「あ、僕ちょっと疲れが取れたかも」

「私も凄《すご》く癒された気が……不思議です！」

本日の疲れの一部が吹っ飛ぶほど微笑ましい。

「そ、そう？　相変わらず忙《せわ》しない子達ね。元気出してくれたのはいいけど、本当に疲れがなくなったのかは怪しいところだわ。ほら、貴女達の分も買ってきてあげたから、早々に胃に入れてしまいなさい」

ベルはそう言って、余計に買ってきた分の菓子をリオン達にも放り投げる。二人はこれをきちんとキャッチして、ニコニコ顔をベルへと向けるのであった。

「……何よ？」

「ううん、べっつに～？　それよりもありがとう、ベルちゃん」

「ありがとうございます。とっても美味《おい》しそうです！」

「ふんっ」

ベルにそっぽを向かれてしまうも、二人の笑みは現在進行形で続いている。

「ベルちゃん、帰りに寄り道していたもんね。このお菓子、そこで買ってきたの？」

「見た事のないお菓子ですね。油で揚げた生地の中に、これはチーズクリームでしょうか？　ベルさん、これは何というお菓子なんですか？」

「カンノーロよ、カンノーロ。ルミエストは大昔の文献にあった料理や菓子を再現する研究もしていてね、他では見かけない珍しい甘味が多いのよ。レシピを調べてここに書いておいてあげたから、今度エフィルに渡しておいて」

今度は一枚のメモ紙をリオンに放り投げるベル。魔法で風を操ったのか、メモ紙は一直線にリオンの手の中へと到着した。

「これをエフィルねえに？」

「そ。彼女なら十中八九、そのレシピをブラッシュアップして更に美味しくしてくれるでしょ。そうしたら、今度はビクトールに新しいレシピを教えてもらうから。ギブアンドテイク、お互いに損はないでしょ？」

口の端に付いたクリームを指ですくいながら、ベルは当然とばかりに言い切ってしまう。よほどこの菓子が気に入ったのか、ベルの中ではその流れが確定事項になっているらしい。何だかんだ言いつつも、ベルはベルでルミエストを満喫しているようだ。

「な、なるほど、ギブアンドテイク！」

「よく分かりませんが、何だか格好いい響きですね。それに、ムドさんもきっと喜びます！」

リオンとクロメルは感心しながら菓子を口に運ぶ。生地のサクサク食感を堪能したのも束《つか》の間《ま》、今度はあま～いクリームが口の中に広がり、二人の疲労を糖分で溶かしていく。これはエフィルに魔改造してもらわなければと、リオン達も一大決心をするのであった。

◇　◇　◇

試験二日目、第二試験は実技——受験生らの身体能力や得意とする武術、魔法、その他技能を推し量る事を目的とした試験を行う。受験生が共通で測定する身体能力の他、この試験では受験生側が二つの能力を指定し、その力を試験官に審査してもらうという、少々変わった内容となっている。能力については内容を問わず、法に触れない行為でさえあれば、本当に何をしても構わない。ルミエストはジャンルを問わず、あらゆる分野における才能を認めている為《ため》、このような試験方式になっているのだという。

リオン達が何を指定したのかはさて置き、まずは受験生全員が行う事が決定している身体能力の測定だ。ここでも受験生達は何グループかに組分けされているようで、周りも昨日とは異なる顔ぶれとなっている。テスト中に遅刻してきた者や、ずっと眠っていた猛者の姿は見当たらない。今日も遅刻したり眠ったりしているのではないかと、リオンは少し心配してしまう。そしてリオン達の組分けはどうかというと、クロメルのみ別グループとなってしまった。

「流石《さすが》に毎日一緒になるとは思っていなかったけど、クロメルが分かれる事になっちゃったか〜。大丈夫かなぁ？」

「十分に食べさせて寝かせて休ませて、朝に色の再調整もしてあげたから万全よ。それにしてもこの装備、凄く動きやすいわね」

服装が自由であった一日目とは違い、この日は運動に適した格好になるようにと、学園側から指示が下されている。国や文化の違いによる差異はあろうとも、受験生の殆《ほとん》どは身軽な格好だ。ちなみに本日のリオンらの服装は、エフィルよりプレゼントされた超高品質体操着である。

「エフィルねえのお手製だからね。フフッ、実はこのデザイン、僕がイメージしたものを基にしてもらっているのです！　前は体育に参加なんて無理だったから、こういう体操着をずっと着てみたかったんだ～」

「ふーん？　まあ、私は動きやすいのなら何でもいいわ。っと、そろそろかしらね」

「え？　あ、縁なしの眼鏡……」

運動場に集められた受験生の前に、縁なし眼鏡をかけた女性が歩み出る。先日兄と学院長の二つ名について語ったのもあって、眼鏡を見るとどうしてもアートの顔を思い浮かべてしまうリオン。こちらの女性が知的な印象を受ける容姿の美人であった為、尚更《なおさら》そう感じてしまうのだろう。

「はーい、時間になりました。皆さん、ちゃんと集まってますかー？　集まらないと、落第に三歩ほど前進しちゃいますよー！……よし、いないみたいですねぇ！　全員、無事に集合完了っと」

「「「……」」」

但し、こちらは歴《れっき》とした女性だ。肌は白く、髪もアートの灰色と相反して金色。更には衣服の上からでも、そのスタイルが豊満である事が分かってしまうナイスバディさんである。

『ッチ！』

『ベルちゃん？』

『いえ、何でもないわ、何でも……』

……ナイスバディさんなのである。

更に更に、中身までもが落ち着いた容姿とは食い違っているようで、大分お茶目な性格のようだ。まさかの冗談交じりの挨拶に、受験生の大半は唖然《あぜん》。一方で極少数の男子生徒は、女性試験官から別の意味で目を離せない状況にいた。

（……一応、このアホ面くらいは覚えておきましょうか）

現在進行形でいかがわしい視線を送る者達に対し、ベルはその顔を記憶して、ボディーガードの役目を全うする為のブラックリストを作成。試験の合否結果に拘《かか》わらず、今後彼らをリオンとクロメルに極力関わらせないように努めるようだ。

「試験前に自己紹介しておきますね！　私はこの実技試験の試験官兼責任者、アーチェといいます！　今日は身体能力の測定を主に担当するけど、体を動かす事が得意な人達は、その後に行う指定審査でも会うかもね！　ちなみに、学園の講義でも武術系全般を――」

「――アーチェ試験官、そろそろ他の会場で試験が開始されそうですので、簡潔にお願いします」

「えっ？　あ、あー、そうでしたそうでした。ごめんなさい、私夢中になると周りが見えなくなって！　あ、でも腕っぷしは強いのよ、これでも！」

「アーチェ試験官！」

「「「「……」」」」

受験生達《たち》の注目が集まる中で他の試験官に注意されるも、アーチェはたははと失敗を笑い飛ばし、あまり気にしていない様子だ。

（爽やかな先生だな～）

（典型的な脳筋ね、こいつ）

清々《すがすが》しいまでにお茶目なだけである。

◇　◇　◇

「それでは、最初に行う身体能力の測定について説明しますね。聞き逃さないように、耳掃除はしっかりしてきましたか？　でもまあ、万が一聞き逃しちゃっても、私がこっそり教えてあげるので大丈夫です！　その場合は他の試験官さんに気付かれないよう、こっそり来るように！」

「アーチェ試験官!?」

（何なのかしら、この茶番……）

　この会場の責任者がアーチェである事に、ベルは段々と疑問を抱き始める。それは周りの受験生達も同じだったようで、これは何か別の意図があるのではないかと、余計な深読みをしてしまうほどだった。ちなみに、もちろんそのような意図は学園側にない。

「この試験では貴方達《あなた》に様々な項目の運動をしてもらい、走力や跳躍力、各種筋力などのデータを細かく取ります。あとはその身に秘める魔力量を調べる、なんて事もしますね。これはあくまでステータスとしての魔力がどれくらいか、大まかに測定するだけなので、魔法が扱えなくても大丈夫です！　私みたいな戦士気質な方は安心してくださいね。ええと、細かな説明はそれぞれの項目の時に話すとして……これまでの説明で、何か質問はありますか？」

「じゃあ、はい」

　受験生の一人が挙手する。

「能力を確認したいのであれば、ステータスを直接目にした方が早いのでは？　ルミエストほどの学園であれば、ステータスを確認するマジックアイテムくらいはありますよね？」

「はい来た、良い質問が！　良い質問ですね、それ！」

「え、あ、ど、どうも……？」

　凄《すご》い食いつきだった。

「早速お答えしましょう！　ステータスを確認しない、これは学園側の配慮と考えてください。ステータスというものは、国によってその扱いに差異があるのはご存じでしょうか？　厳格に法として公開を禁止する国がある一方で、挨拶がてらにステータスを教え合うようなオープンな国が存在するほどです。特にこの西大陸は大小様々な国々があり、大変デリケートな問題になっているのは理解できますよね？　なので、ルミエストはこの学園都市内でのステータスの扱いを、全国に拠点を置く冒険者ギルドと同様にしています。自らのステータスを教える分には構いませんが、他人のステータスを晒《さら》す行為はご法度、という事です。それにほら、ステータスだけじゃ分からない事も多々ありますからね。体の動かし方とか、どこの筋肉が発達しているのか、どんな状況でどんな判断を下すのか――私達はステータスの数字に囚《とら》われず、貴方達自身の真の力を知りたいと考えているのです！……とまあ、こんなところですかね。納得して頂けましたか？」

若干のドヤ顔を晒しながら、鼻息荒く質問者に迫るアーチェ。可哀想《かわいそう》に、質問者は完全にアーチェの勢いに飲まれてしまっている。

「は、はい。ありがとうございました」

「よろしい！　さて、他に質問は？　ないですか、本当にないですか？　これが最後のチャンスですよ!?」

「「「「……」」」」

「ア、アーチェ試験官、そろそろ受験生達も引いていますし、試験を開始致しましょう」

「そうですか？　仕方ありません、これも仕事ですからね！　ではでは、皆さん私に付いて来てください。遅れないでくださいね、私の歩速に！」

そう言って、テクテクと歩き出すアーチェ。歩く速さは実に普通であった。他の試験官らもアーチェを追いかけるよう促すので、受験生達はぞろぞろとその後を追い始める。

『何だか面白い人だよね、アーチェ先生』

『そうかしら？　騒がしいだけじゃないの、アレ。けれど、強そうではあるわね。今まで見てきた試験官達の中では、たぶんダントツに』

『あ、ベルちゃんもそう思った？　そうじゃないかなって、実は僕も考えていたところなんだ～。それにさ、アーチェ先生ってどことなくアート学院長に似てない？』

『アートに？　ああ、眼鏡が？』

『た、確かに縁なし眼鏡で美人だけど、見た目だけじゃなくってさ。お喋《しゃべ》り好きなところとか、生徒思いなところとか、内面的にも！』

『……喋りが食い気味なところとか？』

『そうそう！　ノリと勢いがそっくり！』

『まあ、そうかもね。ところでリオン、私達はまだ生徒じゃないのよ？　試験官の観察もいいけど、まずは試験で結果を出しましょ。あの学院長を意識するみたいで癪《しゃく》だけど、この第二試験でアートの期待に添えるような、盛大な結果をね』

『うん。ケルにいからも、遠慮はするなって言われているからね。対人戦はビビらせたもん勝ちだって、獣王様も言ってたよ！　よーし……！』

『た、対人戦？　いえ、リオンがやる気なのなら、別にいいけど。……いいのかしら？』

念話にて最後の会話を終えるリオンとベル。ベル的にはリオンの出す気が、殺《や》る気でない事を祈るばかりである。そうこうしているうちに、一同は目的地へと辿《たど》り着く。そこは地面に何本もの白線が引かれており、陸上競技を行う走路のような場所となっていた。

「はい、全員ストップ！　止まって、止まらないと凄い事になりますよ！」

「「「……」」」

アーチェがストップと言った辺りで、既に全員止まっている。

「おっと、今年の受験生は優秀ですね～。例年であれば、この辺りで一人や二人は突っかかってくるやんちゃな子がいるものなのに。良き良き！」

「アーチェ試験官……」

「分かってます、分かってますってば。そんな悲しそうな顔をしなくたって、しっかりやりますから！　えっとですね、まずは皆さんの走力を見てみたいと思います。ま、ここは全力で走ってもらうだけなんで、そこまで突っ込んだ説明はな――あ、いえ、ありましたありました。覚えていましたとも」

他の試験官からジロリと視線を送られ、何かを思い出したらしく、少し焦った様子のアーチェ。

「注意事項ですけど、これはあくまでも皆の身体能力を審査する試験です。それに準ずるスキルを使うのは構いませんが、魔法で速度をアップさせるなどの行為はしてはいけませんよ？　走る前に私……は、魔法を使えないのでアレですけど、こちらの試験官の方々が補助効果を解除しますし、この走路は魔法を使うと警報を鳴らす機能があるんです。だから正々堂々、己の肉体のみで戦っ——走ってください！」

（（（言い直した……！）））

つい勢いで言ってしまったんだろう。もしかしたらアーチェは、ケルヴィンと気が合うタイプの人間なのかもしれない。

それからリオン達は走力を審査される順に名前を呼ばれ、五名一組で走る事となった。この時点でリオンとベルは別の組に分けられ、別々に走る事が決定する。一組目に割り振られたベルは、直《す》ぐに順番だ。

「ベルちゃん、頑張ってねー！」

「はいはい、応援ありがと」

ベルは適当にリオンへと手を振り、指定された走路へ入る。共に走る事となっている受験生は、ベル視点では全員パッとしない印象だ。つま先でトントンと地面を蹴りながら、

軽く一蹴してやるかとベルは考えを巡らせる。彼女としてはより速いタイムを出す事よりも、隣を走る受験生に衝撃波をぶつけないように注意して走る方が大切なのだ。普通に全力で走破しては、地面が抉《えぐ》れるし隣人がぶっ飛ぶ恐れが、いや、確実にそうなってしまうだろう。

「ヘイ、か～のじょ」

「……あ？」

凄《すさ》まじく軽い口調で声を掛けられたベルは、面倒でどうしようもない嫌な予感がひしひしと沸き上がってしまった。不快感を示す声を、無意識に出してしまうほどであったらしい。声の方へと振り向けば、そこはベルの走路の隣である。つまり、お隣さんの男子受験生に話し掛けられた訳で。

◇　◇　◇

隣にいたのは黒髪褐色肌の少年だった。顔立ちは良く、エキゾチックなハンサムと言っても過言ではない容姿をしている。但しそれは同年代の視点から見た話で、ベルからすれば小生意気な小僧程度の印象しか持てなかった。悪魔特有の体質で体の成長が止まり、リオンと同じくらいの年齢にしか見られないベルであるが、そこはセラの双子の妹、中身はしっかりと大人なのである。

（ああ、こいつ馬鹿ね）

ついでに指摘するならば、衣装もよろしくない。運動に適した格好をしてこいと指定されているのに、少年は頭に布を巻き付け、衣装は全身を厚く着飾るような格好をしていたのだ。今日の試験に適しているとは、とても言えないだろう。ベルからしてみれば、お前はここに何をしに来たんだ？　という呆《あき》れた感想しか出てこない。

「おいお～い、そんな怖い顔をしないでくれよ。せっかくの可愛《かわい》い顔がそれじゃあ可哀想だ。ほら、スマイルスマイル～♪」

「……」

反射的にイラッとして少年の顔を蹴り飛ばすところだったが、ベルは大人なのでそんな事はしない。明らかに不快感が表情に出てしまっているだろうが、ベルは大人なのでそこでぐっと堪《こら》えられる。我慢できる。

「……試験前に無駄話をしないでくれない？」

「おっと、これは手厳しい。だけどさ、全然無駄な話じゃないだろ？　何せ、この僕と直《じか》にお喋りをしたという、一生ものの思い出が君に残るのだからねっ！」

本能的にイライラッとして、少年の土手っ腹に大穴を開けそうになるも、ベルは大人なのでギリギリの瀬戸際で自戒する。本当に危ないところだったけど、何とか踏みとどまる。

耐え忍ぶ。

「僕の名はシャルル・バッカニア。ご存じの通り、バッカニア王国の第三王子さ」

バッカニア王国、西大陸中央部に位置する砂漠地帯を領土とする国だ。規模としては西大陸において中の中、過酷な環境にあるが、価値ある資源を豊富に所有している為《ため》、それなりに裕福な暮らしをしている国でもある。しかし、補足するべき点はまだあり――

「――ああ、確かリゼア帝国の支配下だったとこよね、そこ」

そう、バッカニアはリゼアと不平等条約を結び、その対価として安全を約束された国でもあったのだ。資源を有し帝国に対して常に平伏的な態度であった為、他の支配領域よりも重宝されていた、という訳である。ついでに言うと、バッカニアの王族達《たち》は長いものには巻かれろ主義、そして女好き目立ちたがり屋な傾向が強い。このシャルルはものの見事にそんなバッカニアの血を受け継いでいるようで、ここまでの印象は正にその通りであった。ついでに言うと、先ほど作成したベルのブラックリストにもしっかりと入っている。

「へえ、なかなかに詳しいじゃないか。でもね、確かに昔のバッカニア王国はそうだったかもだけど、今は全然状況が違うのさ～。何せ、リゼアが勝手に内部から崩壊してくれたからね。これを機にバッカニアはリゼアの呪縛から解放され、新たなる時代の一歩を踏み出すんだ。僕はその先駆け、新たなる時代の息吹なのさ！」

「新たなる一歩がアンタなら、バッカニアは完全に道を踏み外してるわね。可哀想に、ご愁傷様」

「フフッ、照れているのかな？　悪態をつく君も可愛いね。さては君、気のない振りをしていて、実のところは僕に興味津々なんじゃ――」

「――さっさと用件を簡潔に言いなさい、三下王子。私はアンタほど暇じゃなくて、試験前に集中力を欠く馬鹿な行為も望んじゃいないのよ」

大人なので手も足も出さないが、嫌みを言っても分からない様子なので、今度は直接的に言葉に表して口撃する。加えてギロリと睨《にら》みつけてやれば、もう変に関わってくる事もないだろうとベルは踏んでいた。

「いやいや〜、間違ってるって。僕は第三王子だって。君ってば意外とおっちょこちょいなのかな？　いや何、昨日の第一試験や今日の第二試験で、同級生になるかもしれないライバル達を観察していた僕なんだけどね、君とさっきまで隣にいたあの黒髪の子、群を抜いて可愛いなと思っていたんだ〜。機会があれば声を掛けようと決心するほどに、ね♪　かと思えばこの試験、僕の隣には君がいたじゃないか！　これは最早《もはや》運命なんだって、神様に深く感謝したよ！　これでも僕は信心深い方でね、国の修道女とも仲が良過ぎるくらいに良かったのさ。どう、意外？　意外かな？　スピリチュアルな僕って、何だか神聖な感じがしないか〜い？」

「……」

しかし、シャルルは予想以上にメンタルが強かった。これまで幾度の失敗を重ねて鍛えてきたのか、まるで意に介していないのである。ナンパを仕掛ける相手は歴《れっき》とした悪魔で、感謝をするのが筋肉の神である事も、知ったところで恐らく気にしないタイプだ。同時に関わりたくないタイプでもあるが、その屈強な精神だけは見習う点があるなと、一周回ってベルは感心する。

「うおわっ!? きゅ、急に寒気に襲われた……！ こんな脳に直接くる刺激、僕初めてだよ！ やっぱこれ、運命の出会いとかしか思えないな。君もそう思うだろ、ね、ね？」

試しにシャルルにだけ届く範囲で殺気を飛ばしてみるも、彼は都合の良い方へ解釈しているようだった。最早彼のメンタルは無敵の域にいる。ある種の大物だ。但し、これだけ大声を出せば試験官に目を付けられるというもの。アーチェが逸早《いちはや》くシャルルに注意を促す。

「シャルル君、受験生の中で交流を深めるのは良い事だけど、今は試験中ですよ？ 私としてはその行動力を称《たた》えて加点してあげたいところですが、試験的には減点対象です。残念だけど、凄《すご》い減点対象です」

「これはこれはアーチェ試験官、僕にわざわざ声を掛けてくださるとは光栄だなぁ。いえ、歳《とし》の差も胸の大きさも関係ありません。僕は見ての通り、守備範囲が広いんです！」

「う～ん、そっかそっか。でもね、聞いての通りそれも減点対象♪ このままだと君、走る前に失格になってしまいますよ？　ベルさんに迷惑をかけるのも、ほどほどにしてください ね。国家間の問題になったら、私のワクワクが止まらな、コホン！……そのような事は、ルミエストとしても承認できませんからね」

「へえ！　君、ベルって言うんだね？　鈴のように可愛らしいネーミングじゃないか～。国家間の問題になる懸念がある辺り、かなり身分も高いと見た！　ベル、ベル、ベル・バッカニア……うん、いいね！　奇跡的にマッチングしている！　僕ともお似合いだ！」

ここまで奇跡的な馬鹿となれば、逆の意味で希少かもしれない。ベルは怒りを飛び越え、氷のような冷静さを取り戻していた。

「大丈夫、貧乳だって僕は見捨てないよ！」

「減点～♪　シャルル君、いよいよレッドカードが目前です！　私、盛り上がってきましたよ！」

（よし、殺そう）

良かれと思って言ったのであろうシャルルの言葉は、ベルを氷のような冷静さから、絶対零度の冷酷さへとランクアップさせた。

レッドカード手前となれば、流石《さすが》のシャルルもそれ以上口を開かなくなる。代わりにベルに向かって頻《しき》りにウインクをしていたようだが、もうベルは前しか見ていないので関係ないといった様子だ。いよいよ一組目の受験生達は配置につき、開始の合図を待つ状態となる。

「では、合図の赤魔法が鳴ったらスタートしてくださいね。いきますよー？　よ――い――」

――グオォォ――――ン！

「へ？ぇうあっ……！」

試験官の一人が詠唱した赤魔法は、小規模の無害な爆音を鳴らすという、所謂《いわゆる》空砲のような働きをするものだった。しかし、この瞬間にその空砲の音を上書きして辺りへと鳴り響いたのは、ソニックブームが巻き起こした爆音であった。器用にベルの片方のお隣さんのみに放たれた衝撃波は、とある不幸な受験生へと浴びせられる。

◇　◇　◇

空気を裂くような、或《あ》いは凄まじい爆音が鳴り響いたような、とにかく試験官と受験生達は、これまでの人生において耳にした事のない音を聞いた。巻き起こったのは一瞬、但しそのインパクトが計り知れないものだったのは確かだ。

「うわっ!?　ななな、何の音だっ!?」

「え……？　え、走り終わったの？」

「う、嘘《うそ》っ!?　さっきの今だよ!?」

その証拠にそうしようと打ち合わせた訳でもないのに、この場に居合わせたリオンとアーチェ以外の者達は皆、目を点に、そして口を開けっ放しにするという、何とも間の抜けた表情で統一されてしまっている。共に走る筈《はず》だった残り三名の受験生達も驚きのあまり、スタートを切る事もできていなかった。

「……タイムは？」

「え？　あっ、ええと!?」

ゴールから暫《しば》くしても誰も動こうとしないので、仕方なく声を掛けて確認を取るベル。呆気《あっけ》に取られた状態から正気に戻り、大急ぎでタイムを確認する担当試験官。タイムの計測はゴールを通り抜けると作用する専用計測器によって自動で行われる為、計り忘れが発生する事はない。

「う、ううぅん!?」

但し、計測器に記されていたベルのタイムは、あまりにも現実離れした数字だった。何せ、歴史あるルミエストのどんな記録よりも速く、それ以前に比較するのもおこがましいと思わせるほどのものだったのだ。一度正気に戻った試験官は、それを目にした瞬間に思考が停止し、再び呆然《ぼうぜん》。これを現実として認めるか、それとも自分は夢の中にいるのではないかと、まずはそこから選択するところから始まる。

「わあ、シャルル君が見事にぶっ飛びましたね。結構な飛翔《ひしょう》のようでしたけど、大丈夫でしょうか？　私、責任者として心配です！」

「ハッ!?　そ、そうです、受験生の一人が吹っ飛んだんでした！　早く無事の確認をっ！　担架の用意も！」

「はは、はいっ！」

「ふぅ」

言葉とは裏腹に楽しそうなアーチェ、慌てて担架の用意をする他の試験官、少しスッキリした様子のベルと、三者三様の反応を見せる。一方で外側より様子を眺めていたリオンは、ベルの技術の高さに感服していた。

（ベルちゃん、凄いなぁ！　邪魔者のみを排除するコントロール力もそうだけど、怪我《けが》をしないように吹き飛ばす位置をちゃんと水場に調整してた。うん、厳しいながらも最低限の思いやりを忘れない、対人戦はこうあるべきだよね！）

対人戦とはこれ如何《いか》に。しかしリオンの言う通り、派手に吹き飛ばされた割にシャルルは無事であった。これといった外傷はなく、精々飛ばされた先で水にドボンし、自慢の衣服をずぶ濡《ぬ》れにしてしまった程度の被害で済んだようだ。ただ、念の為シャルル本人は医務室で検査を受ける事に。

「彼はまた後に試験を受けてもらうとして……いやはや、逆側に跳躍するなんて、シャルル君もおかしな事をするものです。目立ちたがり屋さんも、あそこまで突き抜ければ尊敬ものですね。ベルさんもそうは思いませんか？」

「フフン、まったくね」

アーチェに話を振られたベルは、珍しくも爽やかな笑顔を咲かせていた。

それからベルのいた第一グループは、トラブルが発生したという名目で、ただ一人走り終えたベルと医務室送りのシャルル以外の三名で再度測定を行う事に。こちらは至って平和的に、可もなく不可もなくといった、ごく普通の内容であった。ベルの伝説的な記録が嘘のように、次の走者達も普通、良くても常識的なレベルでの優秀、といった内容ばかりだ。そして、いよいよリオンの所属するグループに順番が回ってくる。

「よ――い――」

アーチェが用意の声を投げ掛けた後、鳴らされる赤魔法による空砲。これまでと同様に代わり映えのしない展開だ。が、しかし。

「――ほっ！　よし、一着！」

「ッ！！？？」

ベルの時とは真逆に何の足音も気配も感じさせないまま、ゴール地点を通り抜けたリオン。喜びの声を耳にする事でリオンの存在に気付いたタイム測定担当試験官は、ビクッと体を震わせながら軽く飛び跳ね、ベルの時以上に驚いた様子であった。それこそ、口から心臓が飛び出る勢いだ。

「試験官、タイムはどうでしたか!?」

「うぇえええ!?」

「あ、あの……?」

「タタタ、タイム!? ああ、タイムね、うん! ちょっと待ってね、今深呼吸するから! 自分を見つめ直すから! すぅ、はぁ〜〜〜……」

ベルの記録によってある程度の耐性ができたとはいえ、このタイムを見るのには勇気がいる。落ち着いてこれが現実であると認め、試験官はゆっくりと測定器へ視線を移した。

「すまない、私の頬をつねってくれないか?」

「何でですかっ!?」

「自分が信じられなくて……」

リオンの記録は、先のベルのタイムを上回るものだった。試験官はこれが現実なのか夢なのか、もう判断できなくなっていた。疑心暗鬼の真《ま》っ只中《ただなか》、リオンに意味不明な要求をしてしまうほどである。ちなみにこの間も、ベルとアーチェ以外の者達《たち》は目が点に、口は開けっ放しの状態だ。

(流石はリオンね。ほんの少しの差、それも緑魔法なしとはいえ、私のスピードを追い抜くだなんて。今度は手加減なしの全力で相手をしてもらいたいものだわ)

スッキリしたのもあるのだろうが、ベルは何だかご機嫌である。

「うーん、このグループも測定のし直しですね。はいはーい、皆さん気持ちは分かりますが、正気に戻ってくださいねー！」

頭上でパンパンと手を叩《たた》き、受験生と試験官を現実に引き戻そうとするアーチェ。相当に図太い性格をしているのか、彼女だけはこの状況でもあっけらかんとしたままだ。

「まだまだ試験は始まったばかりですよ。燃え尽きるのなら、それらが終わった後にしてくださいねー？　あ、でも明日《あした》は明日で面接試験がありましたね。すみません、今のナシ！　灰になるのは明日の試験が終わってからで！」

王族や貴族といった高貴な出自の多い受験生達、毎年多くの逸材を目にしてきた試験官達にとっても、これほどまでに規格外な存在は稀有《けう》も稀有、風の噂《うわさ》で耳にしても、直接出会うような事は殆《ほとん》どないと言って良い。驚くのも無理はないだろう。しかし、アーチェの言う通り第二試験はまだ始まったばかり。この後にも筋力や魔力の測定、更には指定審査など、デンジャラスなポイントは数多く存在するのだ。受験生と試験官、彼らの心がせめて試験中に折れない事を、ベルは少しだけ祈ってあげた。

（ふんふんふ～ん♪　今年の受験生はとっても優秀ですね。もうこれS級冒険者並みのような、そんな気さえします！　学院長、私の手には負える気があんまりしませーん！イエェーイ！）

　そんな中、一人ハイテンションで次の試験を楽しみにしているアーチェは、やはりどこか頭のネジが飛んでいた。そしてこの後、リオンとベルは第二試験の全てにおいて、アーチェの期待の斜め上を行く結果を残す事となる。この日全ての日程が終了した時、興奮のあまりアーチェは鼻血を垂らしていたとか、いないとか。

◇　◇　◇

　試験二日目の全日程が終わり、時刻は夕方。ルミエスト学区内にはまだ生徒の姿も多いが、受験生達は午前中のうちに、それぞれの宿泊場所へ帰宅を終えている。残す試験は最終日の面接のみとなり、受験生はもちろんの事、担当する試験官達にとっても、もうひと踏ん張りの時期といえるだろう。何せ受験生達が学園を後にしてからも、彼らには採点をまとめる作業が待っているのだから。しかも、そんな採点作業を終えたからといって、この日の業務が終わる訳でもない。

「さて、疲れているところ集まってもらってすまない。一日目の筆記試験、そして今日行った実技試験、その採点のまとめは如何《いかが》なものかな？」

　部屋名プレートに会議室と記された校舎内の一室に、アート学院長の中性的な声が響き渡る。彼が座る円卓には、アートの他にも何名かの学園教師が同席しており、正にこれから会議が始まる様相を呈していた。そこにはこの日、リオンとベルの担当試験官だったアーチェの姿もある。

第一試験と第二試験の採点が終われば、こうして各試験の責任者を務めていた教官達がこの会議室に集まり、現段階での受験生達の成績を共有する時間を設けるのが、ルミエストの恒例となっている。翌日の面接試験に用いる質問材料にする、何か問題が発生していないかの確認を行うという名目なのだが、突出して注目すべき受験生がいた場合、この場でその者を紹介する事もある。アートはどちらかといえば、後者の話を楽しみにしている口だ。

「ええ、滞りなく」

「わあ、ホラス先生は流石ですねー。疲れの色が一切見られません！　私なんてこの会議に間に合わせる為《ため》に、必死にデータを作っていましたのに！」

「フッ、アーチェ教官は見た目とは裏腹に、細々《こまごま》とした作業が些《いささ》か苦手のようですからなぁ。急ぐのは良いですが、そのデータ内容が間違っていないかと、ワシは祈るばかりですよ。何と言っても、それいかんによって少年少女達の未来が決まるのですからな！」

朗らかに笑うアーチェに対し、ボイルという名の少しばかりふくよかな体形をした男性教師が突っ掛かる。言っている事は間違ってはいないのだが、その口調は実に尊大な様子だ。

「ボイル教官、落ち着いてください。採点は間違いが起きないよう、何重にもチェックされるものですから、そのような事は起こりませんよ。聡明《そうめい》なボイル教官ならばご存じの筈です。知らなければクズに成り下がってしまいます。私はボイル教官がクズでないと信じたいのですが？　貴方《あなた》はクズですか？　クズ？」

そこに待ったを掛けたのは、教官用の制服の上にローブを羽織った妙齢の女性だった。アーチェとは方向性が異なるが、こちらの女性も理知的な印象を窺《うかが》わせる美女である。時に全てを包み込む聖母のような笑顔を振り撒《ま》き、時に悲しそうに俯《うつむ》いてみせる……が、どうも台詞《せりふ》に怪しいところがあった。場を和まそうとしているのか、それとも新たに喧嘩《けんか》を吹っかけているのか、微妙に言動が噛《か》み合っていない。

「う、うむ……？　も、もちろんワシは知っておる、知っておるとも。聡明であるからな！　ワシなりの気遣い、そう、アーチェ教官を心配しての言葉だったのだ！」

「まあ、それは素晴らしい事です。教官同士のコミュニケーションは大切ですからね。もし仮にただの嫌みだったのなら、本物のクソ野郎でしたからね。私は心の底から安堵《あんど》しました」

「……ミルキー教官、君、わざと言っていないかね？」

「はて、一体何の事でしょうか？」

ミルキーはおっとりぽわぽわとした口調で答え、可愛《かわい》らしく首を傾《かし》げてみせる。

「い、いや、分からないのなら良いのだよ。うむ、きっとワシの気のせいだ」

　ボイルは不覚にもその仕草にときめいてしまい、それ以上は踏み込まない事にしたようだ。

「そうですそうです、人の心配より自分の心配！　ボイル先生こそ、私と同じくらいうっかりさんなんですから、気を付けてくださいね？　何せ、受験生達の未来が懸かっているのですから！」

「アーチェ教官、君に関しては明確にワシを馬鹿にしておるなっ!?」

「とんでもない！　純粋に心配しているんです！　ボイル先生のうっかりを！」

「それを馬鹿にしていると言うのだ！」

　しかし、あろう事かアーチェは空気を読まずに、ズカズカと地雷原へと足を踏み込んでしまう。プライドの高いボイルが怒るであろう地雷を、タップダンスを踊るが如《ごと》く踏み抜きに踏み抜く。アーチェは一切気にしない、というか配慮できない質《たち》なので、収拾もつかない状況だ。

「私が担当する第一試験に限定しての話ではありますが、今年の受験生で大きな問題を起こした者はいませんね。精々が居眠りや遅刻といったものです。問題が分からないからといって、不当だと暴れ出した者がいた昨年よりも、随分と洗練された印象かと――」

「――ホ、ホラス教官!?」

が、アートの隣の席に座っていた大柄な教官、ホラスはそんな状況を一切気にする様子もなく、淡々とアートに向けての報告を開始。これには先ほどまで顔を真っ赤にさせていたボイルも、マジでかと驚愕《きょうがく》してしまう。

「ワシが言うのも何だが、よくこの状況で何事もなかったかのように始められますな。しかし、勝手に進行するような真似《まね》は――」

「――勝手なのはどちらでしょうか。この時期の一分一秒は大金に値します。言い争いをする、それを止めに入る。そのような時間は無駄だとは思いませんか？　ならば、強制的に始めるのが最も得策でしょう」

「む、むう……」

丁寧な口調とは裏腹に、大柄かつ強面《こわもて》のホラスが放つ威圧感は圧倒的だ。ボイルは堪《たま》らずに口を閉ざしてしまい、それ以上言い返す事ができなかった。代わりに、様子を見守っていたアートが軽く手を挙げる。

「ホラス教官の言は尤《もっと》もだが、教官同士で言い争うのは良くないぞ。それでは生徒達に示しがつかない。君達四人の方針が異なっているのは重々承知の上だが、くれぐれも生徒達に悟られないようにしてくれよ？　目立つのは私だけで十分なのだからね！」

「はい、気を付けます！」

「……申し訳ありません」

「ええ、承知致しました」

「クッ……！　も、もちろん、分かっています、とも」

アートの言葉に素直に頷《うなず》く、或《ある》いは渋々と等々、受け入れ方は様々なれど、教官らは従う意思を示す。

「よろしい。なら折角だ、そのままホラス教官から順々に報告してくれ」

「はい、では先ほどの続きから。数字の上での成績を見ますと、今年は大分開きがありました。全ての教科において満点を取った者もいれば、全ての教科を無記入のまま提出し、一点も取れなかった者もいるような状況です。筆記の試験官を長年務めてきましたが、このように両極端なのは初めてかと」

「は～、満点はもちろん凄《すご》いですけど、無記入のまま出しちゃう子も凄いですね。流石《さすが》の私も、赤点スレスレを狙って何問かは記入しますもん」

「アーチェ教官は肉体派のお馬鹿さんですからね。本当にその容姿が可哀想《かわいそう》です」

「えへへ、そんなに本当の事を言わないでくださいよー。恥ずかしいですよー」

「……」

ボイルが何とも言えない表情をアーチェとミルキーに向けているのはさて置き、この出来事はルミエストにとって大変に珍しい事であった。満点も然《しか》り、零点も然り、である。

「フフッ。それで、その偉大なる成績を残した受験生の名は？」

「全教科にて見事満点を取ったのはベル・バアル、新たに存在が明らかとなった北大陸一の大国、グレルバレルカの姫です。対して不名誉にも零点であったのは、東大陸の獣国ガウンの推薦で、試験に参加しているラミという少女ですね。端《はな》から問題を解く気がなかったのか、終始熟睡していたのを確認しています」

◇　◇　◇

配布された資料を眺めながら、ホラスの話に耳を傾ける一同。彼が報告を終えると、ボイルがわざと聞こえるように大きく溜息《ためいき》を吐《つ》いてみせた。

「フン、北大陸に獣国ガウンか。悪魔が住まう大陸と獣人の国、どちらも信用ならんと思うのだがな。特に試験を無視して眠ってしまう者は論外、そもそもやる気が感じられん。所詮は獣人、という事ではないのかね？」

「お言葉ですが、ラミ受験生は獣人ではありませんよ。獣王レオンハルト様が推薦をし、多額の入学金を支払う事を約束してはいますが、ガウンの王族という訳でもないようです」

「は!?　そ、それではただのガウンに住まう一般人に対し、そこまでの援助をしたと!?　一体どういうつもりなのだ!?」

「それは私には分かりかねます。が、この者は信用に足る人物であると、太鼓判を押しているのもまた事実。無下に扱う事は許されませんよ、ボイル教官？」

「ぐ、ぐぐっ……！　わ、分かっておるわ！」

「フフッ、ボイル教官は高貴な人間が大好きなんですものね。ですが教官である以上、一部のみを贔屓《ひいき》してしまうのはいけません。それともまさか、ボイル教官は種族で生徒の良《よ》し悪《あ》しを判断する差別主義者だった、なんて事は——」

「——あ、ある訳がなかろう！　種族に関係なく、ワシは不真面目である事は良くないと、そう指摘したかっただけだ！　ミルキー教官、人が悪いですぞ！」

「それじゃあボイル先生、満点を取った超優秀なベル受験生を信用できないと言ったのは、どうしてです？　ホラス先生の話を聞く限り、試験は真面目に受けられていたようですけど？」

「そ、それは……」

　アーチェの追撃を受け、ボイルは舌打ちを目一杯にしてやりたい気分だった。普段は天然な風なのに、こういう時のアーチェは悪びれる様子もなく、必ずボイルの弱い場所を突っついてくる。しかも上手《うま》く言い逃れない限り、徹底的に追及してくるのだ。だからこそ、ボイルは彼女を毛嫌いしていた。

「……彼女自身というよりも、ワシは北大陸という存在自体を気にしておるのだ。新たなる大陸という触れ込みの聞こえは良いが、そこにいる者達《たち》の殆《ほとん》どは悪魔なのだろう？　長き歴史のどこを取っても、悪魔とは人類の敵とされてきた存在だ。そこから魔王も多く輩出されている。学院長は彼女を橋渡し役として期待しているようだが、生徒らの安全を第一に考えるのは何も不思議な事ではあるまい？」

「おお、珍しく理に適《かな》っていますね。確かに確かに！」

「フッ、そうであろうそうであろう。筆記試験で全問正解をしたと言うが、それこそ未知の術でも使い、違反行為をしたのではないか？　実に怪しいものだ」

アーチェに肯定された事に気を良くしたのか、一転して饒舌《じようぜつ》になるボイル。しかし、他の教官達から送られる視線の旗色はあまりよろしくないようで。

「ボイル教官、それは極論暴論というものでは？」

「残念ながら、私もその考えには賛同できませんね」

「あ、なら私も反対で！」

「なぬ？　ミルキー教官、ホラス教官、なぜにワシの意見が受け入れられないと？」

「あっ、なら私も反対でっ！」

「ワシとしては至極真っ当な事を言っただけなのですがなぁ」

「なら！　私も反対で――」

「――分かったから一旦黙っとれぇ！」

　ボイルはアーチェを無視して、二人の次の言葉を待つ。

「貴方の数十年足らずの人生において、言葉を喋《しゃべ》る悪魔、それも我々人間とそう姿が変わらぬ悪魔を目にした事はありましたか？　私はありません。これまでに出現したとの報告があったのは、力はあれど意思疎通を図れない下級悪魔《レッサーデーモン》が殆どでした。が、今回の彼女は明らかにその上を行く上級悪魔《アークデーモン》、いえ、姫なのですから、それ以上の存在なのは間違いないでしょう。そんな彼女が力を行使する訳でもなく、我々の常識に則《のっと》って手続きを行い、正式にルミエストへ入学しようとしてくれているのです。これほどまでに興味の尽きない出来事はそうはありませんよ？　人間にだって悪人はいますし、悪しき習慣を持つ者達だって存在します。だからこそ既存の悪魔としてではなく、彼女については新たな悪魔として考えるべきでは？　是非とも頭脳明晰《めいせき》な彼女には、私の研究室に来て頂きたいものです」

「た、確かにそうかもしれんが……！」

「私からも少し意見を言わせて頂きましょう。先ほどボイル教官はベル受験生の不正を疑われたようですが、それはつまり私が考案した不正への対策、私の監視の目をすり抜けて行ったという認識でよろしいのですね？　私が怠慢であったからそのような疑いが出るのだと、ボイル教官は考えておられるのですね？　ならば、具体的にどのようにして不正を行ったのか、具体案を出して頂きたいのですが？　今後の参考にさせて頂きますので」

「あ、いや、決して断言している訳ではなく、可能性をだな……」

「私もベルさんには頑張ってもらいたいと思ってるんですよねー。彼女、第一試験だけじゃなく、第二試験においても凄《すさ》まじい成績を残しているんですよ。歴史的と言ってもいいかもしれません。純粋な身体能力だけでなく、武術は達人の領域を容易に越え、指定試験では思わず逝っちゃいそうになるくらい、凄い演奏をしてくれたみたいなんです。いやはや、才能の塊と言い表すだけじゃ失礼な人材ですよ。疑わしいから手放すなんて、途轍《とてつ》もなくもったいないかと！　わざわざおかわりを要求して、それを残すくらいもったいないかと！　あと、私とも気が合う気がするので！」

「むむ、むむむっ……！」

唯一賛同していたアーチェからも裏切られ、次々と追い詰められてしまうボイル。僅かな望みを託してアートの方へと顔を向けるが、アートは亜人であろうと差別せず、分け隔てない学園運営を目指す事を信条としている。そんな彼に助けを求めるのは、そもそもが間違いである。

「これは北大陸と新たな繋《つな》がりを持てる絶好の機会でもある。疑いの目ばかりを向けて、その機会を無下にするのは如何《いかが》なものだろうか？　それこそ、ボイル教官が不安視する悪魔達と対立してしまうかもしれない。そうなれば、我が学園の立場は危ういものとなってしまうぞ？」

「……その通り、ですな。申し訳ない、発言を撤回する」

「理解を示してくれて何より。だが、ボイル教官が言わんとしている事も、十分に理解できるものだ。他生徒らに危険が及ばぬよう、私としても最大限配慮しよう。それと、そうだな……そこまで不安であるのなら、明日のベル受験生の面接にボイル教官も参加してみるか？　彼女と直接言葉を交わせば、北大陸の悪魔がどのようなものなのか、ボイル教官にも知ってもらえるだろう」

「ワ、ワシが、ですかな……？」

アートの提案に、ボイルのみならず他の教官らも意外そうな表情をする。予定ではボイルは別の受験生らの担当であり、ベルと面接する機会はなかった筈《はず》なのだ。

「……学院長がそこまで仰《おつしや》るのであれば」

その意図を怪しみながらも、ボイルはこれを了承する。返事を聞いたアートはニコリと笑いながら立ち上がり、両手を広げてみせた。

「よし、ならばそれで決まりだ。そして話題も切り替え、空気を入れ替えよう！　今君達が注目している受験生を、私に教えてくれたまえ！」

「はいはい！　ベルさんとリオンさん！　二人とも良い子で気が合って凄い才能があって兎《と》に角《かく》凄くて、ああっ！　私の担当じゃなかったけど、ラミさんも凄――」

「満点を取ったベル・バアル受験生はもちろんですが、私個人としてはグラハム・ナカトミウジ受験生にも注目しています。第一試験に遅刻した為《ため》、総合点では目立たない彼ですが、参加してからの解答は全て正解していました。最初から受験に臨んでいれば、トップに並ぶ力があったかもしれません」

「うーん、そうですねぇ。皆さんが言う通り、私もベル受験生と……それと将来性を考慮して、クロメル受験生でしょうか。彼女は最年少ながら文句のない学力を持っていますし、何よりも第二試験の結果も素晴らしい。彼女ほどの伸びしろは、他にいないでしょうね」

「ワ、ワシはエドガー・ラウザー君を推すぞ！　彼ほど確かな人材はいないと確信している！」

凄まじい熱意を持って語り始める教官達。これほどの熱意を示すのには、とある理由があるのだが……それが明らかになるのは合否発表後の事になる。

◇　◇　◇

運命の試験最終日、泣いても笑っても残る面接試験で、合否が決定する。緊張した面持ちで面接会場へ集まる受験生達。彼らは何部屋かの待合室に振り分けられ、そこで自らの面接の番を待つ事になる。ルミエストならではの毎年恒例、長く、そして変な汗がにじむウェイティングタイムである。全く意に介さず、我が道を行く強者《つわもの》もそれなりにいるが、受験生の多くにとっては好ましくない時間と言えるだろう。

面接試験は十数分で終わる程度の長さであるが、受験生の人数が多く、その者達が単独で面接を受ける事になる為、結果的に丸一日を要する事となっているようだ。そういう訳で、リオン達は一日のうちのいずれかの時間を指定され、その指定時間に合わせて会場入り。第二試験よろしく、今回も別々での参加となる。


——受験生クロメル・セルシウス、担当試験官ミルキー・クレスペッラの面接。

三人のうち、最も早くに順番が回ってきたのはクロメルだった。面接室にて試験官と一対一で向かい合い、挨拶を交わす。

「ク、クロメル・セルシウスです。本日はよろしくお願いしましゅ……！」

「試験官のミルキーです。何かと緊張するとは思いますが、普段通りのクロメルさんの姿を知りたいので、どうか肩の力を抜いてくださいね」

「ひゃ、ひゃい！　頑張ります！」

クロメルはとても緊張しているようだ。

「フフッ、よろしくお願いします。そうですねぇ……真面目な話ばかりをするのも面白くありませんし、軽く雑談から入りましょうか。筆記試験と実技試験はどうでした？　クロメルさん的に、上手くできた感触はありましたか？」

「ど、どちらも精一杯の力を出せたと思います。あ、でも、実技試験の時には試験官さんを少し困らせてしまいまして、その、ごめんなさい……」

「いえいえ、クロメルさんが謝るような事ではありません。クロメルさんの力を見誤って、適性でない測定器を渡した当校の試験官が能なしだったのです。本当に悔い改めてほしいものです、ええ」

「えと……」

笑顔のまま毒を吐くミルキー。クロメル、試験とは関係なしにちょっと怖がる。

「あら、ごめんなさい。私ったら試験とは関係のない方の話をしてしまいましたね。軌道修正しなくては。それで、クロメルさんの成績についてですけど……フフフ、大変素晴らしい成績ですよ。筆記試験は千二十七名の受験生中二十八位、実技試験でも総合評価点で五位をマークしています。入学定員数が百名である事を考慮しても、十分に合格ラインに達していると考えられるでしょう。よく頑張りましたね、クロメルさん。正直に申しますと、その若さでこの成績は脅威としか言いようがありません。私の娘に欲しいくらいです」

「は、はい、ありがとうございます。でも、私にはママがいますので、ミルキー試験官の娘さんには……」

「分かっています、冗談ですよ♪」

「ええっ!?」

ミルキーの笑顔と言葉に若干振り回されつつも、クロメルの面接は終始和やかな雰囲気で進んでいった。

――受験生リオン・セルシウス、担当試験官アーチェ・デザイアの面接。

クロメルのお次はリオンである。元気に礼儀正しく、そして誰とでも仲良くなれる彼女にとって、この試験は一番の見せ場であった。

「リオン・セルシウスです。本日はよろしくお願いします」

「試験官のアーチェです！　今日もよろしくねー！　ところでリオンさん、このルミエストで私と一緒に、燃え上がるような青春を謳歌《おうか》する気はありませんか!?　きっと楽しいですよ！」

だがリオンが見せ場を作る以前に、面接官であるアーチェは、リオンが既に合格しているかのような口振りとなっていた。これでは質問というよりも勧誘である。

「わあ、とっても楽しそうですね。その時は是非ご一緒させてください！」

そんなアーチェに対し、それでもノータイムで返答ができるリオンは、ある意味落ち着いていると言える。逆にアーチェの方が落ち着いていないくらいだ。

「よっし！　約束、きっと約束ですよ!?」

「はい、約束です！……あの、面接はいいんですか？」

「いやー、だって昨日の試験でリオンさんの人となりは大体分かりましたし、この第三試験を差っ引いても余裕で合格ラインを上回っていますしー。手元の資料によれば筆記試験は五十三位、実技試験は堂々の三位ですよ、リオンさん！　私が同じ試験を受けても、これ以上の成績なんて出せる気がしませんもん！」

しかしながら、ぶっちゃけ過ぎであった。

（その情報、僕が知っても良いものだったのかな？……ん？　実技試験が三位って事は、僕より上の成績が二人？　一人はベルちゃんとして、もう一人は——まさか、クロメル!?　す、凄《すご》いっ！）

姪《めい》（友達）の健闘を密《ひそ》かに称《たた》えるリオン。その予想が合っているかどうかはさて置き、この試験に向けてのやる気の向上には繋がったようだ。

「あ、でも面接はやっておかないと、後でボイル先生に怒られてしまいますね。やっぱり真面目にやりましょう！」

「はい、改めてよろしくお願いします」

「こちらこそー。ではでは、最初は手堅く。ルミエスト入学への志望理由を教えてください」

最初の空気とは打って変わって、意外にもリオンとアーチェの面接は至極真面目に進むのであった。

――受験生ベル・バアル、担当試験官ボイル・ポトフの面接。

ラストを飾るはベルだ。三人の中でこの試験に最も適性がないと、自らそう考えていた彼女。しかもその面接官を務めるのは、悪魔に対して強い先入観を持つボイルである。面接が穏やかに進行するとは思えないこの組み合わせ、果たしてどうなるだろうか。

「「……」」

ベルが入室してから数分が経過。ベルとボイルは既に席へと着いているのだが、双方向かい合うだけで、一言も言葉を発しようとしない。互いに様子を窺《うかが》っている、というよりは、敵に対して眼《がん》を付けている状態に近かった。要は睨《にら》み合いである。

「……ッチ！　受験生ベル・バアル君、挨拶くらいはしたらどうだね？　先ほどからワシはずっと待っておるのだよ。君でも挨拶の一つくらいはできると信じてね！」

「は？　何私の台詞《せりふ》をパクってるのよ？　挨拶を待ってあげてるのは私の方よ。私の貴重な時間を使って、わざわざ貴方《あなた》のような豚に期待してあげてるのよ。さっさと頭《こうべ》を垂れなさいな。ほら、早く」

「はぁ――――!?」

我慢できずに先に言葉を投げ掛けたボイルであったが、ベルの返答は彼の予想を覆すものだった。これまでのベルの態度を見れば、ボイルを侮辱しているのは明らかだ。それでも受験生と試験官という明確な立場がある限り、最悪でも会話はそのレベルで成り立つと、ボイルはそう予想していた。だというのに、いざ蓋を開けてみればこの通り、敬語を使わないどころか、命令口調で罵る始末。ボイルが思わず声を荒らげてしまうのも、まあ無理もない。

「お、おま、お前、今何と――」

「――どうしたの、顔色が悪いわよ？　青くなったり赤くなったり忙《せわ》しない豚ね。言いたい事があるならハッキリ言いなさい。それで上に立つ者としていられるつもり？　せめてイエスかノーで、いえ、余計な言葉は聞きたくないから、全部三文字以内で用件を済ませて」

「っ！？？」

ボイル、怒りを通り越して唖然《あぜん》。そして新境地に至る。ベル、勝ち誇ったように口の端を吊《つ》り上げ、悪い笑みを浮かべる。

（……面接対策だとか言って、アンジェが無理矢理渡してきた調査資料、ボイル・ポトフに対しては侮辱が一番効果的って書いてあったけど、本当にこれでいいのかしら？　どう考えても逆効果よね、これ。まあ、友人として信じて実践してあげるけど。セバスだと思ってやれば、手慣れたものだしね）

（ななっ、ななな何なのだ、この小娘はっ！　ミルキー以上に口が悪いぞ、上から目線の態度なんて最悪だ！　だが、だがっ！……何なのだ、胸の奥で高鳴る、この気持ちは!?）

この面接が一体どうなるのか、皆目見当がつかない展開になっていた。

◇　◇　◇

リオンとクロメル不在の寂しき数日間を過ごしてきた俺は、二人が帰ってきたという吉報に喜びを隠し切れなかった。エリィから知らせを聞いた瞬間に、整備途中だったダハクの鍬《くわ》を放り投げ、地下と地上を繋《つな》ぐ階段を駆け上り、玄関の扉まで一直線に全力疾走。これを瞬《まばた》きの間に完遂してしまうほどに、俺は舞い上がっていたんだ。

『『ただいまー』』

『おがえりぃ～いぃ～～～！』

言葉と共に二人を抱き上げ、再会を祝福してクルクルと回る事三回転。キャッキャと喜ぶ楽し気な声を耳にしながら、俺の妹＆娘成分は一気に補充されるのであった。たまたまそこに居合わせた黄ムドに、凄《すさ》まじいまでのジト目をぶつけられたが、俺は全く気にしなかった。

で、そんな感動極まる再会から一週間を経て、平和な時を謳歌する今に至っている訳なのだが、この間のクロメル達《たち》はどこか落ち着かない様子。受験の結果待ちをしているのだから、そりゃあそうもなるだろう。一方の俺も、暫《しばら》くしたら再びリオン達がパーズを離れるという悲劇に、胸の張り裂けるような思いが続いていた。ジェラールの胸にも続いていた。

「ご主人様、体調が優れないように見えますが、大丈夫ですか？」

「え？　あ、ああ、大丈夫だ。問題ない」

そんな俺の心の在り方が見た目にも表れていたのか、同室していたエフィル（妊娠の為《ため》業務引き継ぎ&削減中）に心配されてしまった。時期が時期である為、エフィルはメイドとしての仕事の他にも、モンスター討伐などといった冒険者の仕事にも、最近は同行させていない。その代わり、屋敷ではできるだけ一緒にいて安心させようとしているのだが、逆に俺が心配させたら世話ないよな。猛省せねば。

「フフッ、リオン様とクロメル様の事を考えていらっしゃったんですね？　ルミエストへ入学して、西大陸に向かったらまた暫く会えなくなる。入学に納得はしているけど、やっぱり寂しいし離れたくない――そんなところでしょうか？」

「うぐっ……！　ぜ、全部お見通しって感じか。やっぱりエフィルには敵《かな》わないな」

「伊達《だて》にご主人様を一日中想《おも》っていませんので。私だけでなく、セラさんやアンジェさんも察していると思いますよ？　シュトラ様は言わずもがな。恐らくはメル様も」

「マ、マジで？　いやでも、メルはどうだろうなぁ。ここ最近のあいつ、俺の前でニッコニコ顔で飯を食ってばかりだぞ？」

　今日の討伐依頼の帰り道、メルが両手に串団子を持っていたのは記憶に新しい。

「それはメル様なりの強がり、ではないでしょうか？　自らの分身であるとはいえ、今やクロメル様はメル様の子も同然です。ご主人様がそうであるように、メル様も心のどこかで不安や迷いを持っているのだと思います」

「なるほど。それでも俺に余計な心配を掛けないように、いつも以上に普段の自分を演じていたって事か……」

　メルの奴《やつ》、慣れない事しやがって。後で撫《な》でくりまわして、今日はおかわり無制限の刑にしてやる。……やっぱり無制限は止《や》めておこう。俺の察知スキルが危険で無謀だと訴えている。

「エフィル、教えてくれてありがとう。どうも俺はまだまだ考えが浅はからしい。エフィルには助けられっ放しだよ」

「お気になさらないでください。私、それ以上に色々なものを頂いていますから」

　微笑《ほほえ》むエフィルは太陽の如《ごと》く。この後光、もしやエフィルは天使？　いや、大天使――いや、神だった!?　これは落ち込んでる場合じゃないぞ、俺！

「俺、頑張るよ。リオンとクロメルが遠いところに行ったって、頑張ってこの試練の時を乗り越えてみせるよ！　エフィルの為にも！」

「え、えと、無理をされるのも、あまりよろしくないかと……憂うご主人様の横顔も趣があって素敵ですが、ずっと苦しまれるのは私も不本意です。いっその事、リオン様達の在学期間中、私達も西大陸に渡ってそちらで活動致しますか？　西大陸は私達の知らない国々やダンジョンがまだまだありますし、ご主人様の冒険者稼業に新たな刺激を与えてくれるかもしれません。ルミエストの近場で新たに拠点を構えれば、私もご一緒できますし、その気になればリオン様やクロメル様にお会いになる事もできますよ？」

「……」

「ご主人様？」

意気込んでいた俺に、不意打ちの衝撃が走る。エフィルの提案があまりに衝撃的過ぎて、言葉を失ってしまった。たぶん、今の俺の顔は途轍《とてつ》もなく間抜けになっているだろう。

「申し訳ありません。突然このような提案をしても、ご主人様にご迷惑をお掛けするだけでしたね」

「違う、それは違うぞエフィ――――ル！　逆だ！　俺は今、猛烈に感動しているんだっ！　エフィルが出してくれた、素晴らしき提案にっ！」

「え？　えっ？」

感極まって、思わずその場から立ち上がってしまう俺。そう、そうだよ。何も二人の在学中、お行儀良くパーズや東大陸に留《とど》まっている必要はどこにもないんだ。仮に西大陸に移動したって、安全な拠点さえ構えてしまえば、妊娠したエフィルだって連れ出せる。未知のモンスターやダンジョンだって盛り沢山だろう。エフィルの言う通り、毎日とはいかなくとも、定期的にリオンとクロメルにだって会える。……会えるッ！

「こんなにもシンプルな答えを、何で俺は今まで気付かなかったんだ！　いや、それだけ動揺していたって事なんだろうけど……何はともあれ、エフィル！　俺達も西大陸に渡るぞ！」

「ご、ご主人様、一度落ち着きましょう。まだ他の皆さんにも話していませんし――」

――ガチャ！

「話は聞かせてもらったぞい！」

「もらったわ！」

「もらいました！」

「もらったよ！」

何てタイミングがいいんだろうか。俺の部屋の扉を開けて、ジェラールとセラ、メルとアンジェが押し寄せる。今は気分が最高にいいんだ。この際、盗み聞きをしていた事は不問にしよう。

「王よ、ワシも大賛成じゃて！　あとものは相談なのじゃが、ルミエストの近くに行くついでに、暫《しば》しの間学園の警備員になっても良いかの？　いや、深い意図はないんじゃよ？

ただ、未来ある若者を悪の道に引きずり込まんとする輩《やから》がおらんとも限らんし、そんな時に無慈悲に叩《たた》っ斬る剣があれば学園も大助かりなのではないか、などと思ってみての。うむ、全然他意なんてない」

「はいはいっ、私も私も！　私もジェラールと同意見よ！　それでね、ジェラールが警備員になれるのなら、私は魅惑の女性教師になれると思うの！　ほら、私ってばどう見たって、教えを乞う生徒っていうよりも、華麗に指導を行う先生タイプでしょ？　一度ビクトールみたいな立場をやってみたかったのよね～」

「賛成してくれて嬉《うれ》しいよ。でも、それは絶対に止めとけ」

最高に気分の良い俺だって、流石《さすが》に弁《わきま》えるところは弁えるよ？　孫の為ならば屍《しかばね》の山を築くであろう警備員と、人にものを教えるのが絶望的に下手な教師って、どこの学園にそんな需要があるんだよ？　そんな事をしたらどう考えたって、最終的にリオン達と学園が迷惑を被る事になる。それは俺の本意じゃない。

「拠点を構える行き先のリサーチについては、この私にお任せください！　こんな事もあろうかと、西大陸各地のグルメガイドを買い揃《そろ》えていましたので！　噂《うわさ》の人気店から隠れた名店まで、シュトラ以上の情報を提供致します！　絶対にお約束します！」

「メル、お前の気遣いは痛いほど理解したよ。でもまずは、その口から溢《あふ》れ出てる涎《よだれ》を拭こうか」

　ハンカチでメルの口元を、愛《め》でるように拭いてやる。俺を想っての演技とはいえ、流石にちょっとあからさまだぞ？　俺としては嬉しいけどさ、うん。……ねえ、まだ涎止まらない？　演技だよね？　演技だよね!?

「ケルヴィン君、アンジェさんもちょっとお邪魔したい場所があるんだ。デートがてら、一緒に行こう！」

「それは即攻で了承した」

「ええっ!?　私の提案は蹴ったのに、アンジェだけ狡《ずる》い！」

　という訳で、セルシウス家は西大陸に向かいます。

◇　◇　◇

　ケルヴィンらが二階で盛り上がっている丁度その頃、屋敷の門と玄関を繋ぐ庭園では、リオンとクロメル、そしてシュトラが噴水のある池の縁に腰掛けて、とあるものが届くのを待っていた。シュトラはいつも通り落ち着いたものだが、受験生二人はどこかそわそわした様子である。

「ま、まだでしょうか？　例年の傾向を見るに、そろそろ届いてもおかしくない頃合いだと思うのですが……（そわそわ）」

「落ち着こう、クロメル！　僕らは全力を尽くせたんだから、きっと大丈夫だよ！　（そわそわ）」

「そう言うリオンちゃんも一旦落ち着こう？　ねっ？」

　会話の最中にもリオンとクロメルは頻《しき》りに門の方へ視線を向けて、シュトラが苦笑するほどに振り子の如く上半身を左右に揺らしていた。もうお察しだろう。二人は受験の合否通知を待ち構えているところなのだ。ルミエストの試験結果は、一週間ほどで受験生に届く事になっている。クロメルが言っていた通り、今年も例年のままであるのなら、間もなく通知が届くであろう時期だった。

「はい、深呼吸～」

「「すぅ、はぁ～～～」」

「落ち着いた？」

「「……（そわそわ）」」

「ま、まだ落ち着かないみたいだね……あれだけ何回も答え合わせをして、二人とも問題ない点数だって確認したじゃない。面接でも凄《すご》い成績だって褒められたんでしょ？　そんなに緊張しなくたって、きっと大丈夫！　私が保証するわ！」

「う、うん。僕も頭では分かっているんだけど、やっぱり嫌でも緊張しちゃうと言いますか……」

「私、面接試験でもかなり緊張しちゃったんです。もしかしたら、それが響いてしまったり……」

「二人とも、S級モンスターと戦う時より神経質になってない？」

　受験とは不思議なもので、数々の戦場を渡り獣王祭でも活躍した勇者や、世界を破壊の瀬戸際まで追いやった元黒女神をも惑わす代物であるらしい。世界の命運を賭している訳でもなく、命のやり取りを行っている訳でもない。それでもこのイベントは、リオン達に十分過ぎるスリルを与えていた。

「……不合格だから僕達のところに通知が来ない、って事はないかな？」

「ないよ。合否の結果に関係なく、受験生全員に通知は届く事になっているもの。も〜、ケルヴィンお兄ちゃんやクロメルちゃんは兎《と》も角《かく》として、リオンちゃんがここまで不安定になるのは予想外だったなぁ。グレルバレルカ帝国に戻ったベルさんにも、まだ通知は届いていていないんだよね？」

「はい。昨日転移門でお邪魔した時は、ベルさんもまだだと。あと、とっても呆《あき》れられちゃいました……」

「毎日毎日、転移門で確認しに行ってたからね。シュトラちゃんと同じく、絶対に合格してるから心配するだけ無駄！って、そう断言されちゃったよ」

「うん、流石に毎日は赴き過ぎだと思うの」

ちなみにこの一週間、グスタフパパンの機嫌は頗《すこぶ》る良く、ジェラールジジンはちょっと複雑だったそうな。

「あら？」

「どうしたの、シュトラちゃん？」

不意に空を見上げたシュトラに、リオンとクロメルが首を傾《かし》げる。

「……うん、やっぱりそうみたい。二人とも、お待ちかねの通知が来たよ」

「「えっ？」」

シュトラの視線の先にいたのは、一羽の鳥だった。首に鞄《かばん》を下げて、頭にはルミエストの園章が記された帽子を被《かぶ》っている。そしてその鳥自体が結構でかい。かなりでかい。人間の身長くらいの大きさはありそうだ。そんな巨大な鳥が、屋敷の上空を何度も旋回していた。

「鳥の、郵便屋さん？　わっ、大きい！」

「うん、ルミエストで飼われているモンスターよ。地図や住所を理解できるくらいに賢くて、色々なところに行く為《ため》に戦闘訓練も受けているんですって。昔目にした時は大きくて怖かったけれど……改めて見ると、とっても愛嬌《あいきょう》がある！」

「目元が黒くて、眼鏡をかけているフクロウみたいです。フワフワでモコモコしてそうです！」

見た目は超でかいメガネフクロウである為、児童からの人気は意外にも高いようだ。

「でも、何で何度も何度もあそこで旋回しているのかな？」

「屋敷の周りは結界で囲まれているから、空からは入ってこられないのかしら？」

「そ、それは大変です！　急いでパパに、結界を解除してもらうよう伝えないと！」

「あ、それはちょっと待って。フクロウさん、門の前に降りてきた。それで、ワンとトゥー達《たち》と対話してる！」

「トゥーが封筒を受け取ったみたい！」

「賢い！」

「賢いです！」

それから巨大メガネフクロウは再び大空へと舞い上がり、次なる目的地を目指して去っていった。クロメル、抱き締めたい衝動を発散できず、少ししょんぼり。

と、そんな風に去る鳥さんに手を振っていると、門の方から門番をしていたワンがやって来る。

「リオン様、クロメル様、ルミエストカラオ手紙ガ届キマシタ。ドウゾオ確カメクダサイ」

「そ、そうでした。ありがとうございます」

「ありがとう！　つ、遂《つい》に結果を知る時がやって来てしまったんだね。また緊張してきちゃった……！」

恐る恐るといった様子で封を開ける二人。更に恐る恐る中身を確認すると――

「――ケルヴィンお兄ちゃんに知らせなくていいの？」

「行ってくる！」

「知らせてきます！」

とびっきりの笑顔を咲かせて、リオンとクロメルは屋敷へと駆け出す。合否の結果を聞かずとも、そこに記された内容が分かるというものだ。そんな彼女達の後ろ姿を眺めながら、シュトラはふぅと僅かに息を吐き出し、次いで微笑《ほほえ》んだ。

「シュトラ様、嬉シソウデスネ」

「うん！　友達が合格したんだもの。とっても嬉しい！　あと、勉強を教えた先生としても鼻が高いかな。えへん！……でも、問題はこれからでしょうね」

「ホウ、問題トハ？」

「合格したのはいいけど、ルミエスト学園内で住む事になる寮決めは、完全に学園任せになるの。寮は全部で四つもあるから、三人が一緒の寮になる確率は正直低いと思う。リオンちゃん達が持っていったあの通知表に、どの寮に組分けされるかも書いてある筈《はず》だけど……これぱっかりは、神様にリオンちゃん達が希望する寮に入れますようにって、そうお祈りするしかないわ。私とコレットちゃんの時も、寮は別々だったの」

「寮ガ異ナルト、何カ問題ガ発生スルノデスカ？」

「ケルヴィンお兄ちゃんやジェラールお爺《じい》ちゃんが絶望するわ」

「……ソレハ難儀ナ話デス」

「そう、とっても難儀なの。リオンちゃんに限ってはペットとしてアレックスを同伴希望だから、ペットの飼える二つの寮に絞り込みができるわ。けど、クロメルちゃんとベルさんは、う～ん……」

「ナルホド。困ッタ時ノ筋肉頼ミ、トイウ事デスネ」

「き、筋肉？　えっと、確かに筋肉の神様頼みって事だけど、そういう略し方をすると違う意味になっちゃうような……」

　ゴルディアは古くから来る者は拒まず、去る者は追わずの方針であると、ゴルディアの巫女《みこ》は公言している。少しはご利益があるかなと考えたシュトラは、心の中で新たな女神を思い浮かべてお祈りをするのであった。

◇　◇　◇

　リオンとクロメルがケルヴィンの私室に突入し、ルミエストの入学試験に合格したという報告をしたのは、ほんの少し前の事だ。通知を両手で前面に押し出し、溢れんばかりの笑顔を向けた二人は、この部屋に集合していた家族らに一斉に祝福されたのであった。

「やったね、クロメル！」

「はい、とっても嬉《うれ》しいです！」

ご機嫌なリオン達。先ほどまでの心配顔が嘘《うそ》みたいに、今は笑顔の花を咲かせっ放しである。

「うおおーん！　ようやった、本当にようやったのう！　王よ、今夜は祝杯じゃ！」

「まあ待て、ジェラール。こんなめでたい日は次にいつ来るか分からん。ここは街を挙げて、盛大に二人を祝福するべきじゃないだろうか？」

「分かった！　それじゃアンジェさん、これまで積み上げてきた人脈をフル活用しちゃうよ～。手始めにギルドに行って、祭りを開かないかってミストギルド長と交渉してみる！」

「私は一度グレルバレルカに行ってくるわ。ここに通知が来たって事は、ベルのところにも合格の知らせが届いているでしょうし。それでね、父上に合同でお祝いしないかってお願いしてみる！　きっと了承してくれる筈よ！」

「パーズとグレルバレルカの合同祭、という事ですね!?　いけません、それはいけません。流石《さすが》の私も、二国が持ち寄った屋台料理全ての制覇は難しいです。三巡ほどしたところで、お小遣いが怪しくなってしまいます！」

だがしかし、その兄や爺といった仲間達は、なぜかリオン達以上に盛り上がっていた。

二人が報告に来る以前からテンション高めだった事に加え、愛すべき者達が試験に受かったという事実が、喜びに拍車をかけたのだろう。

「あ、あのですね、まだ報告したい事が、えと……」

「皆さん一度落ち着きませんか？　深呼吸をしましょう、深呼吸」

「「「「すぅ、はぁ～～～」」」」

最後の砦《とりで》であるエフィルは、これから母となる身として、一歩引いた位置からの判断ができたようだ。冷静に深呼吸を促し事態は収束、漸《ようや》く本日の主役であるクロメル達が話せる状態になるのであった。

「合格の通知と一緒に、私達が住む事になる寮の案内も来ていたんです。ちなみに、私は『セルバ』でした」

「僕は『ボルカーン』だったよ。アレックスと一緒に入れるのは、クロメルのセルバとこだけだったから、先《ま》ずは一安心って感じかな？」

「ん、んん？　ちょっと待ってくれ。寮って何種類もあるのか？　もしかして二人やベルは、同じ寮に入る訳じゃない、とか……？」

「あれ？　ケルにい、寮の概要欄読んでなかったの？　ルミエストには寮が四つあるんだよ」

「「ッ!?」」

リオンにルミエストの寮制について説明されるケルヴィン＆一同。あまりの衝撃にケルヴィンは顎が外れ、ジェラールは兜《かぶと》が潰れそうになっていた。

「――つ、つまり、ルミエストは全寮制だけど、同じ寮に入れるとは限らない、のか……!?」

「うん。限らないというか、僕とクロメルはもう別々の寮になるのが決まっちゃったけどね。ルミエストは自分で受ける授業を決める単位制なんだけど、それだけじゃ社会に出る為の協調性は養えないって事で、学園に通っている間は他の生徒達との共同生活をする事になるんだ。普通の学校でいうところのクラスみたいに、学内でお祭りや対抗戦をしたりする時、この四つの寮毎《ごと》にチームを組んだりもするんだって」

「チチチ、チーム!? 誰とも知らぬ男とキャンプファイアー囲んで手を繋《つな》いで、フォークダンスでも踊るってのか!?」

「キャ、キャンプ、ですか? えと、それがどういったものなのか、ちょっと分からないのですが……パパ、安心してください。寮は生徒の性格や適性などを、先生達が頑張って考えて考えて、そうして漸く選ばれるんです。明らかにこの子とあの子は相性が悪いだろうな、という組み合わせにはなりませんから」

ケルヴィンを安心させようと、クロメルが更にルミエスト寮の詳細について話してくれた。

リオンが所属する事となる『ボルカーン寮』は、他の寮と比べ所属する生徒の種族が豊かであり、頭で考えるよりも体が先に動く！　という、運動神経の良い肉体派な生徒の多いグループとなっている。寮章が炎をモチーフにしている通り、寮内の雰囲気は大変明るく協調性も群を抜いて高い。ペットを同伴させる事ができるのも特徴の一つだ。その性質から亜人であったり、社会的に身分の低い者にとって人気の高い寮とも言える。一方で勉学が苦手な傾向にあるのは、寮長であるアーチェ・デザイアの影響だろうか。過去には火の国ファーニスのレンやランなどが所属していた。

そして、そんなボルカーン寮と真逆を行くのが、水の寮章を掲げる『マール寮』だ。ホラス・アスケイドが寮長を務めるこの寮は、端から端まで生真面目、冷静、規則が最優先という頭脳派な生徒が集まっている。机上での試験を行えば、最も優秀だとして真っ先に名が挙がるほどだ。マール寮に所属する者が、テストの上位を独占するなんて事がざらで、卒業後の進路も学者や政治家になる者が多いという。過去にはリフリル孤児院のエドワードなどが所属していた。

続いてはクロメルが所属する事となる『セルバ寮』。樹《き》の寮章を持つセルバ寮は兎《と》にも角《かく》にもバランス型で、勉学だろうと運動だろうと、趣味芸術特殊技能エトセトラに関心を持つタイプといえるだろう。何をするにしても興味津々、新たな技術があれば真っ先に確かめたいという、そんな研究者志望も多ければ、身分を捨てて卒業後に冒険者になってしまうような、破天荒な選択をしてしまう卒業生もいたりする。何にせよ、ミルキー・クレスペッラが寮長なだけあって、最も摑《つか》みどころのない寮である事は確かだ。ちなみに、このセルバもペット同伴可となっている。過去には神皇国デラミスのコレットなどが所属していた。

最後の紹介となるのは、ボイル・ポトフが寮長を務める『シエロ寮』だ。大空を表す寮章を持つシエロは、生徒の中でも特に身分や位の高い者達が集まる傾向が強く、それ故に一人一人のプライドが甚だしく高い。またそれらに付随して全員我が強い為、その中で抜きん出たカリスマ性を持つ生徒が現れでもしない限り、寮内でさえ険悪な雰囲気が充満しているのが常、更には他の寮を見下している節がある火薬庫だ。宛《さなが》ら貴族社会の縮図と揶《や》揄《ゆ》したのは、果たして誰だったか。但し幼き頃より英才教育を受けてきた者達ばかりなので、その能力値は総じて高水準。過去には軍国トライセンのシュトラなどが所属していた。

「――と、こんな感じです」

「そ、そうだったのか……ありがとう。よく分かったよ」

「ですか♪　パパに伝わって安心さんです」

「うんうん、良かったさんだ。うん、良かった良かった……」

ケルヴィンが頭を撫《な》でると、クロメルは目を瞑《つぶ》りながら気持ち良さそうにしていた。ただ、ケルヴィンが心配していたのはそこではない。問題は可愛《かわい》い可愛い妹と娘が別々の寮になる事が確定し、どちらかは、最悪の場合は二人とも、頼りになるボディーガードから離れてしまうという点だ。如何《いか》に自分達《たち》が西大陸に拠点を置く事になろうとも、直《す》ぐ隣に狼《おおかみ》がいては対処が遅れる可能性がある。特にシエロという寮は、他の寮に所属する事になっている二人にとって危険な存在だ。

『……ジェラール、やっぱりお前、警備の仕事に就いてみる気はないか？』

『奇遇じゃな、王よ。ワシも危険な狼共をバッサバサと斬り捨てたいと、そう思うていたところじゃて』

そんな念話でのやり取りをこっそり二人でしてしまうほど、ケルヴィンとジェラールは錯乱気味になっていた。

◇　◇　◇

翌日、俺とジェラールは精霊歌亭に赴いた。とある人物から呼び出しを食らったのである。

「ハァ？　貴方《あなた》達、まだそんな事をグダグダ言っていたの？　いい加減、子離れ妹離れ孫離れしなさいな。行き過ぎると私のパパみたいな立場になっちゃうわよ？　リオンやクロメルから白い目で見られたいの？　そういう変態的な趣味に目覚めちゃったの？」

「いや、その、面目ないというか何というか……」

「ワ、ワシらはただ心配で心配で、他意はないのじゃ。本当なのじゃ……」

その人物とは、俺達の眼前に座っておられるベルさんの事だ。テーブルの上にクレアさん特製のモンブランがなかったら、彼女の機嫌は更に悪化していただろう。恐ろしい、実に恐ろしい。

「セラお姉様に呼ばれた時は驚いちゃったわよ。貴方達のあまりの愚かしさにね」

「「ぐっ……」」

俺達は今、酒場のテーブル席に向かい合うようにして座っている訳だが、ベルが普通に座っているのに対し、俺とジェラールは椅子の上で正座する事を強いられている状態だ。背もたれのないタイプの椅子ではあるが、地面に正座するよりも、こちらの方が精神がすり減り負担が掛かる。ジェラールなんてあんな巨躯《きょく》だから、正座するだけでも大変だ。そしてこの正座タイム、そろそろ一時間を超えようとしている。要は何を言いたいかというとだな、足がもうやばい。感覚がない。ごめんなさい。刀哉《とうや》、前にこんな罰ゲームやらせてごめんな……

と、なぜに俺達がこんな仕打ちを受けているのかというと、ジェラール最強警備員計画がセラにバレたからである。発信相手をジェラールに絞った念話での情報伝達も、セラが相手ではちょっとしたアイコンタクトで勘付かれてしまうのだ。

『ジェラールだけ警備員にさせるつもりなんでしょ!? アンジェといい、ケルヴィン達ばっかり狡《ずる》いわ！　私をルミエストの教師にしてくれないのなら、当事者のベルに言い付けてやるんだから！』
　勘もいいし運もいいセラを相手に、隠し事をしようとした俺達の愚かさよ。そんなこんなで、俺達の壮大な計画はベルに知られる事となる。信愛なるお姉様のお呼びならばと、ベルは朝一番に屋敷へとやって来た。わざわざ北大陸から海を渡ってやって来た。低血圧なのに、早起きして来てくださった。ちなみに転移門を使うという選択肢は、俺が拒否する事を見越して排除したらしい。流石はバアルの血を引く者、鋭い。
　そして到着するなり俺とジェラールをこの精霊歌亭に連れ出し、酒場に着くなり正座を強要し、自らは好き勝手にメニューを注文するという横暴っぷりを炸裂《さくれつ》。いや、俺が悪かったのは確かだ。けど、けどさ、クロメルとリオンを引き合いに出しての精神攻撃はそろそろ勘弁してほしい。本当に反省しているんです。嫌われたくないんです。マジです
……

「ったくもう。これだけ暗い未来を教えてあげれば、もう下手な行動はしないかしら？」

「はい、気を付けます。自制します……」

「一緒に西大陸に行っても、遠くから見守る事に徹すると約束するぞい。本当に本当じゃ」

「ちょ、ジェラール！」

「は？　一緒に西大陸に渡るぅ？」

「待てベルさん！　誤解だ、誤解だから！」

　正座＆精神攻撃、続行。俺とジェラールの誤解が解けたのは、それから更に三十分後の事だった。

「――それじゃあ、西大陸に渡るのは冒険者としての活動が目的で、ルミエストで騒動を起こすつもりは全くないって事ね？」

「『誓って！』」

「……本当に？」

「た、たまに顔を見たいってのは確かにあるけど、学園や生徒に手を出すつもりはないよ。警護はベルに任せたんだ、全面的に信じてる」

「ワシも王と同じく……たまに、本当にたまにでいいから、顔を見せてほしいぞい……」

「ふーん？　ま、妥協案としてはそんなもんでいいでしょう。安心なさい。一度契約したからには、私だって手を抜くつもりはないの。完璧に遂行してあげる。貴方達が不安視するシエロ寮の連中を含めて、ね」

　モンブランの最後の一欠けらを頬張りながら、ベルはそう言い切った。

「おお、凄《すさ》まじい自信じゃ！　これは期待できるぞい！」

「それにしたって、やけに自信満々だな……何か策があるのか？」

「ああ、まだ教えていなかったわね。私が配属される寮、そのシエロなのよ」

「「え?」」

俺達、硬直。

「この空皿、下げるよー」

「ありがとう。あと、食後の紅茶を頂けるかしら」

「あいよ！　少し待っておくれ」

ベル、俺達が固まっている間に紅茶を追加注文。今更だけど、クレアさんはこの状況に全く動じていない。強い。

「よ、よくシエロ寮に配属されたな。確かにベルの身分は申し分ないが……あれから俺達もシュトラに聞いたり、色々と寮について調べてみたんだけどさ、シエロ寮は昔のトライセンみたいな、人族至上主義を掲げているんじゃなかったか？　寮長のボイルとかいうおっさんが、特にそんな思想が強かった筈《はず》だ」

「ああ、面接試験中に調教してあげたの。今はもう、半分くらいはうちのセバスデルみたいなものね」

「試験中に何やってんの!?」

「面接に決まってるでしょ。それ以上でもそれ以下でもないわ」

「た、頼りになり過ぎて逆に怖いぞい!?」

「なら、もっと頼りになさい」

怒濤《どとう》のツッコミにも一切怯《ひる》まず、ベルは優雅なティータイムに入っていた。強い。

「二人の近くで護衛するのも一つの手でしょうけど、生憎《あいにく》と私は護《まも》るよりも攻める方が好みなの。そこに害虫の巣窟があるのなら、根本《こんぽん》から正してやるのが一番手っ取り早いでしょ？　だから、シエロは私が中から落とす」

「落とすって……いや、ベルに任せると言ったばかりだったな。方法は任せるよ。ジェラールもそれでいいな？」

「う、うむ。ベルよ、クロメルとリオンをよろしく頼む」

「お前だけが頼りなんだ。二人に楽しい学園生活を送らせてやってくれ」

「フッ、まあ任せておきなさい。使徒だった頃の任務に比べれば、この程度児戯に等しいわ」

椅子の上で正座したまま、俺達は深々とベルに頭を下げた。S級冒険者という立場上、馴染《なじみ》の場所であってもそれなりの注目は浴びるものだ。酒場には顔見知りの冒険者などもいたが、もう恥も外聞もない。そんなもの、正座タイム中に全て捨て去った。今はただ誠意をもって、頼みの綱のベルにお願いをするだけである。

「なあ、クレアよ。ケルヴィンとジェラール殿、あんなに頭を下げて、一体何をやらかしたんだ？」

「さぁねぇ、あたしだって知らないよ。ただ、かなり切羽詰まった様子だったねぇ」

「ほーん？　ま、わざわざ首を突っ込むような話でもないか。おい、お前も余計な事は――」

「つか正面に座ってるあの娘、セラ嬢によく似てないか？　妹さんか？　妹さんなのか!?」

「ぐぬぬ！　ケルヴィンめ、またあんな可愛い子と！」

「ぜ、是非お近づきになりたい！」

「……お前らなぁ、またかよ」

たまたま酒場にいたウルドさんとマッチョパーティの面々は、俺よりもベルが気になっている様子だ。うん、止《や》めとけと全力で説得したい。

「リーダーの言う通りだぞ、馬鹿野郎共！　あのクソ重い雰囲気の中に突っ込むつもりか？　それに、あのケルヴィンとジェラールさんが頭を下げるような相手なんだ。最悪死ぬし、お前らには釣り合わねぇよ」

「うっ、た、確かに……」

「で、でもよぉ……」

「何といっても、俺が先に目をつけていたんだからなぁ！　空気が重くたって関係ねぇ、先手必勝だ！　行動なくして出会いはねぇ！」

「「ああっ、この卑怯者《ひきょうもの》！」」

――ゴォォーン！

「ぐ、おおぉ……」

視界の外での出来事だったが、クレアさんの持っていたおぼんが誰かの頭にクリティカルヒットしたような、そんな清々《すがすが》しい音がした。そちらを振り向けないから詳細は分からないけど、恐らく被害者は倒れて気絶してしまっている。強い。

「大事なお客さんに何しようとしてるんだい！　アンタ、後で覚悟しておきなよ！」

「は、はい……」

次いで聞こえてくるは、ズルズルと何かを引き摺《ず》る音。ああ、マッチョが運ばれていく。

「ふ～ん、サービスの行き届いている良い店じゃない。出てきたケーキやお茶も私好み。ケルヴィン、なかなかセンスがあるわね。そこだけは褒めておいてあげるわ」

「そ、そうか。気に入ってもらえて良かったよ……」

第三章 ▼迷宮国パブ

ルミエストの入学日が刻々と迫り、最近のリオンとクロメルは学園生活の話題で持ち切り状態だ。そわそわも再始動して、毎日がピクニック前夜然としている。但し、今日は別の意味でそわそわする日になるだろう。何といったって、今日は西大陸に第二の拠点を構える日、なのだから！

『ご主人様ー、私も行ーきーたーいー！』

『リュカの事はお気になさらず。行ってらっしゃいませ』

『お土産よーろーしーくー！』

準備を整え自宅地下の転移門で移動する間際、リュカとエリィからそんな言葉を頂戴する。毎度の事ではあるが、西大陸で活動している最中、パーズの屋敷を空にする訳にもいかないのだ。ちなみにリュカの希望するお土産は、その国特有の珍しい調理器具だった。すっかり板について、料理人として頼もしい限りである。

活動拠点の大規模移動という事で、今回は仲間全員での行動となる。最初ダハクは農園の改良をしたそうにしていたが、西大陸には例の聖地がある事を思い出したのか、次の瞬間には「直《す》ぐに行くべきッス！」と、率先して準備をしていた。うん、残念だけどゴルディアの聖地に行く予定はないんだな、これが。本当に残念だなぁ残念だ。

転移門の行き先は、前回ルミエストへ向かう際にも使った場所に設定。そこより目的地までは、また馬車での移動だ。ただ、今回はルドさんの馬車ではなく、西大陸の冒険者ギルドが用意してくれたものとなる。とまあ、ここまで明かせば、もう目的地にピンとくる奴《やつ》もいるだろう。そう、俺達《たち》が拠点を置こうとしている場所は西大陸最西端、冒険者ギルドの本部が存在する迷宮国パブなのだ。

「ねえねえ、パブってどういうところなの？」

ギルド本部の紋章である熊のマークが記された馬車に乗って、パブの首都に向かうその道中、俺の向かいに座るセラが隣のアンジェにそんな事を聞いていた。

「迷宮国パブはね、その名の通り国内にダンジョンが沢山存在しているんだ。驚くなかれ、今確認されているダンジョンの数だけでも、世界最大数の二百四十七ヵ所だよ！」

「に、にひゃ……!?　そ、それが一国内にあるだなんて、流石《さすが》に多過ぎじゃない？」

「確かに嘘《うそ》っぽいけど、これは世界一信頼できるアンジェさん情報なんだよね。というか、冒険者ギルドもそう公表してるし。パブの国土面積が西大陸中では比較的広いっていうのもあるけど、そういう星の下にある土地だからなのか、今も新たなダンジョンが発見され続けているんだ。どんなに少なくても、大体一年に二、三ヵ所は見つかってるね。その上、ダンジョン踏破難易度も平均的に高めでさ、パブの地は腕利きの冒険者が最後に至る場所、なんて言われるくらいなんだ」

「へえ、そんなにあるものなのね。となると、パブにいる冒険者のレベルも高いの？」

「だね。ダンジョンをいくら探索しても次々と新しいのが湧き出てくる、更には本部の目に留まりやすいって事から、高い実績を上げるにはもってこい！　野心ある未来のＳ級冒険者候補が、本部にはうじゃうじゃ――とは言い過ぎかもだけど、かなりの数の高レベル冒険者が、パブを拠点に活動してるよ。暇さえあれば喧嘩《けんか》を売りたい、そんなケルヴィンにはピッタリだよね」

「なるほどね、納得したわ！」

「いや、それで納得するなよ。誰が喧嘩腰だよ」

　パブの説明については全くその通りで、俺にとって魅力しかない御伽《おとぎ》の国な訳だけどさ、後半部は真っ向から反論したい。俺は相手が悪人じゃない限り、初手から手を出すような事は今までしてこなかったし、するにしても、ちゃんとした理由付けはしてきたじゃないか。何も知らない人が聞いたら、変な誤解を与えてしまうぞ、まったく。

「出たねぇ、ケルヴィン君の持ち芸」

「そうねぇ、でも流石に慣れてきちゃったから、そろそろ芸風に新しい風を入れてほしいものだわ」

「芸じゃねぇよ！……な、何だよ、その生暖かい目は!?」

「「べっつに～？」」

俺は至極真面目だというのに、セラとアンジェはそう受け取ってくれない。クッ、なぜだ!?

「あ、あー、それにだ、パブはルミエストともそこそこ近いからな。ルミエストと国境を接している訳じゃないが、俺らの足なら許容できる範疇《はんちゅう》だ」

「ケルヴィンが満足できて、更にはリオンとクロメルの近くにいるから安心、一石二鳥という訳ね？」

「それだけじゃないよ。ケルヴィン君、パブではアンジェさんとのデートも控えてるじゃないか！　一粒で三度美味《おい》しいってものだよ！」

「ちょ、ちょっとアンジェ、どういう事よ!?」

「え？　だって私、この前にデートのお誘い、ケルヴィンに即行で了承してもらったじゃん？　デートがてらにお邪魔したい場所がある、ってね♪　それが迷宮国パブだったって事さ、セラ君！」

「な、何ですってぇ！」

うん、高らかに宣言していた。ただ、そのデートの行き先がちょっとデートらしくないというか……いや、密偵活動《デート》があるのだから、そういうデートもアリなのか？

「ケルヴィン！　その次は私、私が予約を入れておくから！　ダンジョンが一杯あるんだったら、その中にはきっと格好いい石像だって沢山ある筈《はず》！　一緒に至高の石像を探して、記念に持ち帰りましょう！」

「お、おう……」

そ、そう来たかぁ。てっきり釣りだとばかり……しかし、ダンジョンの装飾を持ち帰るのは、果たしてアリなんだろうか？　セラ好みの悪魔的センスな像なら、宝物扱いで持ち帰っても誰も困らない、か？

とまあ、二人とそんな風に話をしていれば、あっという間に時は過ぎるというもの。義《と》父《う》さんの時のようなトラブルが起きる事もなく、気が付けば俺達の乗る馬車はパブへと到着していた。連なって走っていた四台の馬車が、街の入り口のところで停止する。

「ビックリするほど何もなかったな。前回の苦労は一体何だったんだろうか……」

「え、何の話？」

「ほぼほぼ義父さんの話」

「？」

セラは分かろうとしなくていいんじゃないかな。セラにまで反抗期に入られたら、恐らく義父さんは立ち直れないから。

――ガチャ。

馬車を降りる際は、ギルドの正装を身に纏《まと》った御者が、何も言わずとも扉を開けてくれる。気分はセレブ、心は庶民、つまりは慣れない。

「ケルヴィン様、こちらでよろしいのですか？　ギルド本部まで馬車で移動する事もできますが……」

「ああ、気にしないでください。時間に余裕があるので、歩きながら向かいたいと思います。途中、立ち寄りたい場所もありますし」

「そうでしたか、分かりました。では、私共《わたくし》はこれで失礼致します」

ガラガラと車輪の音を鳴らしながら、馬車が街の中央の方へと去っていく。クロメルとリオン、それにシュトラが、世話になった馬車の後ろ姿が見えなくなるまで、バイバイと手を振って見送っているのが微笑《ほほえ》ましい。

「にしても、風変わりな街並みッスね。どこもかしこも冒険者が使うような店ばっかだ。花屋はないんスか、花屋は!?　花や作物の種を買いたいッス！」

「花屋、花屋か……探せばない事もないだろうが、パブの首都は特に冒険者が集う場所だからな。基本的に酒場や鍛冶屋、冒険道具専門の道具屋の類ばかりだぞ？」

「そ、そんな殺生な……！」

パブの主要施設の極端さに、ダハクはショックを隠し切れないようだ。まあ確かに、ちょっと変わった街だよな。店の種類に限らず、パブの街並みはかなり特徴的だ。ダンジョン感を意識しているのか、道や建造物を石造りで統一していたり、壁を伝って緑が生い茂っていたり、セラ好みのへんてこな石像があちこちに立っていたり。

けど、今俺が最も気になっているのは、そんなパブの街並みではない。冒険者の本拠地なんだから、やっぱ冒険者自身に目を向けるべきだろう。見よ、街を闊歩《かっぽ》する腕利きの冒険者達のこの多さ、そして早くも俺達に注目しているその鼻の良さ、ライバルに向ける強い野心を宿したあの瞳――うーん、どれも堪《たま》りませんなぁ。

「いやあ、皆眼光鋭くっていいよなぁ。視線が突き刺さる突き刺さる。誰か喧嘩売ってくれないかなぁ？」

「エフィル姐《ねえ》さん、大変。主《あるじ》の鼻息が荒い。若干気持ち悪さも入ってて、心の声まで出てる。かなり重症」

「大丈夫です、格好いいので問題ありません」

「えっ……？」

◇　◇　◇

「エフィル姐さんに、そ、そういうツッコミは、逆効果、なんだな」

「むうう〜、完璧超人なエフィル姐さんの唯一の欠点……」

ボガとムドが何やらこそこそ話をしている。フフッ、一体何を話しているのやら。

「さ、いつまでも街の入り口にいる訳にもいかないし、移動するとしようか」

「まずは拠点に寄るんだっけ？」

「ああ、エフィルを休ませたいからな。とはいえ、良い場所が見つかるまで数日間は宿住まいだ」

これだけ冒険者御用達《ごようたし》の施設が充実しているのであれば、宿もまた然《しか》り。シュトラガイドにお薦め掲載されていた宿は、既にリサーチ済みだ。パーズの屋敷のような本格的な拠点を置くのは、ここでの生活に慣れてからで十分だろう。

「ご迷惑をお掛けします、ご主人様」

「だから気にするなって、ん……？　エフィル、何か頬が少し赤くないか？」

「そ、そうですか？　え、えと、自分ではよく分からないのですが」

「んー、馬車の移動で疲れたのかもしれないな。無理はするなよ？」

「……（じー）」

……ムドから無言の圧力を掛けられている気がする。すっごいジト目だ。な、何だよ？　言いたい事があるなら、念話の方でもいいから言えよ。

「あ、あー……俺とエフィルは先に宿に向かうけど、お前らはどうする？」

「それなら私は、エフィルの為《ため》に栄養価の高そうな食べ物を探してきましょう。ついでに味見はするでしょうが、それは毒見のようなもの。目的はあくまでエフィルの為ですとも、ええ」

「これだけ鍛冶屋があるのじゃ、ワシはその辺を少し歩いてみようかのう」

「僕もジェラ爺《じい》についてくー」

「私もー」

「でしたら、私もご一緒したいです」

「王よ、幸せ過ぎてワシ、死んじゃうかも……」

「そう言っているうちは絶対に死なないから安心しろ」

「は、花屋……」

「ダハクは本当に死んじゃいそうね。花屋がないのは分かったけど、特産品を売ってる場所くらいはあるでしょ！　私、ちょっと土産用のペナントを探してくる！　もちろん、エフィルの分も買ってきてあげるから！」

「え？　は、はい、ありがとうございます……？」

「私はエフィルちゃんとケルヴィンに付いて行こっかな。何だか心配だし」

「アンジェ姐さんに同意。私も心配、主だけだととても心配」

「お、おでもそうする。初めての街、護衛、必要だど」

「ガウ～（散歩～）」

最後にひと鳴きしたアレックスの背中にて、クロトがぷるるんとその瑞々《みずみず》しい体を揺らした。どうやらクロトもアレックスと一緒に散歩へ行くらしい。

「アレックスとクロトだけで街中を散歩するの、大丈夫かな？　一応普通の狼《おおかみ》サイズ、手乗りスライムサイズになってるけれど、街の冒険者の人に野生のモンスターと勘違いされたりしない？」

「セルシウス家の紋章が入った首輪をしていますから、恐らく問題ないと思いますが……」

「それでも周知されてるパーズと勝手が違うと思うんで、俺もアレックスとクロト先輩の散歩に付いて行くッスよ……ついでに花屋も探すッス……」

「ウォーン（お願ーい）」

「オーケー、配下ネットワークに宿の場所を記しておくから、用が済んだらそこに来てくれ。それじゃ、各自自由行動！」

「「「「おー！」」」」

掛け声と共に、元気に街中へと駆けていく仲間達《たち》。鋭いナイフのような空気を醸し出している周りの冒険者達とは、面白いくらいに真逆の反応だ。特にセラとメルは走り方がマジで、クロメル以上に子供っぽい。

「では、私達も宿に向かいましょうか。エフィルちゃん、お腹《なか》に気を配りながら、ゆっく

ね」

「フフッ、些《いささ》か大袈裟《おおげさ》な気がします。ですけど、今日はそのご厚意に甘えさせて頂きます

り歩こうね〜」

「背後はボガが、前は私が警戒する。エフィル姐さん、安心して」

「そうそう、いつもそうやって甘えてくれれば、俺は――」

「――お前、『死神』のケルヴィン・セルシウスだな？」

「……何か用か？」

せっかく俺が凄《すご》く良い台詞《せりふ》を言おうとしていたのに、物凄いタイミングで遮られてしまった。見れば、冒険者らしき男達が俺達の進路を遮っていた。ほほう、台詞を遮り、道をも遮るってか？　ハハッ、上手《うま》い事をしてくれるじゃないか！……うん、これは口に出さなくて良かった。絶対ムドにジト目で見詰められる。

しかし、ほほほう。身に着けている装備品は、俺の目から見てもなかなかに良い代物。武器も鎧《よろい》もローブも、良い素材を使い良き職人の手で仕上げられている。仲間が七人と冒険者にしてはパーティの人数が多いにも拘《かか》わらず、総じてレベルも高い。全員がA級冒険者クラス、それも割と上位に位置しているであろう強さだ。野心に塗《まみ》れた目も悪くない。

「幸運が重なって最速でS級冒険者に成り上がったからといって、あまり調子に乗らない事だ。本当であれば、俺ことパウル・ラウザー様が率いるこのパーティが、先にその座に

いた筈だったんだからな」

ほほほほうひゃっほう！　もしかしなくてもこれ、喧嘩《けんか》を売られてる？　喧嘩を売りに来てくださってる!?　まさかまさか、パブの地を一歩歩いただけでこのようなランダムエンカウントに恵まれるなんて！　確かに俺は幸運だったのかもしれない。しかしそれ以上にパウル・ラウザー、お前はなんて物分かりのいい奴《やつ》なんだ……！

「強者《つわもの》の集まるパブでは、そう上手く事は運ばんぞ。この警告、ゆめゆめ忘れない事だ」

「へっ！　それにしてもよ、ついこの間まで新人だった分際で、奴隷の女を二人も連れているとはいい身分じゃないか！　色情魔って噂《うわさ》は本当だったのか!?」

仲間達も負けず劣らず口が達者だ。けど、ここで一つ疑問が生じる。パウル・ラウザーとその仲間達が俺好みの冒険者だって事はとてもよく分かったんだが、肝心の情報が出て来ないのだ。まあ、こんな時は元本職に聞くのが一番である。

『アンジェ、あのパウルって冒険者を知ってるか？　降りかかる火の粉は仕方なく払う必要があるけど、いまいち目の敵にされる理由が分からなくってさ』

『知ってるよー。何年か前に西大陸に台頭した冒険者で、一時期は次のS級冒険者は彼がなるんじゃないかって、結構期待されていたの。尤《もっと》もA級に上がってからは、ちょっと伸び悩んでさ。で、そうこうしているうちにケルヴィン君が現れて、トントン拍子でS級に上がったから……って、そんな流れじゃないかな？　まあ、よくある話だね』

『へえ、要は嫉妬からのあの態度って訳だ。パーズで新人狩りをしていたカシェルとは違って、S級を相手になかなかどうして。一歩も引かなそうな、いい根性をしてるじゃないか』

『あー、カシェルとか懐かしいね。うん、確かにパウルはカシェルとは違うかも。喧嘩っ早くて横暴、そんな感じで性格こそ良いとは言えないけど、彼らは地道に努力を積んで、真っ当に冒険者をやって来たから』

それなら冒険者の模範じゃないか。反骨精神が強いのも、冒険者としてはポイントが高い。挨拶をされただけで勝手に急上昇するぞ、パウルへの好感度！

『主、こんなところで長話はよくない。ムド、考え方が俺よりよっぽど危険じゃないか』

『駄目に決まってるだろ。エフィル姐さんの体に障る。私が始末していい？』

『意外、主に自分の思考が危険という自覚があった』

『理性的なバトルジャンキーに向かって、一体何を言っているのやら。何、ちょっと挨拶をするだけだ。直《す》ぐに終わるよ』

エフィルの事となると、ムドは酷《ひど》く短気になってしまう。一度爆発したら、俺でもこいつを止めるのは一苦労だ。しかもここは街の玄関口、できる限りそんな問題行動は起こしたくない。ムドの指から弾丸が飛び出さないうちに、何とかこの場を収めなければ。手っ取り早く、迅速に――そうだな、この手で行こう。

「おし、御託はもういいぞ。文句があるなら、さっさとかかってきやがれ」

◇　◇　◇

この日パブの首都に、箱や樽《たる》といった木材が破壊されるような音が、バカンバカンと何度も連続して鳴り響いた。遠くにまで届く小気味の良い音であった為、何事かと疑問に思った街の人々が、その音の方へと集まり出す。そこに残された光景は、何とも目を疑うようなものだった。

「なあおい、街の入り口の辺りで冒険者同士の喧嘩があったそうだぜ。見物しに行かねぇか？」

暇を持て余した街の男が、同じく暇の最中《さなか》にいる友人にそんな提案を持ちかける。が、友人の男はあまり乗り気ではなさそうだ。

「冒険者の喧嘩なんて、パブじゃ日常茶飯事だろうが。何が珍しくて、んなもん見に行くんだよ？　まだ酒を呷《あお》ってた方が有意義だぜ」

「それがそうでもねぇみてぇだぞ？　喧嘩の当事者がA級冒険者パウルとその仲間達、そしてそのお相手が、何と今日このパブにやって来たS級冒険者のケルヴィンって噂なんだ。S級冒険者に戦いを挑む奴なんて、パブにだってそうは――」

彼らの言う通り、パブを拠点とする冒険者は出世欲が強く、それ故に同業者同士でのいざこざが絶えない。喧嘩程度、さして珍しい出来事ではなかった。しかし、それがS級冒険者が起こしているとなれば話は別だ。

「――おい、何ボケッとしてんだ!? 早く行くぞ、喧嘩が終わっちまう!」

「心変わりから全力疾走!? ま、待てよ！」

この通り、先ほどの意見も百八十度早変わり。昇格の機会が多い事から、パブには高ランクの冒険者が集まりやすく、所謂《いわゆる》未来のS級冒険者候補とされるA級冒険者が数多く在籍している。A級冒険者の人数だけで見るならば、世界でも最大規模を誇るだろう。だが、それは言葉を換えればS級冒険者自体は、それほど存在していない事を意味する。事実、迷宮国パブで表立って活動しているS級は、冒険者ギルド本部の総長のみだ。そういった経緯からか、街の人々はS級冒険者であるケルヴィンが起こした（?）今回の騒動に興味津々であるらしい。

「っと、どうやらあの人だかりがそうみてぇだな！　騒《ざわ》めきがあるってこたぁ、まだ喧嘩の真っ最中か!?」

「この野郎、勝手に走り出して置いてくなっつうの！」

「ハハッ、まあまあ、落ち着けって。しょうがねぇだろ？　冒険者ギルドの本部がある国って割に、その頂点に立つS級は姿を見るのも稀《まれ》なんだ。まして、こんな街中でその戦いを拝めるなんて、それこそ昇格式の模擬戦くらいなもんだろ！」

「ああ、それについては同意するぜ。その上、S級の昇格式は年に一度あるかないかで、開催場所も世界のどこかと範囲が広い！」

「その通り！　俺ら一般市民には、ちと参加し辛《づら》い祭りだよ。だからこそ、次はこのパブの候補生の中から、S級が誕生してほしいと期待していた！……していたのにっ！」

「新しいS級、西大陸は西大陸でも、パブの出身じゃなければ、パブで活動する冒険者でもなかったもんなぁ。全身の筋肉がすげぇハゲで、既に昇格式自体も別の場所でやる事が決まっているらしいぜ？　つか、だからこそ俺が誘ったんじゃねぇかよ！」

「ハッハッハ、まあまあまあ」

「ったく、まあいい。今はそんな事より喧嘩だ、喧嘩！」

　街のメインストリートに並ぶ人気の飲食店、その傍らには大勢の人々が集まっていた。その殆《ほとん》どが自分達と同じ野次馬であろうと、瞬時に理解できるほどの盛況振りだ。男二人はその野次馬達の中へと入り込み、何とか前へ出て噂のS級冒険者の姿を目にしようと試みる。横を失礼した野次馬の一人に舌打ちをされつつも、二人の努力は無事に実り、最前列へと躍り出る事に成功。

　……が、しかし。皆の視線の集まるところにあったのは、冒険者同士の喧嘩の場などではなかった。

「た、樽？」

「樽、だな。樽が七つ、並んでる……」

二人が目にしたのは、店の前に並べられた七つの樽だった。好奇の目に晒《さら》されているのだから、当然普通の酒樽などではない。樽の一つ一つそれぞれに、何者かの体が突き刺さっていたのだ。樽の真上に頭から突っ込んだのだろうか？　彼らの上半身はすっぽりと樽の中に入り込んでしまい、晒されているのは少々間抜けな雰囲気が漂う下半身のみ。全員が全員同様のポーズとなっているのが、また異様かつ滑稽である。

「もしかしてよ、これパウルとそのパーティの奴らじゃね？　あいつら、確か七人で行動してたと思うんだが……」

「ど、どうだっけな。でも、状況から察するにそれしか……あ、ちょいと聞いてみるか。そこのアンタ、ここで何が起こったか知ってるかい？」

男が隣にいた老紳士に、ダメ元で問い掛けてみる。

「ん？　ああ、君らは今来たばかりなのか。S級冒険者の噂を聞きつけて来てはみたが、既にこんな有様で困惑している。大方そんなところかな？」

「そんな感じだ。そういうアンタは、この状況を知っている風じゃないか」

「まあね。何せ私は、最初の場面からここに居合わせていてね。自慢じゃないが、もう何度も状況説明をしているのだよ。フフッ」

「お、おう？」

紳士はなぜか得意気だった。そして快く解説してくれた。紳士が馴染《なじみ》の店でモーニングコーヒー（現在は昼時）を飲もうとこの場所を歩いていたところ、偶然にもケルヴィンとパウルが会話をする場面に遭遇したそうだ。

「――という訳でね。そのケルヴィンの一言でパウル達《たち》は激昂《げきこう》、得物こそは抜かなかったけど、全員が拳を振り上げ戦いが始まったのさ。尤も、次の瞬間に勝敗は決してしまったがね」

「要はとっくに喧嘩は終わっちまってて、瞬殺されたパウル達はあんな姿になったたって事か。にしても七人がかりで戦って、そんな簡単に負けちまうとは情けねぇ」

「いやいや、それは無理な話ってものだよ。私もひと昔前は冒険者としてそれなりに名を轟《とどろ》かせていたんだけどね、正直なところ、私はパウル一行の速度を捉え切れなかった。彼らも十分に怪物だよ。でもね、ケルヴィンはそれ以上に次元が違い過ぎた。何せ彼が行動を終えた後に、樽に叩《たた》き付けられたパウル達の衝撃音が遅れてやって来るんだよ？　あんなのに食らい付ける筈《はず》がないよ。S級冒険者ってのは、正真正銘の人外がなるものなんだろうねぇ」

「「へ、へ～」」

「あ、最後は店に壊した樽を弁償していたよ。気前よく、これくらいの額をね」

「「うへぇぇぇ!?」」

紳士の話を聞く二人の表情は、実に少年のそれであった。

「っと、そろそろ私は失礼させてもらうよ。何だかんだでモーニングコーヒーがまだだったからね。では、これで」

「おう、ありがとな！　くぅ～、あそこまで言われると、尚更《なおさら》この目で見たかったぜ！　ケルヴィン、またどっかで問題を起こしてくれねぇかな～」

「そいつは難しいんじゃねぇか？　今回の話を聞く限り、ケルヴィンは売られた喧嘩を買っただけのようだったしよ。S級冒険者に喧嘩を売るような奴なんて、普通ならそうはいねぇだろ。ま、冒険者名鑑に記載されてる通りのバトル馬鹿なら、ケルヴィンから仕掛ける事もあるかもだが――んんっ!?」

「……？　どした？」

会話中、男の相方が唐突に変な声を上げた。視線も明後日《あさって》の方向を向いている。

「い、いや、さっきまで向かいの屋根にすげぇ美人がいて、俺らの方を見ていた気がしたんだが……今はいねぇ、俺の見間違いか？」

「すげぇ美人？　へぇ、そいつは朗報だ。気のせいでもいいからよ、どんな美人だったか教えろよ」

「あー、確か……スカートにスリットの入った変わった服を着ていてよ、髪の毛は赤かった気がする。んで、胸がでかい」

「ほうほう、いいじゃんいいじゃん！　それでそれで？」

「土産用の巨大ペナントを持ってた。背丈くれぇある熊さんマークのペナントを、二つも背負ってた」

「よし、そいつはぜってぇ気のせいだ。んな美人いる訳ねぇだろ、お前よぉ」

「やっぱり？」

「ツチ、結局無駄足だったか。あーあ、ギルドの総長とケルヴィンが喧嘩《けんか》でもしてくんねぇかなぁ？」

「ハハッ、そん時はパブが滅ぶんじゃねぇか？　まっ、祭りみてぇに街中が盛り上がる気はするけどな！」

「違いねぇ！　ガハハハッ！」

男達は笑い合いながら、元いた場所へと帰っていく。何やら不穏な台詞《せりふ》を吐いているようだが、本人達に自覚はなかった。

◇　◇　◇

騒ぎが収まり、人々が七つ並んだ樽&パウル達の醜態にも飽きて、解散し始めたちょうどその頃。コーヒータイムが済んだのか、悠々と店よりあの解説老紳士が出て来た。パリッとしたホワイトタイに頭にはシルクハット、手にはステッキと、如何《いか》にもな紳士スタイルで誰に見せつけているのか、謎の紳士ポージングを決めている。

「ふう、今日も良いモーニングだった。やはり朝の目覚めにはこれが一番、正に紳士の嗜《たしな》みだよ。それに、ふむ。ちょうど良いタイミングで見物人達も解散したようだね。今日の私はツイているようだ。人混みの中を掻《か》き分けて、家に帰るのは億劫《おっくう》だからねぇ」

　老紳士は機嫌が良さそうな顔をしながら歩き出し、パウル樽を横切る。そこを通り過ぎようかとする間際、彼は並んだ樽の底に向かって、ステッキで軽く叩いてやった。コン、コンと、ほんの小さく音が鳴る程度に。

「それに比べて、君達はツイていない。こんな醜態を晒してまで、S級を挑発するとは何事だい？　シン総長にでも唆されたのかな？」

「……うるせぇよ、総長を悪く言うんじゃねぇ。俺の判断でやった事だ」

　すると、パウル樽の中から声が発せられた。その声の主であるパウルは、バキバキと樽の側面を破壊して脱出。同時に他の樽に突き刺さった仲間達が動き出し、同じようにして次々に樽から脱出していった。

「いっつつ、頭に血が上るぅ……」

「鍛錬の一つだと思えば、この程度は苦にもならん。しかし、うむ、あの不名誉な格好を晒したのは、本当に顔から火が出る思いだった……」

「ジャスト一時間、反省するならこんなもんだろ――おらぁっ、見せもんじゃねぇぞ！　散れこらあっ！」

「ひ、ひぃっ!?」

　僅かに残っていた野次馬に向かって、パウルが大声を上げて脅す。威嚇された人々は一目散に逃げ出し、この場に残ったのはパウル一行と老紳士のみとなった。

「こらこら、一般人を脅すのは感心できないよ。さっきまで健気《けなげ》に反省していた君は、一体どこに行ってしまったんだい？」

「だからうるせぇって！　見世物になってやったのは、個人的な罰を自主的に受けただけの話だろうが！　科された罰が終わりさえすれば、もう見世物になってやるつもりはねぇんだよ！　つかウォルター、何が俺達の速度が捉えられなかった、だ！　てめぇ、引退する前はA級冒険者だったろうが！　しっかりきっかり、その無駄に澄んだ目で見ていたじゃねぇか！」

「はて、もしかして気に障ったかな？　私は君達の汚名を少しでも晴らそうと、陰ながらフォローをしていたつもりなんだけど？」

「こ・の・じ・じ・い……！」

　パウルはギリギリと歯を食いしばりながら、怒りのボルテージを高めていく。対するウォルターというらしい老紳士は、優雅に懐から取り出した懐中時計をハンカチで磨き始めた。

「パウル、ウォルターさんと口で争うのは止《や》めとけ。お前じゃ絶対に勝てん」

「ッチ、分かってるよ。じじい、自己満足したならさっさと帰れ。しっし！」

「まあまあ、そんな悲しい事を言わないでおくれよ。引退した紳士は何かと暇なのだよ」

「それこそ知るかっ！」

パウルはウォルターを手で追い払うような仕草をした後、仲間達の前に立って固めた拳を突き出した。

「おう、てめぇら！　さっきの喧嘩でS級の強さを直《じか》に知る事ができたんだ！　この貴重な経験、きっちり活《い》かすぞ！」

「へへっ、喧嘩っつうよりも、一方的に蹂躙《じゅうりん》されただけなんだけどな」

「うっせぇぞ、そこ！　だったらその悔しさを力に換えやがれ、クソがっ！」

「おっしゃー！　強くなって稼いで、俺も可愛《かわい》い奴隷を養うぞぉー！」

「そうだ、その調子だぁ！」

「うーん、絶望的なまでに紳士な発言じゃないね。言ってる事は前向きなのに」

「じじいはうっさいわ！　つかマジで居座るつもりか、この似非《えせ》紳士が……！」

老紳士は自分もそうだとばかりに、パウルの仲間達の横に自然な様子で並んでいた。パウルの言葉に対して、全く聞く耳を持っていない。そんな光景を目にしてなのか、先ほどから冷静になれとパウルに促していた巨漢の男が、再び彼に耳打ちする。

「パウル、何度も言うが――」

「――分かってるわ！　こんなじじい無視だ、無視！」

「ねえねえ、お宅のパウル君冷たくない？　最近嫌な事でもあったの？　彼女に振られた？」

「さ、さあ、どうッスかね……」

「だから相手すんなと言ってんだろうがぁ――――！」

パウルに無視されるや否や、ターゲットをパーティの者達に替えて話を振り始めるウォルター。その速度はどう見ても戦闘時のパウル達に匹敵していて、冒険者を引退した今も、実力が全く衰えていない事を窺《うかが》わせる。

「パウル、頑張って無視しろ。パウルさえ堪《こら》えれば、被害はそこまで広がらない筈だ。十中八九、ウォルターさんはお前で遊んでいる」

「ぐぐ……！　て、てめぇら、残りの話はこの店の中でする。ついて来やがれ。あと、自分達に科された罰は済ませたが、店に迷惑かけた詫《わ》びはまだ済んでねぇ。一人当たり、ぶっ壊した樽《たる》と同価値以上の飲み食いはしろ。……超絶美味《うま》そうにな！」

「「「うーッス」」」

一行は足早に店の中へ。一方で老紳士ウォルターは、意外にも付いて行く訳でもなく、その様子を黙って眺めていた。

「ふーむ、困った。私は先ほど用を済ませて店から出たばかり、また入り直すのは少し気恥ずかしいね。紳士的に、それはよろしくない」

謎の基準ではあるが、ウォルター視点でその行為はNGに当たるらしい。再来店、非紳士的。

「それにしても、壊した以上に飲食を、ね。まったく、どこまでも不器用だ。ケルヴィンのように店に金だけ渡してしまえば、スマートに解決するだろうに。素直に謝れない昔からの悪い癖、直らないものだね。必要以上に食べて飲んで、最終的に動けなくなる未来が見えてしまうよ」

ウォルターが遠い目をしながらそんな事を呟《つぶや》いていると、早速なのか、店内から騒ぎ声が聞こえてきた。

「おう、邪魔するぜ！」

「パパパ、パウル!?　アンタ、やっと気が付いて——い、いや、お客さん、他の客の迷惑になるから、あまり大声で騒ぐのは……」

「ほう？　なら店主、今からこの店を借り切ってやるよ」

「いやいやいや、だから他にお客さんがいるんだって！」

「安心しろ、今いる客が捌《は》けるまでは黙って飲み食いしてやるからよ。だがその間も、必要以上に注文してやる。今から店の在庫の心配をしておくんだな。覚悟していやがれ……！」

「ひぃぃ〜〜〜!?」

耳を澄まさずともこの騒ぎは、メインストリートにも垂れ流しであった。

「うわあ、想像以上に不器用で、私も驚きを隠せないよ。紳士ショック！　ハァ、私の美学には反するけど、止めた方が良いだろうね、これ。うーん、あの子達《たち》も根は良い筈《はず》なんだけどなぁ、本当に根だけは……」

ウォルターがまだ冒険者として現役だった頃、まだ新人だったパウル達を指導する機会が何度かあった。総長が唐突にどこからともなく集めてきた、身元もよく分かっていない荒くれ者達だった事を、今でもよく覚えている。その時から彼らは不器用で、どうしてそこまでやさぐれてしまったのか、言わずとも何となく察する事ができた。しかし全員が全員、才覚とやる気だけは本物で、当時A級冒険者として活躍していたウォルターの教えをよく学び、よく吸収する逸材達だったのだ。

「だがまあ、それも私が教えられるところまで。流石《さすが》にその上のクラス、S級になる方法までは私も知らないのだよ。彼ら、例えば『死神』ケルヴィンは、果たしてどんな人生を送ってきたのやら。あの若さでシン総長と同格になるのだから、どこか頭のネジが外れているのは確かかな？」

老紳士は騒ぎの発生源へと足を進める。その足取りは重く——はなく、実際は実に軽いものだった。この紳士、理由にかこつけてパウルで遊ぶ気満々である。非紳士云々《うんぬん》の話は一体何だったのか。

◇　◇　◇

これからを期待できる注目株を消すなんて、もったいないにもほどがある。それも、こんなにも志の高い同業者を、だ。しかし躊躇《ちゅうちょ》をしていたら、エフィル思いのムドが早々に処理してしまうだろう。それならばいっその事、直接俺が優しくこの場を収めた方が平和的。とても大変凄《すご》く平和的。私情とか関係なしに平和的……！

葛藤の最中にそんな感じで最善手を見出《みいだ》した俺は、ムドが無益な殺生をする前に、何とかパウル一行を秒で蹴散らす事に成功する。気絶させる際、地面に直接叩《たた》き付けないよう樽を緩衝材として活用したから、彼らほどの実力者であれば、小一時間で目を覚ます程度のダメージに調整できた筈だ。うん、自分でいうのも何だけど、実に完璧でソフトタッチな仕事振りだった。満足。

「主《あるじ》、手加減するにしてもほどがあった。ああいう輩《やから》は、もっと体で分からせないと理解しない。私はかなり不満」

ただまあ、それだとムドの気は晴れないようで、先ほどからずっとプンスカ状態である。プンスカ光竜王様である。そんなムドを慣れない様子ではあるが、一生懸命に落ち着かせようとしてくれているのが、同じ竜王のボガだ。

「ム、ムド、どうどう、だど……」

扱いとしては馬や牛のそれに近い気もするが……いや、細かい事は気にしない！　俺達には今、拠点となる宿を確保するという、重要な使命があるのだから！

という事で、足早に宿へと向かう。そして到着。アンジェやシュトラのお得な宿情報、隠し味にメルの食い物情報と、様々な要素を吟味して決めたのが、こちらの『金雀《きんすずめ》』だ。

「とても大きくて雅《みやび》な建物ですね。それに、トラージの建造物に似ています」

「お、よく気付いたな、エフィル。実はこのお宿の女将《おかみ》、トラージの出身らしくてさ。建物の外見だけじゃなく、内装や出て来る料理もトラージのものなんだ」

「アンジェさん調べの中でも、特にお薦めの宿なんだよー」

そのアンジェさん調べによれば、この金雀は衛生面、警備の厚さ、料理の味、豊富な施設、従業員の質と、ありとあらゆる面で高い水準を誇る、パブ国内において屈指の人気宿なんだそうだ。その分宿泊費も高くつくが、それに見合うサービスを提供するとして、パブ国内のA級冒険者も何人か利用しているらしい。個人が運営する宿としては規模が大きく、建物は小さな城を思わせる。あまりに度が過ぎているもんで、本国のツバキ様が一枚噛《か》んでいるのではないかと、一時期シュトラが疑っていたほどだ。

だが、そんなのは俺には関係のない些細《ささい》な事だ。俺にとって最も大切なのは、この異国の地で美味《おい》しい米が確保できる事……！　そしてそして、温泉施設、それも露天風呂が完備されている事である。トラージの秘湯を体験してきた身として、この要素は凄《すさ》まじい評価点だ。部屋が畳というのも良きかなっ！

「なるほど。それでしたら、トラージ料理をパブ風にアレンジしているかもしれませんね。料理の腕を上げられる素晴らしい機会です。もちろん、本格的なトラージ料理にも力を入れているでしょうし……」

「エフィルちゃ～ん？　無理をしちゃ駄目だって、口をすっぱくして何度も言ってるよね～？」

「そ、そうでしたね。でも、お料理を見て食べるだけでも、その調理法を解明する事は可能ですから！　逆に想像力が膨らんで、新たな発見をするかもしれません！」

「……逞《たくま》しいなぁ、エフィルちゃん」

うん、逞しい。しかもエフィルの場合、本当に見て食べるだけでその料理をマスターしてしまいそうなのが、また末恐ろしい。

「和菓子、和菓子……！」

そしてエフィルの隣に控える偉大なる光竜王様は、まだ見ぬ甘味に期待を膨らませていた。光竜王様、口元がコレットになっていますよ？

とまあ、エフィルがムドの口元をハンカチで拭って綺麗綺麗《きれい》した後、俺達は玄関に繋《つな》がる和風テイストな庭を通って宿へと入るのであった。

「いらっしゃいませ。ケルヴィン様ですね？　お待ちしておりました」

金雀の玄関を潜《くぐ》ると、着物を着た妙齢の黒髪美女が俺達を迎えてくれた。ほほうと、ジェラールであれば感嘆の溜息《ためいき》を漏らしていそうだ。宿の内装もまた上品かつ落ち着いた雰囲気がまたって、んん？　待っていたって、俺、宿の予約はしていない筈なんだが……

それに、なぜ俺の名を？

「数日前にトラージのツバキ様より連絡を頂いておりまして、ケルヴィン様とお連れ様用に部屋を用意していたのです。ああ、代金についてはご心配なく。お泊まりの日数分、後でツバキ様に請求致しますので」

「そ、それはどうも……」

ツバキ様、先読みし過ぎでは？　しかも、それとなく借りを作ってしまったような。

『ケルヴィン君、トラージの姫王様を頼るのもいいけど、あんまり甘え過ぎるのは良くないと思うよ？　またしつこく勧誘されちゃうよ？』

『いや、ツバキ様にはパブに行くって話も、宿泊場所云々についても話してないんだよ』

『……純粋に先読みされてる？』

『かもしれない……』

俺の趣味趣向と米に懸ける想《おも》い、その他諸々《もろもろ》から行動を読んでいるとしか思えない。恐ろしい、王様って恐ろしい……

「申し遅れました。私《わたくし》、この金雀の女将を務めております、オウカと申します。もうお察しかと存じますが、私はトラージのとある旅館の生まれでして、その暖簾《のれん》を分けて金雀を経営させて頂いております。皆様には快適なご滞在をお楽しみ頂けるよう、様々なおもてなしをご用意しております。ささっ、早速お部屋に案内致しますので」

「ああ、それはご丁寧にどうも……」

流れるように自己紹介を済ませ、俺達を部屋へと誘《いざな》おうとする女将。この強引さはツバキ様に通ずるものがある。まあ俺も最初から金雀に拠点を置く予定だったから、断る理由もないんだが……何かむず痒《がゆ》い！　この宿、絶対にツバキ様と繋がっているよ！　ぶっといラインで繋がってるよ！

「こちらがケルヴィン様のフロアになります」

オウカさんに案内されたのは、宿の最上階に当たる場所だった。広々としたラウンジを中心に、何部屋もの寝室、専用浴場、展望スペース、和室の数々が並び――って、フロアとな!?

説明を聞くに、この階にある部屋全てが俺達の宿泊場所となるらしい。どうやらツバキ様は部屋に止《とど》まらず、最上階最高クラスとなるこの階を、丸々押さえていたようなのだ。

『帰ったら俺、何を要求されるんだろうか……？』

『ケルヴィン君、弱気にならない！　こうなったら未開拓のダンジョンを攻略して、頑張って宿泊費を稼ごう！　最後に無理矢理にでも宿泊費を女将さんに渡せば、そんなに大きな貸し借りにはならない筈だよ！』

『それが無難だよな。ぶっちゃけ、あの女将さんも食えない気配があるし、負んぶに抱っこのままじゃ絶対不味《まず》い』

『主、今から第二候補の宿に移る選択肢はないの？　和菓子は魅力的だけど、私としては他の菓子でもばっちこい。ここは迷宮の国、冒険者用の宿なら沢山ある。菓子の種類も沢山ある』

『ムドの意見も尤《もっと》もだ。だけどさ、よくよく考えてみろって』

『ん？』

『確かに他にも宿はある。高級宿の名に恥じぬ、素晴らしい菓子だってあるだろう。けど、美味しいお米と露天風呂は、この金雀にしかないんだ……！』

『そ、そう……』

元日本人として、米と温泉は外せない。外してはならない。クッ、これも含めてツバキ様の罠《わな》なんだろう。何という巧妙で狡猾《こうかつ》な罠なんだ。ツバキ様の欲は底なしか……！

「どうやら気に入られたようですね。では、どうぞごゆるりと」

目の錯覚かもしれないが、そう言って去るオウカさんの顔が、一瞬狐《きつね》のように見えてしまった。ここ、ひょっとして金雀の宿じゃなくて、金狐《きんぎつね》の宿じゃね？　俺達、狐に化かされてね？

◇　◇　◇

ボガが淹《い》れてくれた緑茶を飲みながら、落ち着いた時間を皆と楽しむ。普段はバトルバトルしている俺ではあるが、別にこういった時間が嫌いという訳ではない。こんなにも風情のある部屋で休めるのだから、むしろ好みだと言っても良いだろう。うーむ、和む。

「もぐさくもぐぱくぱりぼり……！」

そんなすっかり寛《くつろ》ぎモードな俺の隣では、部屋にあった大量の和菓子を、物凄い勢いで口に入れているムドの姿が。うん、これもまた見方によっては、いとをかしよ。

「んぐんぐ……美味《うま》いんだ、なぁ」

一方こちらは、テーブルを挟んで俺の向かい側に座り、同じく和菓子に舌鼓を打つボガである。そうか、お前もいとをかしか。ただまあ、ボガの食べ方はムドとは全く異なっていて、一人前分の羊羹《ようかん》を楊枝《ようじ》で小さく切り分けながら、ちびちびと食べ続ける戦法だ。ジェラールをも超える巨体にも拘《かか》わらず、食べ方はめっちゃ繊細且つゆっくり。人間形態の時は本当に大人しいもんだよ。

「この宿を選んで良かったねぇ、ケルヴィン君。この調子ならエフィルちゃんも納得の料理が出て来そうだし、安心して安静に徹せるってもんじゃないかな？」

「だなぁ。まあエフィルの場合、美味過ぎると変に対抗意識を燃やしちゃう不安もあるけどさ」

「も、もう、ご主人様もアンジェさんも、いい加減しつこいですよ？　不肖ながらこのエフィル、全身全霊で安静にするつもりです！」

「「ほんとに～？」」

「も～！」

フフッ。部下のエリィやリュカがいないから、こういった年相応の少女なエフィルも見る事ができるのだ。良き、実に良き。良きに計らえ。……これは意味が違ったか。

あとは、そうだなぁ。リオン達《たち》が帰ってきたら、完璧な癒し空間が完成するんだが、そう上手《うま》く事が運ぶ筈《はず》が――

「――失礼致します。ケルヴィン様、お連れの方々がいらっしゃいました」

声掛けの後、開けられた襖《ふすま》からオウカさんが現れる。おっと、この流れはもしや？

「ケルにい、来たよー」

「沢山のお店を回ってきちゃいました～」

「ジェラールお爺《じい》ちゃん、鍛冶屋さん自体は殆《ほとん》ど見ていなかったみたいだけど、良かったの？」

「うん、いいの。ワシはとっても満足したの」

宿の部屋へ最初に帰ってきたのは、ほっこりジェラールお爺ちゃんが率いるリオン、クロメル、シュトラの四人だった。最強の癒しの布陣、完成の瞬間である。

「「「すごーい！」」」

貸し切り状態の最上階のフロアを見るなり、そんな素直な言葉で驚いてくれる。ジェラールじゃないけど、そこまで良い反応をしてくれると嬉《うれ》しいもんだ。まあ諸々の手配は、ツバキ様がしてくれたようなもんなんだけどね！

「うぐう、眩《まぶ》しい！　この輝きはそう、万物を照らす太陽のようじゃ！　ふおおぉ、光が鎧《よろい》に染み渡るぞい！」

……やっぱり本家の喜びようは凄《すご》いなぁ。流石《さすが》にちょっと危険な域に達しているような気もするけど。

「というか、フロア丸々貸し切り!?　ケルにい、凄く思い切ったね！」

「ああ、露天風呂と米とツバキ様には勝てなかったよ……」

「へ？」

「い、いや、何でも。でかい出費になりそうだからさ、その分これから働かないとな～って、そんな事を考えてた」

「それじゃあ入学式までになるけど、僕も頑張ってお手伝いするね」

「パパ、私もリオンちゃんと同じ気持ちです。微力ながら、お助けです」

「わ、私だって、リオンちゃんやクロメルちゃんには負けないわ。ケルヴィンお兄ちゃん、私をもっと頼ってね。大きな私もね、頼られるときっと喜ぶと思うから」

ふおおぉぉぉ、確かにこれは染み渡るぅ！　三人の愛がエネルギーに変換されているのが、俺にも分かる！　分かるぞ、ジェラール！

「うわ、王ってば何を悶《もだ》えておるんじゃ。こわっ……シュトラ達に悪い影響与えそうだから、他でやってくれんか？」

「よしジェラール、お前喧嘩《けんか》売ってんな？　買うぞ、即買うぞ？」

「ケルヴィン君とジェラールさん、またやってるね～」

「はい、とても平和な日常です」

「それよりも姐《ねえ》さん達、この菓子がとても美味《おい》しかった。姐さん達にも是非食べてほしい」

「わっ、美味しそう！　いっただき～♪」

「……なるほど、勉強になる味ですね。ムドちゃんの舌、頼りになります」

こんな一触即発な雰囲気も、仲間達にとってはあってないようなものだ。それもその筈、俺とジェラールの間に入ったクロメルによって、俺達は既に骨抜きにされてしまっていたのだ。

「もう、パパもジェラールさんもめっ、ですよ？　こんなところで喧嘩をしたら、お宿の人達に迷惑が掛かってしまいます。本当にめっ、です！」

「「は〜い」」

本当に全身が骨抜きである。幸せ。

「度々失礼致します。ケルヴィン様、またお連れの方が――」

「――何これー！　ケルヴィン、この階全部借りたの!?　すっごいじゃない！　あ、私は日当たりのいい角部屋を貰《もら》うわね！」

その台詞《せりふ》を聞いただけで、誰が来たのか分かってしまう。このリオン達にも負けない純粋無垢《むく》な喜び方、そして有無を言わさぬ身勝手な部屋の選択の仕方は、考えるまでもなくセラだ。

「セラ、お前また勝手に部屋を選んで――おい、その両肩に背負ったクッソでかい布はなんだ？」

「お土産のペナント！　この数時間、街中の店を色々と巡ってみたんだけどね、これは私が一目惚《ひとめぼ》れした一級品よ。どう、こんなの見た事ないでしょ？」

「うん、確かに見た事もないでかさだけどさ、それを一体どうするつもりだ？　俺の身長と同じくらいあるんじゃないか……？」

「ケルヴィンったら馬鹿ねぇ。ペナントは飾る為《ため》にあるに決まってるじゃない！」

こ、これを、飾る……？　一体どこに？　天井にでも貼り付けるつもりか？　そしてデフォルメされた熊さんのイラストは何なの？

「私は有言実行ができる女だから、ちゃんとエフィルの分もポケットマネーで買ってきたわ。さっ、これを見ながら元気な子を産むのよ、エフィル！」

「え、ええと……熊さんのイラストが、その、可愛《かわい》いですね……？」

珍しい事に、エフィルも本気で困惑していた。

「セラ、悪い事は言わないから、早急に返してきなさい。その代わりに十分の一サイズのペナント買ってきてくれれば、それでエフィルは十分だから」

「ええっ、何で!?　こんなペナント、ここでしか買えないのよ？　他では売っていないのよ？」

うん、他で売っていない理由を察してほしい。

その後、角部屋をセラに使わせる事の代償に、俺は何とか説得する事に成功した。ただ、こちらの勝手な都合で商品を返すのもどうかと思うので、実際にはこのペナントは返品せず、他の使用法を考える事に。……ツバキ様用のお土産でいいか。

「ところでケルヴィン君、皆集まってきたし、そろそろ行かない？」

「ん？　ああ、確かに。これだけ戻ってきたら、エフィルの護《まも》りも万全か」

「あら、これから出掛けるの？」

「そ！　ケルヴィン君はこれから、このアンジェさんとのデートに行くのです！」

「な、なぁんですってぇ！」

アンジェよ、絶対セラの反応を見て楽しんでいるだろ？　同じやり取りを済ませた筈なのに、セラもよく同じ反応をしてくれるもんだ。

「とはいえ、冒険者ギルドの本部に挨拶しに行くだけなんだけどな」

「あ、そうなの？……それってデート？」

「私とケルヴィン君がデートだと思えば、それはいつ如何《いか》なる時でもデートなんだよ。ねっ、ケルヴィン！」

「ああ、心の持ちようってやつだ。道すがら、どこか気になった店を覗《のぞ》くかもしれないし」

「ふーん？　ま、そういう事にしておいてあげる。私は約束を守る女だしね。いずれ私のターンも回ってくるだろうし、今日のところは素直に送り出してあげるわ！　いってらっしゃい。あんまり他の冒険者を虐《いじ》めちゃ駄目よ？」

虐め？　はて、何の事だろうか？

◇　◇　◇

約束を守る女、セラに留守を任せた俺とアンジェは、金雀《きんすずめ》の宿を出て冒険者ギルドの本部へと向かった。前以《まえもっ》て言っていた通り、これはデートでもあるので、その道中での観光が許される。しかし残念ながら、いや、幸いその道中で他の冒険者に絡まれるような事は起こらず、まだ見ぬ謎の組織からの刺客なども現れなかった。普通に手を繫《つな》ぎながら、平和にデートを謳歌《おうか》する事ができたのだ。

「何のトラブルに巻き込まれる事もなく、普通に到着しちゃったなぁ、ギルド本部」

「着いちゃったねぇ。ケルヴィン君、ドンマイだよ。時々変な視線は感じたけど、ケルヴィン君が求めるものとは違う意味での殺意の視線ばかりだったもんね」

「そうそう。殺意は殺意でも、相手が俺だからって感じの視線じゃなくて、隣にいるのがアンジェだからって意味の視線ばっかかで……って、何を言わせるのかな、アンジェさん？　俺は純粋に、アンジェとのデートを楽しんでいたのだよ？」

「動揺で口調が変になってなければ、その言い分を信じてあげても良かったんだけどな～。ま、アンジェお姉さんもまだまだ捨てたものじゃないって事で、この話は締めさせてあげよう」

「ありがとうございます、アンジェ姐さん。姐さんの隣にいられて、俺は幸せ者です」

「あ、それムドちゃんの真似《まね》？」

「正解」

ムドのように極力無表情を装ったのが、演技に箔《はく》をつけてくれたようだ。さて、おふざけはこの辺にして、そろそろ本部にお邪魔しますかね。やって来ました迷宮国パブの冒険者ギルド。なかなか立派な造りの御宅《おたく》です。それでは中を拝見致しましょうか！

「ケルヴィン君、何か変なテンションになってない？」

「いやあ、でっかい建物を見て高揚しちゃったのかもしれん。初心に返ったというか……すまん、俺にもよく分からない」

ギルドの本部だけあって、ここの建物はパブ国内でも王城に次ぐ大きさを誇っているそうだ。中に入ると、まず巨大なエントランスがお出迎え。外観もそうだったが、街の雰囲気に合わせているのか、基本的に石造りかつ、迷宮の中にいるかのような神秘的な雰囲気を醸している。その奥には横に長ーい受付カウンターが設置されており、何名もの受付嬢が膨大な人数の冒険者達の対応に追われていた。

「規模が大きくなっても、この辺りはパーズや他のギルドと同様の仕組みみたいだな。あ、でも酒場がないか？」

「うん、本部に酒場は併設されてないよ。本部は所属する冒険者が世界一の人数を誇るだけあって、利用者を効率良く捌《さば》く為に回転率を重視しているんだ。ほら、その代わりに街には腐るほど酒場があるでしょ？」

「あー、酒場が内部にあったら、いつまでもギルド内に居座られるからか。納得納得」

「どこのギルドも基本的には忙しいけど、本部は比較にならないほど激務らしいからね〜。ええと、ケルヴィン君の昇格式を開催した時の忙しさが、日々襲い掛かってくるような、そんな感じみたい。私、本部所属じゃなくて本当に良かったよ〜」

それ、超絶ブラックじゃありません？　確かあの時は、アンジェもリオルドも、かなり疲弊していた記憶があるぞ？

「おい、あれ……」

「『死神』に『首狩猫』だ……」

「噂《うわさ》のS級……」

「ちょっと前に、パウルんとこのパーティを潰した……」

「八つ裂きにして焼いて食ったとか……」

ギルド本部の雇用環境を憂いていると、俺とアンジェの存在に気付き始めたのか、周りの冒険者達《たち》の視線が徐々に集まり出していた。ボソボソと小声で仲間達と話しているようだが、耳の良い俺やアンジェはそれらを一々拾ってしまう。噂が広まるのは早いもので、もうパウルの一件を知っている者達もいるようだ。ただ、噂は早く回る分、信憑性《しんぴょうせい》が薄まるもの。誤った情報が多分に含まれているのが気になる。焼いて食ったとか、俺はそこまで化け物じゃねぇよ。

「戦慄ポエマー……」

「漁色家……」

「男の敵……」

これはいかん。所詮は噂とはいえ、誤報にもほどがあるぞ。誰だ、こんな嘘塗《うそまみ》れな偽情報を流した奴《やつ》は！

「フッ、あれがS級なのかい？　私にはそこらの冒険者と一緒に見えるのだがね」

「肉が足りねぇな、肉が！　S級といやあ、やっぱゴルディアーナだ！　あれくれぇの肉がなきゃ、圧倒的に圧が足んねぇ！」

周りの冒険者の中には、わざとらしく俺達に聞こえるような声で喋《しゃべ》る奴らもいる。生きが良いので思わず顔がほころぶ俺であるが、パウル関連の騒ぎを起こしたばかりなので、ここはもう少し寝かせておこう。見どころはない訳でもないので、美味しく熟成して頂きたい。

「ケルヴィン君、ちょっと黙らす？　ジャブ程度に、首の一つか二つ落としとく？」

「アンジェ、それジャブじゃないから。ジャブにしては重過ぎるから。普通に死ぬから」

「えへへ、そうだったそうだった」

えへへじゃないよ、経験者は語るよ。アンジェジョークのつもりなんだろうけど、半分くらいは本気な気がするのが怖い。

「それで、こんな状況になっちゃったけど、どうするよ？　受付、かなり並んでるっぽいぞ？　正直、こんな注目の中で並んで待つのはなぁ。俺が順番まで我慢できるかどうか……」

「心配するところはそこなんだねぇ。でも大丈夫！　こんな事もあろうかと、アンジェさんは先に話を通しておいたのです。ほら、職員の子がこっちに来てる」

「お、マジだ」

アンジェの指差す方を見ると、ギルド職員の女の子がバタバタとこちらに向かっていた。非常に慌ただしい。ルミエストで会ったカチュアさんを思い出してしまう。あちらはその上で転ぶという動作が加わるので、彼女にはそこを目指して、更に精進して頂きたい。

「し、失礼します。S級冒険者のケルヴィン様、そしてお仲間のアンジェ様ですね？　総長が上の階でお待ちしていますので、そちらにご案内致します。どうぞこちらへ」

「これはこれはご丁寧に。すみませんが、お願いします」

ギルド職員の案内により、受付をすっ飛ばしてギルド総長の部屋へと向かう事になった。これはこれで変に注目を集めてしまったが、あの場に留《とど》まるよりはマシだろう。

「当ギルドのフロア移動は階段ではなく、こちらのマジックアイテムにて行います」

　職員の後に付いて行くと、宝石のようなものが埋め込まれた円盤と、その周囲をガラス壁で囲われた空間に行き着いた。階段じゃなく、これで昇る？　それってつまり――

「――これ、エレベーターですか？　凄《すご》いですね。こっちで見るのは初めてだ」

「このマジックアイテムをご存じなのですか？　流石《さすが》はS級冒険者のケルヴィン様ですね。以前本部にいらしたアンジェ様も、大して驚かれていなかったようですし」

「ハハッ。いやいや、マジックアイテム《これ》を見るのは初めてですよ。単に知識としてあっただけです」

　俺はまあ当然として、アンジェの場合は神の使徒の同僚だったジルドラが、それ以上にやばいもんを作っていたし、今更驚く事でもなかったんだろう。冷静に考えればオーバーテクノロジーだよ、本当に。

「もしや、パブ全体で普及しているんですか？」

「いえ、これは総長の持ち込み品です。どこから発見してきたのか、ある日階段がこの設備に入れ替わっておりまして。一体どんな手品を使ったのか……あ、今のところ事故などは起きていませんので、そこはご安心ください！」

「ハハハハッ、随分とアクティブな方なんですね」

　今の台詞《せりふ》だけで、ここの職員が日々どれだけ苦労しているのかが分かってしまう。一夜にして階段がエレベーターに変わってたら、そりゃあ驚くし不安だわ。

『……アンジェ、これってジルドラが作ったマジックアイテムじゃないよな？』

『ん～……無きにしも非《あら》ず、ってところかな？』

うん、不安だわ。

◇　◇　◇

少し気になって、このエレベーターが故障したらフロア間の昇り降りはどうするのかと、職員の彼女に聞いてみた。すると、そもそも緊急時に自力で高所から脱出できないような輩《やから》は、上の階層には昇らせないという回答が返ってきてしまう。うーん、流石は冒険者ギルドの本部。こんなところまで実力主義である。ん？　つまりは職員の彼女も、結構なやり手って事？

――ポーン。

柔らかな機械音がエレベーター内に鳴り響く。

「最上階に到着致しました。どうぞこちらへ」

俺達を乗せた円盤は、どうやら事故を起こす事なく目的の階へ行き着いてくれたようだ。外壁を伝ってよじ登る必要も、これでなくなった。

ちなみに、本部の建物が上に行くにつれてフロアが狭まる構造になっているので、最上階であるこのフロアには総長室しかないんだそうだ。エレベーターから降り少し通路を進めば、もう目の前はその総長室である。

「ケルヴィン様、一ギルド職員でしかない私がこう言うのもおかしな話ですが、一つだけ忠告させて頂きます。総長はギルド一の働き者なのですが、同時に本当に自由な方で、何をするか全く予想がつきません。ですので、一般的な応対を期待されない方が良いかと……」

「ああ、その点は大丈夫です。S級冒険者相手に普通とか一般的っていう言葉は、元から一切期待していませんので」

「わあ、ケルヴィン君今日一の爽やかな笑顔だね～」

だろ？　俺もそんな自信がある。

「そ、そうでしたか。やはりS級同士だから、何か通じ合うものがあるのかしら……？」

ヘイ、職員さん。小声で言われましても、この距離だと丸聞こえですよ？　そして敢《あ》えて言うのなら、その答えはノーである。だってS級は皆、違う方向に変態性が振り切っているんだもの。あ、いや、プリティアちゃんとグロスティーナだけは、変態性も通じ合っているのか。失敬失敬。

「では、私はこれで失礼致します。あと、念の為《ため》にお願いしたいのですが、こちらの扉を開けるのは、私が下に降りてからにして頂けないでしょうか？　安全の為に」

「安全の？　えっと、それはどういう？」

「私の安全の為に、です！　先ほども申し上げましたが、総長がどういったお出迎えをするのか、本っ当に分からないので！　お願いします、お願いします！」

「……了解です」

一体ここで何が起きるのよ？　アンジェにそんな視線を向けても、苦笑いを返されるだけだ。あっ、これ何かあるな！　と、鈍感な俺だって気付くってもんだよ？

「ではでは、本当に失礼しますね！　本当に私が降りてからにしてくださいね！」

職員さんは何度も何度も念を押し、エレベーターの中へと消えていった。彼女は一体どんなトラウマを抱えているのだろうか？

「よし、無事一階に戻ったみたいだ。じゃ、噂の総長さんとやらに会うとしようか」

「だね！　さ、ケルヴィン君どうぞ！」

「……あのさ、随分と後ろに下がってないか？」

「アハハッ、気のせいだよ～、きっと」

総長室の扉の前に立つ俺に対し、アンジェは数歩どころか十歩ほど後ろの位置にいた。流石にここまで露骨だと、後の展開が分かってしまう。

「まあ、いいけどさ……失礼します。ケルヴィン・セルシウスです」

しかし、相手は冒険者ギルドの最高責任者。俺の方から失礼をする訳にはいかない。コンコンと扉をノックし、丁寧に名乗っておく。

「お、来たね～。待ってたよ～。どーぞどーぞ、扉は開いてるから勝手に入ってきてくれたまえ」

扉の奥より返ってきたのは、意外にも軽い感じの女性の声だった。最後は偉そうな言葉遣いをしていたが、偉ぶっているというよりも、ふざけているといった印象である。俺が不思議がっても、アンジェは相変わらずめっちゃ後ろだし、まあ入室するしかないんだけど。

「では、お言葉に甘えて――」

木製の複雑な装飾が施された扉に手を掛け、ガチャリと半分ほど開けたその時、前方より凄《すさ》まじい敵意が爆発したのを察知する。

「――きぃええええぇぇぇ――――！　リオルドの仇《かたき》ぃ――――！」

「何ですとっ!?」

前方から何かがこちらに迫ってくる。いや、振るわれたのか。空を切る音からして、得物は大剣に属する何か。黒杖《こくじょう》で受け止め――否、それは不味《まず》いっぽい！

「うわっ、これまた盛大だ。総長、本当に話通りにやるんだねっ……！」

固有スキルを使って全透過状態のアンジェが何か言っているようだが、今の俺にそこまで耳を傾けられる余裕はない。放たれた攻撃は半開きの扉ごと俺にぶちかまされ、このフロア全体に轟音《ごうおん》を響かせた。高そうだった扉は見事に粉々に、アンジェは能力により無事だったが、背後の通路側も酷《ひど》い有様になっている。

「あっちゃー、流石は新鋭のS級冒険者。そして神を打倒したケルヴィン君だ。退職がてら、『創造者』からパクってきたお気にの武器でも倒せなかったか。残念残念」

「何が残念なんだよ総長様、危うく死にかけたわっ！」

通路の壁までぶっ飛ばされはしたが、俺はＨＰの三分の一を失う程度の負傷で済んだ。直《す》ぐに治癒魔法を施すから、まあ無傷みたいなものだ。で、肝心の総長様はというと、衝撃によって生じた粉塵《ふんじん》の中から今出て来られたところである。

「初めましてだね、『死神』のケルヴィン。私が冒険者ギルドの――ええと、何代目だっけ……まあ、いいか！　何代目かのギルド総長、『不羈《ふき》』のシン・レニィハートだ。君が殺したリオルドの師匠でもあるんだけど、終わった事は仕方ないよね！　末永くよろしく！」

「……色々と言いたい事はあるけど、まあ、うん。こちらこそ、末永くよろしく」

「ケルヴィン君、まだ話してなかったかもだけど、総長は神の使徒の先代第五柱『先覚者』だった人なんだ。私も直接会ったのは、この前が初めてだったんだけど……」

不意打ちされた時の叫びで何となく察したよ。ご丁寧にリオルドって名で呼んでたしな。

あと、殺そうにも俺はリオとバトッてないんですけど。

「ああ、やっぱり堅苦しい言葉遣いはしない方が良いものだ。仕事って感覚が薄くなる……気がする！　そうは思わないかい、ケルヴィン君にアンジェ君？」

「同意を求められても困るんだが……それよりも、総長がその武器からぶっ放した弾丸、得体の知れないガスを未《いま》だに噴出してるんだけど？　紫色だし、見るからにやばくないか？」

出会いがしらの素敵な挨拶をかましてくれたシン総長な訳だが、得物の大剣（？）には刃先に弾丸の発射口が備わっている。斬撃と同時に弾丸もお見舞いしてくれるという、これまた素敵仕様な大剣だ。弾丸の方は明らかに毒物混じりな代物だったので、こちらの回避に全力を注ぎ、斬撃は最低限の防御で済ませておいた。ジェラールが持ってる銃剣と少し似ているのは、先ほどのシン総長が言っていたように、元はジルドラの製作物だったからだろうか？

「あー、『ハザードクラスター』って名前の大剣なくらいだからね。武器の使い手をも巻き込むレベルで、その弾丸型噴出機から強力な毒素をばら蒔《ま》くって話らしいよ。所謂《いわゆる》失敗作ってやつだね！　くふふ！」

「いや、くふふじゃないでしょ⁉　何てもんを本部のど真ん中で使ってる訳⁉」

「え？　だってケルヴィン君、白魔法の使い手なんだよね？　小さな村くらいならイチコロな毒物だって、魔法で除去できるでしょ？　ほら、早く除去ってくれ。私やケルヴィン君は暫《しばら》くは耐えられるし、アンジェ君は毒を透過すれば良い話だけど、下層のフロアにまで届いたら一大事なんだ。急げ急げ、毒は待ってはくれないぞ！」

「……」

「ケルヴィン君、考えるのは後にしよう。総長は昔からこういう人で、その、使徒見習い時代の解析者も、死ぬほど苦労していたって話だから」

なるほど。リオで苦労するほどなら、一般職員はトラウマもんだわ。

◇　◇　◇

撒《ま》き散らされた猛毒を消して回り、フロア中を綺麗《きれい》にする事暫くして。何の毒だかも分からない無責任さ、この本部は街のど真ん中にあるという悪環境も相まって、俺は念入りに消毒作業をさせられる事になるのであった。

「……よし、これで一分の隙もなく、全ての毒はなくなった筈《はず》だ」

「お疲れ様、流石《さすが》は私が見込んだ男なだけはあるね。じゃ、遠慮なく総長室に入りたまえ。少々散らかってはいるが、まあ一人二人が座る場所くらいはあるさ。たぶんね」

「……」

「ケルヴィン君、そんな顔をする気持ちも痛いくらい分かるけど、まずは部屋に入ろう？　また何の臆面もなく、変なものを使われたら面倒だからさ」

「あ、ああ」

アンジェにしては珍しく、シン総長の行動に肯定的だ。いや、この場合は諦めの心境になってしまっているのか。前に一人で総長を訪れた時、一体どんなトラブルに巻き込まれたんだろうか？　かくいう俺も、もしかしたらS級の中で、この人が一番苦手かもしれん。リオ超えもあり得る。

総長室に足を踏み入れると、そこは予想以上に雑多な場所だった。何に使うのか予想もつかない道具やら、独自のセンスを光らせる石像、ジルドラからパクってきたのであろう特殊武具、脱ぎっ放しの衣服下着エトセトラエトセトラ——言葉は悪いが、正直これはゴミ屋敷一歩手前な惨状である。セラの部屋の二倍は酷い。

「そこのソファが空いてるよ。詰めれば二人くらいは座れるでしょ」

「……座るか」

「う、うん……」

かなりギュウギュウではあるけど、俺達《たち》は半分埋もれたソファの空き部分に何とか座る。その対面側では、シン総長が半分埋もれかかったデスクの上に腰掛けていた。

ここで初めてまともにシン総長と顔を合わせた訳だが、彼女は右目に眼帯をしていた。

リオルドのような魔眼持ちなんだろうか？　もう片方の瞳は紫色で、ウェーブがかかった髪も紫色だ。進化していて見た目は当てにならないんだろうが、外見は三十代前半といったところだ。

「いやあ、ちょっとだけ汚くしていて申し訳ないね。私、珍しいものがあるとつい集めちゃう、軽い収集癖みたいなものがあってさ。ま、どれもこれも価値のあるものばかりだから、仕方ないよね。うん、仕方ない！」

「散らかってるものには目を瞑《つぶ》るよ。アンタが元使徒でリオルドの師匠だってのも、まあ分かった。けど、話す前に訂正したい。俺はリオルドを殺してないぞ？　可能なら俺自身が戦って勝ちたいと思っていたのは事実だけど、実際に最期を見届けたのは他のメンバーだ」

「ああ、知ってるよ？　使徒であったベル・バアル、エストリア・クランヴェルツ、東大陸の獣王レオンハルト・ガウン、そしてそこにいるアンジェ君達が止《とど》めを刺したんだろう？　前にアンジェ君がここを訪れた時に、その時の話を聞かせてもらったんだよ。だから超知ってる」

あっけらかんと答えるシン総長に、俺はそろそろ頭を抱えたい思いに苛《さいな》まれてきた。

「知ってたんかい……だったら何で俺を攻撃したんだよ？　まあ、アンジェも知ってた風ではあったけど」

「あはは、やっぱりバレてた？」

「アンジェらしくもなく、すっげぇバレバレだよ。何かあるって、そう知らせてくれてるみたいだった」

「はて、何の事かなぁ？　アンジェさん、分っかんないなぁ～」

フードの猫耳を指で弄《いじ》りながら、明後日《あさって》の方向を向いてしらばっくれるアンジェ。もう分かってるよ、可愛《かわい》い奴《やつ》め。

「フフッ、そうアンジェ君を責めないでやってくれ。彼女には私から口止めをお願いしていたんだ。バトル好きの彼なら、この挨拶が最も効率良く仲良くなれる。だから、不意打ちの事は内緒にしておいてくれってね。その方がより緊張感が高まって、ケルヴィン君が私に集中してくれるだろう？　ああ、リオルドの件はあくまでも方便みたいなものだから、全然気にしないでくれてオーケーだ。そう言った方が雰囲気出てたし、瞬間的にケルヴィン君も勘違いしてくれると思ってね。リオルドはリオルドの道を貫いた、君は君の道を貫いた。ただそれだけの事さ」

「……その割には、本気の殺意と敵意が籠っていたようだったけど？」

「だって、その方が君好みだったろう？　腹を割って戦った仲なんだ。もう私達は友達も友達、マブダチさ！」

その歓迎方法は俺も歓迎したいところだけど、何か気軽に友達にはなっちゃいけない雰囲気があるのは、俺の気のせいだろうか。

「そんな顔をしないでおくれよ。挨拶をした時の君は、とっても良い顔をしていたってのに」

「アンジェ、その時の俺、どんな顔をしてた？」

「今日一番の笑顔だったよ～」

「マジで？」

「マジマジ」

……まあ、歓迎方法は兎《と》も角《かく》として、数少ないチャンスは活《い》かすべきだし。

「後は……ケルヴィン君の人となりを直《じか》に確認したかったってのも、理由の一つかな？」

「俺の人となりって、あの一連の行動でどう分かるってんだよ？」

「いやいや、意外と結構分かっちゃうものだよ？　それにさ、冒険者名鑑でケルヴィン君の紹介欄を書いたのは私なんだよ？　その私が言うんだから、ほぼほぼ間違いない！」

「っ!?　お、おまっ！　冒険者名鑑にあのはた迷惑な内容やら二つ名を書いたの、アンタだったのか!?」

「何を隠そう、イラストを描いたのも私だ。可愛かったろう？」

「確かにそこはうちの女性陣にも好評だったけど……それよりも、二つ名だ、二つ名！　漁色家に戦慄ポエマーだとか！　あれのせいで、俺が今までどれだけ苦労してきたと――」

「――でも、嘘《うそ》じゃないだろう？」

「……い、いや」

「それ以前の評判やらを加味して、仲間からの情報を統合してみたら、実際その通りだろう？」

「……」

「ケルヴィン君、ちょっと分が悪いよ。私の胸で後で泣いていいから、この話題はもう引こう？　ね？」

ぐうぅ～～～……！　言い返したい！　でもできない！　後で泣く！

「アンジェ君がそう言っているんだし、話を元に戻そうか。ええと、ケルヴィン君の人となりについてだったかな？」

「……ああ。あの不意打ちから、俺の何が分かる？」

「なら、ちょっとだけ説明してあげよう。僅かに前情報があったとはいえ、私の不意打ちを冷静に判断して対処してみせた。無類の戦闘センスだと思うし、同時に無類のバトル好きって事も、あの表情から読み取れる。何だかんだ言いつつも、私の無茶振りに応えてくれる程度に懐も深い。あれはパブの街や一般の人々の事を考えての行動だよね？　プライドよりも常識を優先してくれたのは、Ｓ級冒険者としてかなりポイント高いよ、君ぃ！」

「人に指差すなって……そこまで言われるほど、俺はできた人間じゃないよ。普通、自分にできる事ならやるだろ、あの状況なら」

「それができない冒険者が多いから、諸々《もろもろ》を統括している私は苦労しているんだよねぇ。このパブにいるA級冒険者は、特にその傾向が強くてね。ほんっと、無駄に我が強くてプライドも高いんだよー。職員達も日々苦労していてね。我々が可哀想《かわいそう》だとは思わないかい、ケルヴィン君？」

「まあ、一番苦労させてるのはシン総長だとは思うけどな」

「ああ、そうそう。話は変わるけど——」

　俺も人の事は言えないけど、この総長、雲行きが怪しくなると早々に話題を変えやがった。もう少し部下の意見を吸い上げてやって！

「——ケルヴィン君、本格的にA級冒険者を育ててみる気はないかい？　実力があって戦闘好き、懐が深くてある程度の良識を持ち合わせている君のような存在を、私はずっと探していたんだよ！」

「……は？」

◇　◇　◇

シン総長の提案はつまるところ、後進の育成を俺に任せたいって事か？　だが、あまりにも話に脈絡がなさ過ぎる。俺なんかに任せなくたって、ここには良い冒険者が沢山いるだろうに。

「どうだい？　どうだい!?」

「そんなに顔を寄せるな……！」

ぐいぐい顔で迫ってくる総長の頬に手を押し当て、遠ざけようと踏ん張る俺。クソ、この人結構パワーありやがるな、おい！

「顔を近づけるよりも、まずは何でそんな話になるのかを説明してくれ！　さっきの挨拶同様、その提案にも何か裏があるんだろ!?」

「あはは、やっぱりバレてた？」

「アンジェの真似《まね》をするのも禁止！」

「ちぇー、心が狭いなぁ。これはケルヴィン君の評価を改める必要があるかもねー」

不満気にそう言って、自らが腰掛けていたデスクの上へと戻るシン総長。改める必要があったとしても、何か妙に腹立たしいから駄目である。

「ま、そんな反応をされるのも分かっていたから、順番に説明していこうか。ケルヴィン君さ、パブに到着してから誰かに喧嘩《けんか》を売られなかったかい？」

喧嘩？　視線と言葉だけなら、ついさっきもこの本部でそれなりに売られたけど？　まあ実際に手を出してきたとなれば、最初のあの件か。

「ああ、パウルとかいうA級冒険者のパーティに売られたよ。どうせアレも総長の仕込みなんだろ？　流石に露骨過ぎだ」

「ご名答、私が彼らを唆した。その様子だと難なく一蹴したみたいだけど、一応聞いておこうか。パウル君達はパブが誇るA級冒険者の中でも指折りの実力者だ。その彼らの実力、実際に戦ってみてどう感じた？」

「……結構な人数のパーティを束ねる統率力、その上A級に相応《ふさわ》しい実力が全員に備わっている点が良い。肝が据わっていて、向上心も高く伸びしろも感じられた。パウルに限らず、全員が将来に期待できると思ったけど？」

「おお、S級冒険者にそこまで褒められるとは、私も鼻が高くなっちゃうよ。でも、その評価はちょっとだけ温《ぬる》めの採点かな？　それじゃあ、彼らは近日中にS級冒険者になれると思うかい？」

「近日中って、ここ何日数ヵ月って事か？　それは無理だろ」

　確かにパウル君に俺は期待しているが、それは即物的なものではなく、将来的な強さについてだ。他のA級冒険者にも同じ事が言え、そこまで酷な期待はしていないと、きっぱり断言できる。

「そう、そこなんだよ！　筆頭のパウル君を始めとして、パブの冒険者は強さのアベレージこそ高いけど、S級に届く者は一人としていないんだ！　優秀っちゃあ優秀だけど、皆秀才止まりっていうのかな？　これが由々しき事態なんだよ！　おまけにプライドも高いときてる！」

「プライド云々《うんぬん》の話はもういいよ。で、それの何が問題なんだ。S級冒険者なんて、数年に一度生まれるかどうかなんだろ？　俺に続いてこの前にグロスティーナがS級になったばかりだし、むしろ最近は多いくらいだ。シン総長だってパブのS級冒険者なんだし、別に問題ないだろ？」

「……対抗戦」

「はい？」

「学園都市ルミエストと冒険者ギルド、この二つの組織による対抗戦が毎年開かれているんだけど、知ってるかい？」

　いや、初耳だけど。そんなものあったっけと、アンジェに視線で問い掛けてみる。

「一応、シュトラちゃんから貰《もら》った資料の中にも載ってたかな？」

「そうだっけ？　うーん、俺もそれなりに目は通した筈《はず》なんだけど……」

「ルミエストの年間行事って結構沢山あるから、ケルヴィン君が見落としたとしてもしょうがないよ。私も元ギルド職員だから知ってるってくらいだし。えっとね、今から半年後に学園都市ルミエストで、その対抗戦が開かれるんだ。学園代表生徒五名に対して、ギルドも冒険者を五名出して、計五試合の模擬戦で競わせるの。対抗戦の目的は外部から歴戦の冒険者を招待して、模擬戦を通じて学園の優秀な生徒と親睦を深めてもらう、って体になってたかな？」

「その通り。だが、実際のところは世間知らずの坊ちゃん嬢ちゃん達《たち》の鼻をへし折るのが目的だ。うちの冒険者達も大概だけど、あそこの生徒達はそれ以上に自尊心の塊だからね。世の中の広さをそんな生徒達に教え込む為《ため》に、毎年うちから適当なA級冒険者をその対抗戦に送り込んでいたって訳さ。とはいえ相手の中には王族なんかもいるから、できるだけ模範的で礼儀のなってる奴ら限定だけどね」

　ルミエスト、優秀な生徒、対抗戦——あ、話の流れが読めてきたかも。しかも結構がっつり、俺も関わっている気がする。

「へえ、そいつはいい事じゃないか。要は社会勉強の一環なんだろ？　で、それが？」

「ハハハッ。もう大体の流れが分かってる癖に、そうやって知らない振りをする君も可愛らしいね。さっきの意趣返しのつもりかな？　まあ順番に説明するって言ったのは私だし、このまま続けてあげよう。ぶっちゃけた話、今年のルミエストは強さがおかしな事になっていて、いつもの手が使えない。例年であればA級冒険者でも御釣《おつ》りが来るほど余裕だったのが、逆に全く歯が立たない見通しになっているんだ。その原因、ケルヴィン君ならもう分かっていると思うのだけれど？」

「いやー、まあ、うん。ごく一部の生徒に関しては、うちのもんが関わっているような、そうでもないような……」

　S級冒険者にも引けを取らない我が妹のリオン、圧倒的な戦闘力と頭脳を誇るベル、二人と比べたら見劣りはするが、それでもA級冒険者程度なら一蹴するであろう愛娘《まなむすめ》のクロメル。他の面子《メンツ》がどうであろうと、実力順に生徒を選出してくるのであれば、これでルミエスト側の三勝だ。A級冒険者では勝ち目は絶対にないと言い切れる。

「君が今思い浮かべた子達も脅威なんだけど、今年は他にもやばい新入生が何人かいる。それこそ、S級冒険者の力を基準として選出して良いくらいのがね」

「――ッ！」

「へ、へえ、やばい新入生か。ふーん、へー。そいつは大変だな。じゃあ、それに見合う冒険者を集えばいいんじゃないか？　そのS級冒険者とかさ。何なら、俺がその対抗戦に参加しても――」

「――そんな気のない振りをする必要はないよ。ケルヴィン君がこの件に興味を示すのは既定事項だ。そう来ると思って、もう参加枠の一つをケルヴィン君用として埋めているから安心して」

「……そこまで先読みしてんのかよ」

「まあね。だけど、ここからが問題だ。ケルヴィン君を加えたとしても、残りの頭数が足りないんだよ。総長の私自ら参加したとしても、残りは三枠もある」

「他のS級冒険者はどうなんだ？　シルヴィアとかレオンハルトとか」

「生憎《あいにく》な事に、他の者達はそれほどこの行事に興味を示さなくてね。そうじゃなくても、ガウンの獣王たるレオンハルトは気軽に国を離れる事ができないし、シルヴィアだって今は水国トラージの客将だ。わざわざ西大陸にまで招くのは現実的じゃないね。ゴルディアーナも忙しい様子だし、呼べたとしても新鋭のグロスティーナや、唯一年中暇していそうなファーニスのバッケくらいなものかな。ルミエストに所属しているアートは問題外だ。下手をしたら面子に相応しい引率の教官として、彼自身が出て来る可能性まである」

ん？　それって相手次第では、アートと戦う機会が設けられるかもって事じゃないか？

「ケルヴィン君、よだれ、よだれ。はい、ハンカチどーぞ」

「っと、すまん」

「この話を聞いて興奮するのは流石《さすが》といったところだけど、どう頑張ったってS級冒険者は四人が限界でね。残り一人の枠が余ってしまう。冒険者ギルドとしても面子がある。立場上、一介の生徒如《ごと》きに負ける訳にはいかない。けど、決して誰でも良いって訳でもないんだ。これだけの為に、外部の者達の手は借りられない」

「なるほど。ギルドに所属する、歴《れっき》とした冒険者である事が条件って事か」

　そうなると、元ギルド職員のアンジェも微妙になってしまうのか。表向きは冒険者との親睦会なのに、ギルドの元職員が選出されるってのも妙な話だもんな。

「そ。冒険者の資格を持つ、君のところのエフィル君を候補に挙げようかとも考えたけど、彼女は今それどころじゃないんだろう？」

「ああ、全然それどころじゃない。全力で反対する。……ああ、そうか。それで最初の話に戻る訳だな？　俺に将来性のあるA級を育てさせて、相応しい強さにしろと？」

シン総長は満面の笑みで大きく頷《うなず》いてみせた。

◇　◇　◇

俺がまだ頷いていないってのに、どれだけ気が早いのか、シン総長は段取りをガンガン進め始める。総長曰《いわ》く、対抗戦に出る素質がある者をこの数日中に選定するらしい。まあ、俺としてもA級トップの冒険者達に興味はある。一度顔を合わせてみたいとも思っていたので、俺のやり方で鍛える事を条件に、この件を了承する事にした。候補のリストアップが完了したら、追って連絡するとだけ聞いて、この日の話し合いは無事終了。俺とアンジェは再び奇異の目で見られつつも、無傷で本部を去る事ができたのであった。

「――ってな事があってさ、もしかしたらリオンと戦う機会があるかもしれない。その時は全力でやり合おう」

そしてその翌日、俺は今、とあるダンジョンへとやって来ていた。ここは最近になってパブの西にて発見されたばかり、所謂《いわゆる》未開拓のダンジョンだ。俺達の前にも何組かの冒険者パーティが派遣されたのだが、どの組も入り口付近でダンジョンモンスターに撃退されてしまったらしい。冒険者ギルドは暫定でA級上位の攻略難度と認定。その詳細を確実に調査する為にも、俺のところにお鉢が回ってきたという訳だ。そういや昨日、適度にパブでの実績を作っておいてと、シン総長が別れ際に言ってたっけ。もしかしたら本来総長が担当する筈だった仕事を、功績を稼がせる為に回してくれたのかもしれないな。まあ期待してくれるのなら、相応の成果で返すのが礼儀ってもんだろう。

調査には仲間達を全員連れて来ても良かったんだが、あまり人数が多過ぎると『暗紫の森』での殲滅《せんめつ》事件、あの過ちを再び繰り返してしまう可能性があったので、今回は少数精鋭で挑む事にした。ギルドからの依頼はあくまで調査だけで、モンスターを根絶やしにする事ではないからだ。あと、調査をしてみて良い感じのダンジョンであったのなら、A級冒険者達の鍛錬場所にしようとも考えているからな。

ちなみに今回のパーティの人選は、ルミエストへの入学を控えるリオンと、ペット枠で同行する事になっているアレックスの名コンビだ。時期的に俺と一緒にダンジョンに潜れる機会が一番少ないだろうという事で、仲間達との相談の下、この二人が優先的に参加する事になったんだ。クロメルも行きたがっていたけど、そこは実力不足という事で心を鬼にして却下した。パパ、無茶は許しませんよ？

「全力で戦うのはいいけど……ケルにい、『経験値共有化』を使うつもり？　短期間でS級冒険者並みに強くするのって、そうでもしない限り、凄《すご》く無茶をしなくちゃだよ？」

「ウォン！　（谷から突き落とす勢い！）」

「手っ取り早く強くするなら、それが一番だろうな。けどシン総長から依頼されてるのは、S級冒険者に相応しい人材を育てる事だ。それなりに修羅場を潜《くぐ》って自分で成長する力を培ってもらわないと、ガワだけが立派で中身の伴わない半端な奴《やつ》になっちまう。アレックスの言う通り、谷から突き落とす勢いで指導して、それでも強くなる為に付いて来ようって精神がある奴らを、まずは選んでいこうと思う。何、まだ期間は数ヵ月もあるんだ。リオンがルミエストで勉強している間に、俺は俺で楽しませてもらうさ」

　S級冒険者を目指したい？　うん、もっと無茶をしないとね！

「もう、ケルにいったら。ほどほどにしてあげてね」

　リオンの言葉はいつも慈悲に溢《あふ》れている。しかし、我が妹よ。A級冒険者を鍛えるという事は、ルミエストとの対抗戦で、お前と戦うかもしれない人材を育てる、という事でもあるんだ。戦う可能性のあるそいつの為にも、俺は全力で指導させてもらう。だってリオンってば、対人戦に欠片《かけら》の容赦もないんだもの……俺と当たる分にはこの上なく嬉《うれ》しい事柄なのだが、育てた奴が当たるのは正直避けたいところだ。最悪の場合、心に消えない傷が深々と残ってしまう。トラウマである。

「さて、そろそろ到着か。あそこが発見されたダンジョンの入り口だ」

「わあ、生い茂ってるね！」

「ガーウガゥ（道中も凄かったよねー）」

俺達は猛暑の中、ここまでジャングルの道のりを突っ切ってきた。鬱蒼《うっそう》とした一帯は非常に歩き辛《づら》く、うじゃうじゃと存在するどでかい食人植物、猛毒を持つ小型の虫モンスター等々の対処を迫られる、それなりに危険な道中だったと思う。ただまあ、今のところの評価はB級ダンジョン、それこそ『暗紫の森』と同じくらいかなといった印象だ。この程度ならば、パブのA級冒険者でも十分に対応できるレベルだろう。正直、かなり物足りない。いや、本丸の未探索ダンジョンはこれからなんだ。希望を捨てるにはまだ早いぞ、俺！

とまあ、俺が期待を寄せるそんな本丸ダンジョンは、パブの街並みでも見かけたような石像が乱立し、ダンジョンそのものも石で造られた、古代遺跡風味な場所だった。石像は何かの生物を模したもの、特に人の頭部を表したものが多い。どれもこれも蔦《つた》などの植物が這《は》っていて、古くからここに存在していた事を窺《うかが》わせる。

「ずっと前からここにあったのかな？」

「どこかの神様が気紛《きまぐ》れを起こさない限りは、まあそうだろうな。こんなジャングルのど真ん中に、意図してやって来る奴なんていないだろうし――ってこの気配、もしかして先客か？」

「ガーゥ（人の匂いがするー）」

「うん、ダンジョンの中に気配があるね。他の冒険者の人？　それとも、間違って迷い込んだとかかな？」

「こんな場所で迷子はあり得ないだろ。しかし、だからといって冒険者でも困るんだが……」

　未踏破のダンジョンの発見、更には何組もの冒険者パーティが攻略を失敗しているとして、このダンジョンは危険区域としてギルドから立ち入り禁止に指定されている。もちろんそれはパブに複数存在するＡ級冒険者達も同様で、現在はシン総長から調査の許可を貰《もら》った俺達だけが入れる事になっているんだ。

　ダンジョンの宝を目的とする盗賊の類なら、その場でとっ捕まえるだけで済むからいいんだけど、ギルドの指示を無視している冒険者が仮にいたとすれば、ちょっとばかし対応が面倒な事になる。こんなところにまで足を延ばせる実力者となれば、パブの中でも割と上位の冒険者だろう。俺からの警告を素直に聞いてくれるか、かなり怪しいところだ。

「プライドが無駄に高いらしいし、昨日の様子を見る限り、あまり俺を歓迎している風でもなかったもんなぁ。最悪、実力行使になっちゃうよなぁ……」

「ケルにい、どうしたの？　すっごく嬉しそうな顔になってるよ？」

「ん？　困った感じの顔じゃなくて？」

「クゥーン（にやけてるー）」

「むむむっ」

うーん、最近の俺ってば、口元が緩み過ぎかも。せめて先客の奴らの前ではシャキッとしないとな、シャキッと！

「気配の位置は……階段を一つ下りた階層か。まだ入ったばかりだな。リオン、アレックス、調査は後回しにして、まずはこの不審人物のところに向かうぞ。一応戦闘準備もしておくように」

「ラジャ！」

「ウォン！（ラジャ！）」

「オーケー。じゃ、行きますか！」

俺達《たち》はその場で速度上昇系の補助魔法を纏《まと》わせ、それが完了次第、大地を蹴ってダンジョンの入り口へと突貫する。この際、視界に入るモンスターは進路方向に立っている者以外は全て無視。最短最速で気配の発生源へとダッシュ&ダッシュ、である。

大体三秒ほどが経過しただろうか。俺達が辿《たど》り着いたのは、枝分かれした通路の一つ、その最奥となる突き当たりの小部屋だった。モンスターではなく、歴とした人の姿を確認する。ひー、ふー、みー……ん、気配の数通り三人か。男一人、女が二人と。

「よお、色男。こんなところで何をしているんだ?」

◇　◇　◇

私の名はシンジール。パブ三大冒険者の一角を担う、気高くも美しいA級冒険者である。男でありながらも、そこいらの女性よりも数段美しい私の顔は、ありとあらゆる生物を魅了する。この顔のお蔭《かげ》で幾度となく勘違いさせてしまっているのだが、別に私は王族貴族などの高貴な生まれなどではない。むしろスラムに分類されるであろう貧困街の出身であり、幼い頃に親に捨てられ奴隷としての人生を歩んできた、悲しき経歴を持つ薄幸の美男子だった。

しかし、私は奴隷で人生を終える悲劇の美男子などではない。己の価値を正しく理解し、チャンスを決して逃さない、できる美男子なのだ。機会を得て知り合ったマダムを魅了した私は、自らを買い戻す為《ため》の金を融通してもらう事で、奴隷の立場から解放された。その為に色々とプライドを捨てるようなもにょもにょも発生したが、そこは恩を返す為に仕方のない事だったので、記憶を封印する事で何とか自我を保つ事に成功した。そう、できる美男子はやる時はやり、消すべき記憶は消せるもの。私はそれを有言実行したに過ぎないのだ。

返すべき恩を返し終わった私は、悲しき過去を振り返らない為にも、故郷を捨てて新天地へと旅立った。だからこそ、故郷の名は語る必要はない。これ以上余計な恩とトラウマをゴホンゴホン！——マダムに迷惑を掛けない為にも、私は裸一貫で旅立つのみだ。それはもう、大急ぎで。ちなみに風に靡《なび》く私の長髪が、罪なほどに美しかったのは言わずもがな、である。

未来輝く新たな国へとやって来た私は、一先《ひとま》ずは慣れ親しんだ野宿にて一日を過ごす。優雅であると共にワイルド、それが私だ。ただ、そんな野性味溢れる私にも悩みは尽きないもので、今後の生活をどうするべきかと、満天の星を眺めながら思い悩んだものだ。何しろ、私は才能に恵まれ過ぎていた。きっと何をしても上手《うま》くいくという自信があり、それ故に進むべき道が多かった。一夜、また一夜と眠れぬ夜を過ごしていき、辿り着いた答えが冒険者だった。理由は至極単純、自由気ままにフリーダムに、そんな風のような人生こそ、私には相応《ふさわ》しいと結論が出たからだ。生活費がなくなって、直《す》ぐにでも金が必要なくらいに困っていたからでは断じてないぞ。だってほら、ワイルドな私はサバイバルにもきっと詳しいのだから……！

冒険者という眩《まばゆ》いロードを歩み始めた私の生活は、月が変わる毎《ごと》に様変わりしていった。迷い猫探しや野草の採集に走らされる新人時代とは三日で別れを告げ、週を跨《また》ぐ頃にはD級となり、一人前の冒険者として認められるようになる。こうなれば野宿なんて不毛な営みをする必要は既になくなり、格安の宿が私を出迎えてくれていた。格安とはいえ侮る事なかれ。屋根がある、壁がある、飯が出る。私はそれらの事に甚《いた》く感動したものだ。私の感受性豊かな心がそうさせてくれたと言うべきだろうか、フッ。庶民的な生活というものを、ここでは色々と勉強させてもらったものだ。まあ、私の才能は普通のそれを大きく上回っているから、直ぐに次のステップへと跳躍してしまうのだがね。

冒険者としてのランクが上がれば、否《いや》が応《おう》でも同業者から注目されてしまうもの。特に私の場合、この美貌が女冒険者達の心を鷲掴《わしづか》みにしてしまう。何と罪作りな男なんだろうか、私は……しかし、惚《ほ》れさせてしまった事を、嘆いてばかりはいられない。そうしてしまった事について、私は責任を負う義務があるのだ。という訳で、告白も同様なパーティのお誘いをされた私は、快くそれを受けるのであった。

「シンジールさん、仲間にしてくれてありがとうございます。これまで一緒にパーティを組んでいた夫が腰を痛めてしまいまして、どうにか私とパーティを組んでくれる方はいないか、ちょうど探していたところだったんです。こんなロートルなおばさんと一緒に戦ってくれる人なんて、なかなか見つからないと思っていたので、本当に助かりました。若い人と組む事に夫は反対していましたけど、もうすっかりあの人とも仲良くなったみたいで」

「フッ、酒の入った杯を交わして、私と分かり合えない人間なんていないものでね。たとえそれが男だったとしても、真摯に向き合えばそれは同じ事さ。それに私にはパーティのリーダーとして、レディを護《まも》る責任がある。その家族を安心させるのも、また私の務めなのさ」

「まあまあ、私なんかをレディだなんて。口が上手いんですから、ウフフフ」

一人目の仲間は冒険者として経験の豊富なこちらのレディ、リスペクト夫人だった。まったく、人様の妻の心を奪ってしまうとは、私はつくづく罪深い。冒険者を引退されたご主人とは飲み友となり、可能な限りフォローできる態勢は構築しておいた。だが、できる美男子に間違いは万が一にも許されない。この夫婦との絆《きずな》を戒めとして、これ以上ハートを射止めないよう努めなければ。ちなみに、マダムという言葉は私にとって毒でしかないので、私の気分的にも仲間への信頼の証《あかし》としても、年齢に関係なくレディという言葉を使う事にしている。

「……」

「フッ、レディ・アイスは今日もシャイを決め込んでいるようだ。まあ、それも仕方のない事。何せ、この私が同じパーティの仲間として眼前にいるのだからね！　喜びと緊張、そして再び喜びが巡りに巡り、言葉も出ないとみえる！」

「……（ふるふる）」

「思いっ切り首を横に振ってますねぇ」

「苦し紛れの照れ隠しとは、また何とも可愛《かわい》らしい事じゃないか。まあリーダーとして、私は全てお見通しなのだがね」

「……（じー）」

「凄《すご》いジト目ですねぇ」

　こちらの言葉数の少ない、というかほぼほぼ喋《しゃべ》らない少女はレディ・アイス。彼女がギルドの片隅に一人でいたところを、私が迂闊《うかつ》にも近くを通ってしまい、不覚にも惚れさせてしまったのが出会いだった。パーティを組んでそれなりの月日が経《た》つというのに、私の前では決して声を発してくれない、名の通りクールな子だ。しかし、そんな彼女の心情を察し、気配りを徹底するのがリーダーの、更には惚れさせてしまった美男子の役目。何かと使命の多い私であるが、一つとして手を抜くつもりはない。今日も今日とて、彼女の心の声に耳を傾け続ける。それが私というものなのだ。

　とまあ、仲間達との運命的な出会いを果たした私は、その後一年二年と順調に成果を上げ続け、このパブの地でA級冒険者まで上りつめる事ができた。リスペクト夫婦とは未《いま》だに危ない橋を渡り、レディ・アイスの声を耳にする事も未だにないが、私は才能に容姿に運命に、兎《と》に角《かく》全てに恵まれていると言っても、決して過言ではないだろう。

　……だがしかし、そこからの道のりはそんな私にとっても、大変に険しいものだった。A級冒険者に昇格して一年が経過しようとする今に至っても、S級への道が開かれる事はなく、それどころか信じられない早さで昇格した、シルヴィア、ケルヴィンとかいう新人に追い抜かれているのが現状だ。先日新たにS級への昇格が決定したグロスティーナ・ブルジョワーナ、彼でもう三人に追い抜かれた事になる。

　別に追い抜かれる事自体に焦っている訳ではない。ただ、私はこのメンバーでS級に昇格したいのだ。私達の限界がここであるとは、決して認めたくない。女性を相手にこう言うものではないのだが、レディ・リスペクトは今やそれなりの年齢だ。本来であれば引退をして、主人との余生を楽しんでいても何らおかしくはない。全て私の美貌が原因となって、彼女に無理をさせているとすれば、それはとても心苦しい事だ。どうにか彼女が無理をしないうちに、S級の景色を見せてやる事ができれば良いのだが。

　ちょうどそんな事を考えている時に耳にしたのが、パブの西にて新たなダンジョンが発見されたとの報だった。しかも話を聞くに、その攻略難度は我々A級冒険者に相応しいものだという。ここでシン総長に私の美貌と活躍と絆と諸々《もろもろ》をアピールする事ができれば、S級への道がぐっと近づくかもしれない。そう、私はチャンスを逃さない美男子。そこに天使の微笑《ほほえ》みが転がっているのならば、一目散に駆け付け、誰よりも先にキャッチする。それが私だ！

「よお、色男。こんなところで何をしているんだ？」

　そう意気込んでダンジョン探索を開始したそんな時、私達の目の前に、やたらと見る目のある男が現れた。フッ、止《よ》してくれよ、あまり本当の事を言うのは。

◇　◇　◇

私の名はシンジール、自称冒険者一の美男子だ。そんな私に対し、一目で色男と称してくれた審美眼溢《あふ》れる彼は、一体何者だろうか？　ダンジョンの突き当たりにぶつかってしまった私達が踵《きびす》を返すと、不思議な事に彼らは既にそこにいた。黒ローブの青年に可愛らしいレディ、そしてこれまた可愛らしいドッグ、いや、ウルフかな？　兎も角、彼らはそこにいたのだ。しかし、おかしいな。さっきまで私達の背後には、確かに誰もいなかった筈《はず》だ。気配り上手なリーダーとは、パーティだけでなく周囲の環境にも関心を示すもの。私はいつものように華麗に周りを見回し、自分に見惚《みと》れ、仲間に感心し、気を配っていた筈だ。だというのに、あの黒ローブの彼が声を掛けてくるまで、彼らの存在に全く気づく事ができなかった。ううむ、これは異常事態だぞ。私は気高くも美しいパブ三大冒険者、その私が存在を見落とすほどの手練《てだ》れとなると、彼らの実力は凄《すさ》まじい。本当に一体何者なのだろうか？　彼らの足元では風がビュンビュン稲妻がバリバリ鳴っているし、少しばかり威圧的だ。そうだな、まずはレディ達《たち》を後ろに――

「――あら？　あの方は『死神』のケルヴィンさんではないでしょうか？　お隣は妹さんの『黒流星』リオンさん、そして召喚術で契約している『陽炎《かげろう》』アレックスちゃんかと」

「知っているのかい、レディ・リスペクト？」

「知っているも何も、ケルヴィンさんに関しては、シンジールさんも昨日ギルドで直接目にされた筈ですよ？」

「え？」

「……（コクコク）」

「レディ・アイスまで激しく頷《うなず》いている!?　だ、だが、あのような素晴らしい審美眼を持つ青年を、この私が忘れる筈が……！」

改めて黒ローブの青年を凝視する私。んんっ？　待てよ、確かに本部で見た覚えが——

ああっ!?

「え、S級冒険者のケルヴィン・セルシウス!?」

「思い出されましたか。男性が相手ですのに、今回は早かったですね」

「……（コクコク）」

一度見た女性の記憶は墓場まで持っていく自信のある私だが、男に関しての記憶は自分でも驚くほどに忘れっぽい。そんな私が瞬時に彼を思い出したのは、正に奇跡と言っても間違いではないだろう。だが、だがっ！　これは屈辱だ……！　まさかこの私が、世界で最も忌み嫌う者を、見る目があるなどと勘違いしてしまうとは……！

「俺を知っているのか？　それなら話は早い……って、ああ、何か見覚えがあると思ったら、ギルド本部で見た奴《やつ》か」

「……ああ、知っているとも。君も私を覚えているという事は、私があの時に何と言ったかも覚えている筈だ。私はね、君をS級冒険者と認めていない。世間一般がどう言おうと、認める訳にはいかないんだ」

「はい？　えーっと……突然どうした？　いや、アンタが俺にいい感情を抱いていないってのは、確かに覚えているけどさ。そこまで文句を言われる筋合いはないぞ？」

「君がなくとも、私にはあるんだよ」

「何があるんだよ。俺、お前に何かしたっけ？」

どうやらケルヴィンは事の重大さを理解していないらしい。フッ、それもそうか。今まで出会ってきた奴らは皆、自覚のない者達ばかりだった。ならば教えてやろうじゃないか。私がなぜ君を憎み、普段は口にしないであろう罵声を浴びせているのかをッ！

「如何《いか》に実力があろうと、奴隷を従えている冒険者など下の下、いや、それ以下だ！　私は無理矢理に奴隷に首輪を掛け、力づくで服従させる輩《やから》を一切信用しない！　今はいないようだが、ギルド本部で確かに見たぞ！　君が嫌がる美少女奴隷を連れ回し、他の冒険者に見せつけるようにして悦に入《い》っているところをね！」

ビシリ！　そんな風を切る音が聞こえてきそうなくらいに、私はケルヴィンを指差してやった。そう、私は過去に奴隷であったが故に、その者達の気持ちが人一倍理解できるのだ。

「……」

私の的確な指摘に意表を突かれたのか、ケルヴィンは何とも間の抜けた顔を作っていた。それもそうだろう。私の調べによれば、S級冒険者の中で奴隷を扱っているのは、このケルヴィンしか存在しない事が分かっている。それほどにまで邪《よこしま》で、誰もが認めるほどの女好きである事は明白も明白！　誇り高き冒険者として、そして将来的にS級になる身として、同業者の悪行を見過ごす事は到底できない。なぜならば私は、正しき道を突き進む美男子なのだから！

「んっと、エフィルねえアンジェねえの事を言っているのかな？」

「おー、この感覚懐かしいなぁ。刀哉《とうや》達と出会った時を思い出すよ。ホント懐かしい」

「もう、ケルにい～。懐かしんでる場合じゃないよ～」

「グゥルルル……！」

む、むむむっ？　おかしい、おかしいぞ？　挑戦状を叩《たた》きつけたといっても間違いではない宣言をしたというのに、なぜかケルヴィンと仲間のレディは和やかな雰囲気だ。ただ一頭だけ、ペットのウルフ君が私に対し唸《うな》っているのだが……この温度差は一体？

「あ、えっとね、人を指差しちゃいけませんって、アレックスは言いたいみたい」

「ウォン！」

「あ、それは失礼した。ごめんなさい」

なるほど、それで怒っていたのか。憎いものは憎いが、間違った行為は直《す》ぐさま正す。

それが私、シンジールで──いやいや！　そういう話でもないと思うのだが!?

「シンジールさん、シンジールさん」

「む？　レディ・リスペクト、どうしたんだい？　今は些《いささ》か忙しいのだが、私は如何なる時でも耳を傾けるよ」

「それがですね、違うんですよ。ケルヴィンさんは確かに奴隷の子達を従えていますが、それは決して無理強いしてのものではないのです。いえ、確かに一部だけそういった関係なのかもしれないですけど、全ては合意のもとだと思います」

「……（照れっ）」

「ふぇ？」

その後、レディ・リスペクトはなぜか持ち歩いていた冒険者名鑑を開きながら、私にセルシウス一家について説明してくれた。曰《いわ》く、ケルヴィンの奴隷達は自らの意思で奴隷となっており、むしろケルヴィンには奴隷から解放させようという意志がある。曰く、立場を超えて相思相愛の関係にある為《ため》、部外者の私が文句を言うべきではない。けれどその志は立派なので、これからは悪事を働く人にその猛《たけ》りをぶつけていきましょうね、と、説明と並行して諭されてしまった。要するに私は、勝手にとんでもない勘違いをしていただけだったのだ。

「し、しかし、レディ・リスペクト。冒険者名鑑にも記載されていないような詳細な情報を、なぜそこまで知っているんだ？」

「ウフフ。それはもう、この歳《とし》になると他人の色恋のお話の方が、好きになっちゃうものですから♪　井戸端主婦ネットワーク、とでも呼べば良いでしょうか？」

「な、なるほど……？」

ちなみにこの間、ケルヴィン、いや、ケルヴィンさんとそのお仲間の方々は、弁当（重箱）を広げていた。

「わあ、今日も美味《おい》しそうだね！」

「エフィルの奴、あんまり頑張るなって言ってるのに、また気合い入れたな……」

べ、弁当!?　そ、そうじゃない。驚いている場合じゃないんだ。今は謝るべき時！

「ケルヴィンさん、申し訳ない！　誇り高き美冒険者シンジール、とんでもない誤解をしていた！　罪深い私は心から――」

「――おい、そこの色男とそのお仲間さん。どうでもいいけどさ、一緒に飯を食おう。まずはそれからだ」

……なぜか食事に誘われた。

◇　◇　◇

ダンジョンの突き当たりの部屋にてシートを広げ、ピクニックの弁当としては少々豪華過ぎる、エフィル特製弁当を箸でつつく。うん、今日も今日とてベリーベリーデリシャス。これ以上の弁当はこの世に存在しないだろうと、そんな事を確信させてくれるくらいに美味しい。

「……ッ！……ッ!?」

「あらあらまあまあ」

「……（はぐはぐ）」

で、そんな風に満足する俺の向かいでは、現在立ち入り禁止となっているダンジョンの中にいた先客達が、貸したフォークを片手に無我夢中な様子で食に興じている。一口食べる毎《ごと》に色男は変顔を晒《さら》し、少し歳の離れた淑女は「あら」と「まあ」を交互に連呼、トンガリ帽子を被《かぶ》った小柄な魔法使い少女は、無言のまま料理を口へ掻《か》き込んでいる。何と言うか、色々な意味で賑《にぎ》やかな食事風景だ。

「ハッ！　な、なぜ私は厚かましくも食事を頂いているんだ……!?　如何に顔が良くとも、道理を弁《わきま》えなければならない時がある！　私はこのようなご馳走《ちそう》を頂ける立場ではないというのに！」

賑やかというより、どちらかというと騒がしいかも。

「そんな事を気にするなって。俺の方から誘った話だ」

「し、しかし……！」

「それよりも、そろそろ自己紹介をしてもらっていいか？　こう言っちゃ失礼かもだが、君らの事をよく知ってはいなくてさ」

「っと、これは失礼した。私はA級冒険者のシンジール。パブの三大冒険者の一人、美し過ぎる冒険者と言えば、流石《さすが》に分かるかな？」

「いや、全く」

「え？」

「私はリスペクトと申します。年齢による衰えは隠し切れませんが、年の功を活《い》かして何とか冒険者稼業を凌《しの》いでいるところなんですよ」

「……（はぐはぐ）」

「この子はアイスちゃん、見ての通り可愛《かわい》らしい魔導士さんです」

「リスペクトさんとアイスちゃんですね。よろしくお願いします」

「えっ⁉　な、なぜにレディ・リスペクトには敬語⁉」

なぜか知らないが、シンジールは愕然《がくぜん》としている。顔が凄《すさ》まじくうるさい。

「いや、目上の人に敬語は普通だろ。リスペクトさんも敬語使ってくれてるし」

「あ、ああ、そういう事か。なるほどね、それなら納得だ。ちなみに私は今年二十歳になる。ケルヴィンさん、貴方《あなた》はおいくつかな？」

「二十三」

「よし、それならオーケー！　神々しい私は立ち直った！」

　何だろうか、この既視感。あ、分かった。この美意識と騒がしさ、最近出会った誰かに似ていると思ったら、ルミエストのアート学院長だ。種族が違うからそんな事はないんだろうけど、親戚かってくらいに共通点がある。

「それとこの天上の如《ごと》き美味なお弁当、どうもありがとう！　私達のパーティもレディ・リスペクトがたまに作ってくれるんだが、それに引けを取らない出来だったよ！　端的に言って美味しかった！」

「それは良かった」

「いいえ、私の料理なんて足下にも及びません。それほどに途轍《とてつ》もないお弁当でした。調理した方に、今度お料理を習いたいくらいです」

「……（はぐはぐ）」

「それなら今度紹介しますよ。アイスちゃんの好みにも合ったみたいですし、一緒にいらしてください。訳あって冒険者の仕事を休業しているんで、エフィルも喜ぶと思います」

「まあ、エフィルさんって、あのエフィルさんですか？　訳あって……休業中……まあまあまあ！」

　何だろうか、また既視感である。あ、分かった。この噂《うわさ》好きで勝手に色々と察してくれる感じ、ミストギルド長にそっくりなんだ。たぶんだけど、リスペクトさんはミストギルド長と、お隣さんかってくらい共通点がある。

「……（はぐはぐ）」

「ねえねえ、美味しい？　こっちのデザートは僕のお薦めなんだぁ。食べてみない？」

「……（コクコク）」

　リオンは早速アイスちゃんと仲良くなったみたいだ。端的に言って癒し。っと、和んでる場合じゃなかった。そろそろ本題に入らねば。

「シンジール、弁当つついて親交も深めた事だし、いくつか質問していいか？」

「ええ、もちろん。私に答えられる事なら、何でも答えるとも！」

「そいじゃ一つ目。今このダンジョンは立ち入りを禁止されている訳だが、何でシンジール達《たち》はこんなところにいるんだ？　見たところ素行不良な冒険者って感じでもないし、何か理由があるんだろ？　あ、ちなみに俺達はシン総長から特別依頼を受けて来てるから、こっちへの逆質問はなしで」

「……え？　立ち入り禁止、されていたのかい？　いや、全くの新情報なんだけど、それ……」

きょとんとするシンジール。どうやら嘘《うそ》を言っているようでもなく、本気で知らなかったみたいだ。

「昨日ケルヴィンさんとギルド本部ですれ違った直後に、この場所へと向かったので、もしかしたら立ち入りを禁止する報と、ちょうど入れ違いになったのかもしれませんねぇ」

リスペクトさんが補足してくれた。うん、急な知らせだったようだし、それなら十分にあり得る。

「なるほど、そういう事だったのか……ケルヴィンさん、重ねてすまなかった。聞き及んでいない事とはいえ、ギルドの決定は冒険者にとって絶対。完全にリーダーたる私の不備だよ。未探索ダンジョンを手放すのは正直言って惜しいけど、シン総長に指名されたケルヴィンさんこそが、正当にこの場所を探索する権利がある。私達は大人しく帰還するとしよう」

「待て待て、そう急ぐなって。まだ聞きたい事があるんだ」

シートから立ち上がり、この場から去ろうとするシンジールとリスペクトさんを引き留める。アイスちゃんだけは座ったまま、未《いま》だ弁当に夢中だった。

「うん？　それは構わないけど、これ以上何を聞こうって言うんだい？」

「この国で活動するトップ冒険者について教えてくれないか？　知っているとは思うけど、俺達はパブに来てからまだ日が浅くてさ。同業者についての知識もさっぱりなんだ」

「あ、僕も聞きたい聞きたい！　パブトップレベルの冒険者さんって、どんな人達？」

「クゥン……（お腹《なか》いっぱい……）」

「――！　流石はS級冒険者、良い心掛けじゃないか！　微力ながら、この私が教えて差し上げよう！　まずはご存じこの私、大陸に轟《とどろ》く美形冒険者シンジールについてだけど――」

瞳を輝かせながら、シートに再度ライドオンするシンジール。よほど自分について力説したかったのか、その判断の早さは尋常ではなかった。説明自体も尋常でなく長かったので、ここでは割愛させてもらう。要約するとシンジールが魔法も使える万能型鞭《むち》使い、リスペクトさんが宝箱の鍵開けから罠《わな》の察知をもこなす武闘家、アイスちゃんが氷を操る正統派魔導士であるらしい。いずれもA級冒険者最上位の実力者（自称）との事だ。

「私以外の手練《てだ》れとなれば、同じ三大冒険者に名を連ねるパウルとオッドラッドかな。パウルについては、もうケルヴィンさんも知っているだろ？　噂ではお連れの女性陣に手を出されて、顔の原形が分からなくなるくらいに、それはもうボッコボコにしたと聞いてるよ」

「いやいやいや……喧嘩《けんか》は売られたけど手は出されてないし、そこまでボコボコにもしてないって。気絶だけさせて、樽《たる》の中に叩《たた》き込んだだけだ」

「そうなのかい？　その樽を土の中に埋葬したとか、海の底に沈めたって話もあったけど……」

なあ、君らの中で俺ってどんなイメージなの？　いやまあ、確かに冒険者名鑑でもS級冒険者は爆発物扱いだけどさ。

「ま、まあアレだよ。パーティ人数が多く、総合力に優れているパウル達を容易に一蹴したケルヴィンさんは、やはり凄《すご》いという事さ。尤《もっと》も、A級で今一番輝いている冒険者は、まず間違いなく私達なんだけどね！」

「総合力のパウル、意識高い系のシンジール、と……なるほどな。それで、残るオッドラッドって奴《やつ》んとこは？」

「魔法を一切使わないパワー系のパーティだね。確かケルヴィンさんをギルド本部で見た時、彼は私の隣にいたっけな。覚えてないかい？　無駄にいつも大声だから、悪い意味で目立っていたと思うよ」

ああ、あの時の。ゴルディアーナの事を口にしていたっけ。だから自分達のパーティは力自慢が多いと、そういう事だろうか。ただ、ゴルディアーナってパワーだけじゃないんだけどなぁ。そのパワーと同じくらい鍛え上げた武の技術、強靭《きょうじん》なメンタル、圧倒的な知識と経験を併せ持ってこその超人なんだ。筋肉を正義とするのなら、是非ともそこまで頑張ってもらいたい。

しかし、なるほど。順当に考えれば、シン総長が選定するメンバーはこの中の者達になる筈《はず》だ。さて、どう鍛えていくべきだろうか。

◇　◇　◇

やあ、元気かな？　皆の憧れの的、美の化身シンジールだよ。えっ、やけにご機嫌じゃないかって？　ハハハッ、やっぱり分かっちゃうか。実はね、今日は皆にとっておきのお知らせがあるんだ。それは何かって？　フフッ、焦らない焦らない。私はどこにも逃げはしないさ。ただ、無駄に焦《じ》らすなんて事も私はしたくない。だからこそ、もうストレートにサプライズな出来事を伝えたいと思う。何とこのシンジールの率いるパーティが、S級冒険者であるケルヴィン・セルシウスさんのパーティとご一緒する事になったのさ。

『シンジール達の実力を確かめたい。このダンジョンの調査、俺んとことお前のとこの、合同でやってみないか？　俺達と一緒に行動するのなら、ギルドの指示に違反もしないだろう』

あの場から颯爽《さっそう》と立ち去ろうとする私達をわざわざ引き留めて、そんな口説き文句とも取れる誘いをしてくれたんだ。あの！　今話題沸騰中の！　S級冒険者の！　ケルヴィンさんがね！　いやはや、罪な私は遂《つい》に男性までもを魅了してしまったらしい。罪を作り過ぎて、そろそろ罪という名のシンジールタワーが建ってしまいそうだよ。もちろん、私は快く了承したよ。誘ってくれたケルヴィンさんの顔に、泥を塗る訳にはいかないからね！

　ケルヴィンさんが興味を持ったのは私達の実力だ。という事で、ダンジョンでの戦闘は主に私達のパーティが受け持つ事になった。うん、いいね。実にいい流れだ。ここで私達の華麗なる戦い振りをケルヴィンさんに見せつけられれば、彼を通じてギルド本部の評価も上がるかもしれない。いや、もしかすればもっと早い可能性だってある。確かS級への昇格条件には、S級冒険者立ち会いの下での試験というものがあった筈だ。仮にこれが、抜き打ちでのその試験だったとすれば――フフッ、私は更に輝きを増し、レディ・リスペクトとレディ・アイスには、もっと良い生活を送ってもらう事ができる！　レディ・リスペクトのご主人も、きっと大喜びする事だろう！　どっちにしても、この機会を逃す手はないよね！

「さっきこのダンジョンをざっと察知スキルで探ってみたんだが、敵の気配が下に沢山あるのが分かった。恐らく、地下に潜っていく構造になっているんだと思う。どこかに下る為《ため》の階段があるだろうから、まずはそれを探さないとだ。……さっきも確認したけどさ、戦闘はシンジール達に任せていいんだな？」

「ああ、もちろんだよ。私達を信じて、ケルヴィンさん達は探索に専念してくれ」

「そ、そうか……」

　どうした事か、ケルヴィンさんの表情が一瞬曇ったような気がした。なるほど、口ではああ言ってはいるけど、私達の事を心配してくれているのか……！　くぅ～、なんて優しい心遣いだろうか。出会ったばかりの私達、それも元々は商売敵だというのに、心が広い！　とんでもなく広大だ！　S級冒険者の心意気、この機会に学ばせて頂くよ、ケルヴィンさん！　心優しく美しく頼もしいシンジールとなる為の、糧となっておくれ！

「まあ、曲がりなりにもダンジョン内にまで入ったんだもんな。ここまで来るのに、何体かモンスターを倒しているんだろ？　それなら安心か」

「モンスター？　いや、どういう訳か、このダンジョンでモンスターとはまだ出会っていないよ。大方、私の美エネルギーの大きさに驚いて、前に出て来るのを恥ずかしがっているんだろうね。ハッ！　まさか、私の美しさは男性だけでなく、モンスターにまで通ずるレベルになっていた……!?」

「……」

衝撃の事実を前にして、私は自らのポテンシャルの高さに驚くばかりだ。流石《さすが》のケルヴィンさんも無心を貫く事ができないのか、私以上に表情を崩している。なるほど、今日の私には神が味方していると、今確信したよ！　この著しい成長のまま、ダンジョンを探索し尽くしてやろうじゃないか！

「さあ、冒険の始まりだよ！　足元に気を付けて、私に付いて来てくれたまえ！」

突き当たりの部屋からダンジョンの通路へ、私は先頭を切ってその第一歩を踏み出した。

「あー、お前こそ気を付けろよー？」

ケルヴィンさん、優しい！

◇　◇　◇

探索からの帰還後、俺達は現在の拠点である金雀《きんすずめ》の宿へと戻ってきた。そしてフロアの一室で、大量に買い込んだ飯と共にゴロゴロしていたメルを発見。このだらしなさ、正に駄目女神級である。だがしかし、クロメルがこの場にいないからといって、母としてその振る舞いはどうなのか。愛《いと》しい愛娘《まなむすめ》が帰ってくる前に、そのように指導を行う。

「なるほど。そのような経緯があって、シンジールという意識高い系冒険者のパーティと、探索を共にする事になったと。それからどうなったのです？　もぐもぐ」

正座のまま食事を続行するメルが、おかずの代わりにとばかりに、ダンジョン探索話の続きをせがんできた。

「どうもこうも、途中で引き返したよ。地下一階に辿《たど》り着いた辺りで、シンジール自らストップをかけた」

「あら、地下一階で、ですか？　となると、地上のワンフロア分しか探索していない事になりますが。はぐはぐ」

「そうなるな。ま、ダンジョン内のモンスターは精々が入り口までしか出て来ないし、それほど差し迫った状態でもなかったから、後でゆっくり調査しようと思う。今回はシンジール達《たち》の安全確保が最優先だったたって事だ」

「ギルドからの依頼にも、周辺の人命最優先ってあったからね。僕もケルにぃの判断が正しかったたと思うよ。それに今回の探索で新しいお友達ができたし、僕的には満足だったよー」

「ウォンウォン（散歩ができて満足ー）」

「フフッ、良かったですね。しかしそうなると、シンジールに対するあなた様の評価は、あまり良いものにはならなかったのでは？　さくさく」

「メル、せめて会話中は口の中に食い物を詰め込むの止《や》めてくれ……」

メルの口の周りに付いていた食べかすをハンカチで拭ってやる。ううむ、これがメルなりの甘え方だって事は分かってるけど、食事の汚れを拭ってやる回数がクロメルよりも多いってのは、親としてどうなんだろうか。つうか、クロメルは食事も上品にするので、そもそも口の周りを綺麗《きれい》にしてやった覚えがない。メルさんや、既に娘に負け始めとるぞ。

「あー、シンジールに対しての評価だったか？　俺は逆に良い冒険者だと思ったな」

「ほう、その心は？」

「確かにシンジールは度の過ぎたビッグマウスで、パーティでの戦闘もワンフロア目のモ

ンスターといい勝負、地下一階じゃあ苦戦も苦戦だった。けど、あの色男は自分達の実力をよく弁《わきま》えていたんだよ。普通ああいうタイプは、あんだけ大言を吐いた後なら、プライドが邪魔して後戻りできなくなるもんだ。それか上手《うま》く言い訳を考えて、自分の責任を放棄するとかな。だけどシンジールは、直《す》ぐに自分の言葉を撤回した上に謝罪もしてくれた。自分の力じゃ、これ以上は仲間を護《まも》り切れる自信がない、ってさ。つまらないプライドよりも生き残る事が第一、その上仲間想《おも》いともなれば、こっちも応援したくなるってものさ。それにバトルが散々だった風に言ったけど、あのダンジョンのモンスターの強さは準S級って感じだった。むしろそれなりに進んでみせたのを、褒めてやりたいくらいだよ」

「ダンジョンのトラップとかも、的確に処理してたもんね」

「ガウ、ガァーウ！　（偽物の宝箱も、無暗《むやみ》に開けたりしなかった！）」

「想像よりも高評価ですね。私も是非、その方達にお会いしたいものです。ああ、そうです。今度エフィルに料理を習いに来るんですよね？　その時は私もご一緒しましょう。調理に回るととんでもない惨状を生み出す事は自覚していますので、出来上がった料理を試食する側として！」

こいつ、結局はそこに結び付けやがった……！

◇　◇　◇

シンジールらを救出してから二日が経過した。この間に俺達は、前回探索できないでいたダンジョン下層部の調査に徹し、殲滅《せんめつ》しない程度にモンスターを討伐、危険そうなトラップの解除&破壊に勤《いそ》しんでいた。シンジールらと一緒に探索した時にも思った事だが、やはりこのダンジョンに住まうモンスター達はかなり強い。それも下に進めば進むほどに、強さをより増した種族が出現する傾向がある。現在探索が完了しているフロアだけであれば、デラミスの『英霊の地下墓地』と同じくらいの強さだろうか。但し、こちらはまだまだゴールが見えず、延々と下層への階段が続いている状態だ。最終的には更に強力なモンスターが現れる事が予想される。宛《さなが》らテーマパークの如《ごと》き悦楽を味わわせてくれるのではないかと、そんな期待をしちゃう俺。

「――とまあ、今のところはそんな感じだ」

「なるほどねぇ。これからの調査次第じゃ、それこそ難度S級もあり得る訳だ。フフッ、この件をケルヴィン君に任せて正解だったよ。並のA級冒険者じゃ、ダンジョン内に入れないのも納得だ」

今日は探索の進行具合を報告しに、本部の総長室にやって来ている。探索の際に一緒だったリオンと、その影の中で眠るアレックスも同伴中だ。

「それに、どうやらケルヴィン君自身も楽しんでくれているようで」

「まあな。このレベルのダンジョンなんて、そうお目にかかれるもんじゃない。ぶっちゃけさ、もうS級難度のダンジョンとして認可してもいいと思うぞ？　現にA級トップのシンジールのパーティが、途中で白旗を掲げたんだし」

「んー、それがいいかもしれないね。幹部会議に案を提出しておこう。ねっ、そのダンジョンは何と名付けようか？　良い案はないかい？」

「は？……一冒険者の俺に、そんな事聞くなよ」

「おいおい、ケルヴィン君。そんなつまらない回答は求めてないぞ～。S級冒険者なら、相応のネーミングセンスを発揮してほしかったな」

相応のネーミングセンスって……

「はいはーい。新たに発見されたダンジョンって、どうやって名前を決めているの？」

リオンがバッと手を挙げる。

「おおー、よくぞ聞いてくれました。素晴らしい着眼点だ。リオンちゃんはケルヴィン君と違って、純真で眩《まぶ》しくて可愛《かわい》いなぁ」

「文句を言いたいところだが、そこは潔く同意しよう！」

「ハハハッ、噂《うわさ》通りのシスコンっぷりだ。お姉さん、軽く引いちゃってるよー」

そうは言うものの、シン総長は笑みを絶やしていない。つうか、元から知ってただろ。

他のS級冒険者、延《ひ》いてはシン総長を含めたとしても、S級内であれば俺は変人度の平均以下に位置している自信がある。むしろ引くのは俺の方なのだ。

「説明しよう。新たに発見されたダンジョンはね、攻略難度別に命名方法が異なっているんだ。C級以下の難度であればその場所の特徴を元にして、管轄するギルド支部のギルド長に決定権が。B級以上ともなれば、一度全ての情報をこの本部に伝達してもらって、ギルド幹部の会議を経て正式に決定するのが一般的な流れだね。今回の件は圧倒的に後者に当たるだろうから、今のうちにアイデアを聞いておきたかったのさ」

「へ～、そうなんだ。それじゃ、僕がアイデアを出してもいいのかな？」

「いいよいいよ～。内容によっては、積極的に採用しないでもないよ～」

「やった！　なら、アレックスと一緒に考えてみるね！　アレックス、起きてー！」

　自分の影の中に頭を入れ、中で眠るアレックスに声を掛けるリオン。うむ、我が妹は何をしてもかわゆいな。

「ところでケルヴィン君、この後にまだ時間はあるかい？」

「ん？　ああ、特に急ぎの用事はないかな。面子《メンツ》が揃《そろ》えば、例のダンジョンを少し散策してみようかと思ってたくらいだ」

「そうかい、それは都合がいい。実は前に言っていたルミエストとの対抗戦、その候補者達が決まったんだ。これから顔合わせをしようと思うのだけれど、どうだろう？」

「……もしかして、本部内に待たせていたのか？」

シン総長がニコリと屈託のない笑顔をかましてくれた。前回の奇襲といい、本当に急な人だ。

「分かった、分かったよ。会うよ。それでいいんだろ？」

「物分かりが良くて助かるよ。それじゃ、今から呼んでくるからちょっと待ってて」

そう言って、シン総長は部屋を出て行ってしまった。まあ連れて来るのは、十中八九パブ三大冒険者だろう。

「ケルにい、『死神の食卓』とかはどうかな？　ケルにいが殆《ほとん》どを探索して、ケルにい好みのダンジョンだったたっていう事で！」

「素晴らしいな。うん、素晴らしい。リオンのセンス、しかと受け取った！」

「本当？　わ〜い、ならこれで決定だね。後でシン総長に話してみる！」

「ああ、是非ともそうしてくれ。きっと総長も感心してくれるぞ」

「……クゥーン？　（いいの？）」

いいというか、正直なところ、自分の二つ名を入れられるのは結構、いや、かなり恥ずかしい。ただ、これまでのダンジョンの名前の形式に添ってはいるし、リオンが懸命に考えた素晴らしき名前だ。これを褒めない手はない。ないったらないんだ。

——ガチャ！

「待たせたね。さ、君達、遠慮せずに入って入って。多少散らかってはいるけど、その辺は気にしないで。あと葉巻臭いかもだけど、その辺も気にしないで！」

　戻ってくるなり、シン総長が候補者達を総長室に招き入れようとする。おいおい、また早速だな。俺達も急いでソファから立ち上がる。

「彼の事はもちろん知っているよね？　何せこの国で最初に君に喧嘩《けんか》を売った、勇敢なる冒険者だ。まあ、けしかけたのは私なんだけどね～」

「総長、あんまその話はしねぇでくれ。あと、部屋を少しくらいは片づけてくれ。うちの男共の部屋より汚いってやばいぞ」

「フフフ、気にしないでって言ったの、聞こえなかったのかな？」

「お、おい、笑顔で迫るな。圧が凄《すご》いぞ……」

　最初に入ってきたのはパウル君だった。彼は俺にとっての期待の冒険者だ。正に順当な選出だと言えるだろう。強い熱意と反骨心を持っているので、適度な地獄に投入してやれば、直ぐに化けてくれそうな気がする。フフッ、化けた後が今から楽しみだ。

「まったく、少しは敬いの心を持ってほしいよね。はい、次の候補の方～」

「おっと、もう私の番かい？　私としては、私こそをトリに置くのが最善だと思うのだけれどね」

「いいから、さっさと入ってきてくれないかな？　それとも、パウル君と一緒にしばかれたいのかな？」

「わ、分かったよ。だがレディ、笑顔はそういう風に使うものじゃ――いえ、何でもないです。シンジール、入室します」

お次はシンジール、こちらも予想通りの選出だ。今日も絶好調なナルシストな一面はさて置き、能力としてはパウルと並んで高水準、他人を思いやる心も人一倍に強いと、個人的にも応援したい人物だ。だが、パウル君と一緒に化けてくれれば、もっと応援したくなる存在に進化するだろう。つまり、シンジールには化けてもらう。フフフッ、是非とも覚悟してほしい。

「はいはい、ぱっぱと進むよ。三人目～」

「おう、漸《ようや》くか！　邪魔するぜ！　俺の名はオッドラッド！　世界一の筋肉を目指す漢《おとこ》だぁ！」

「あー、んー、オッドラッド君は声のボリュームをもう三段階くらい落とそうか。室内だと響くからね、君の声」

「そいつはすまなかったなぁ！　以後、気を付けぇる！」

「うん、分かってないねぇ。君の意識を落とした方が、ひょっとして手っ取り早いかな？」

三人目も狙い通り、三大冒険者のオッドラッドだった。彼についての評価はまだ保留、しかし、純粋な肉弾戦では一番強そうではある。ここは期待を込めて、誠心誠意鍛えさせてもらおう。そしてお望み通り、筋肉を化けさせる。流石《さすが》にゴルディアーナやグロスティーナレベルは無理だろうが、いい線までいける筈《はず》。フハハハハッ、筋肉が膨らみ夢も膨らむってものだ。

「じゃ、ラスト～」

……ん、ラスト？　オッドラッドで最後じゃなかったのか？

「し、失礼します！　この度対抗戦の候補者として参上致しました、スズと申します！　よ、よろしくお願いします！」

最後に入ってきたのはやたらと小柄で、二つのお団子頭がチャーミングな少女だった。

◇　◇　◇

スズと名乗った少女は黒髪で、セラがよく着るチャイナ服に似た衣服を身につけていた。髪色もそうだが、服装まで珍しい。出身はトラージだろうか。けど、チャイナ服はエフィルが作ったもの以外は他で見掛ける事のない、非常に珍しいものだ。それをどうして彼女が？　いや、というよりも、スズという名に聞き覚えがあるような……？

「はい、彼女が最後の候補者として私が選んだ冒険者、スズちゃんです。彼女はわざわざこの日の為《ため》に、遠い東大陸から仕事を休んで来てくれたんだよ？　こいつは感謝しなくちゃだね！」

「いえいえいえいえ！　元はと言えば私が総長に無理を言ってお願いした事ですし、本っ当にお気になさらず！　それに、私の代わりも派遣してくれましたし……」

シン総長とスズは知り合いであるらしい。それにしても、東大陸からやって来たのか？　そんなに腕の立つ冒険者なら、俺も知っていてもいい筈なんだが……うーむ、やっぱり心当たりがない。だけど、どこかで会ったような、そして名前を聞いたような感覚がある。ええと、どこでだったか。

「おいおい、シン総長！　そんな細くて体の小さな娘を候補者に選んだのかぁ!?　ちゃんと飯を食ってるのか、思わず心配しちまったぞぉ！　もっと肉を食え、肉を！」

「えええ、ええっと……」

「オッドラッド君、あまりスズちゃんを怖がらせないでくれ。確かに体の小ささと臆病な性格が相まって、ちょっとばかり頼りなく思えるかもしれないけど、これでも超一流の冒険者なんだよ？　ま、今はトラージでギルド長の仕事を任せているんだけどね」

「は？　トラージのギルド長？　トラージというと、東大陸の大国かい？　その若さで、大国の支部で長《おさ》を……？」

「そう、そのトラージ。スズちゃんは私と同じで、数少ない現役の冒険者でもあるんだ。立場上、普通の冒険者より法的な縛りが多いけど、それを補って余りある実力を彼女は持っている。この私が保証しよう」

「けっ、シン総長に保証されても、その子も困っちまうだろ」

「んんー？　何か言ったかなぁ、パウルく〜ん？」

「だから笑顔で迫ってくんなって！　マジでトラウマになんだろっ！」

三大冒険者の面々も、スズについては知らなかったようだ。まあ、東大陸在住の俺だってそうなんだ。それも当然――って、トラージのギルド長？　そうなると、ミストギルド長の後釜って事か？

「……あっ」

そうだそうだ！　どっかで聞いた名だと思えば、ミストギルド長がパーズの冒険者ギルドに就任して来た時に聞いたんだった！　なるほど、納得した。よし、ちょいと挨拶しておこう。

「スズギルド長、初めまして。ミストギルド長から貴女《あなた》の事は伺っています。とても有望な方なんだとか」

「ととと、とんでもない！　私なんてケルヴィン様には遠く及ばず、所詮はしがないA級冒険者に過ぎませんので！　敬語も敬称も過ぎたものですですのでので、どうかスズとお呼びくださいませ……！」

「いや、でも」

「お願いします！」

「あ、はい……いや、分かったよ、スズ」

ん、んんっ？　な、何かこの反応、おかしくないか？

「おいおいおい、大国管轄のギルド長がそんなんでいいのかよっ!?　つうか、ケルヴィンに対してやけに下手じゃねぇか！」

「フフッ、それに比べてオッドラッド君は、初《しょ》っ端《ぱな》から呼び捨てで豪胆だよね。まあ、それは仕方ないよ。スズちゃんはケルヴィン君の熱心なファンなんだ」

「「「ファ、ファン～～～!?」」」

思わず、パウル君ら三人と一緒にハモってしまった。

「きき、君、ケルヴィンさんのファンなのかい？　私ではなく、ケルヴィンさんのファンなのかい!?」

スズに続いてシンジールまで動揺している。安心しろ、俺も動揺しているからお互い様だ。

「じじ、実はそうなんです。あの、このサインを覚えていますか？」

スズが大事そうに抱えていた色紙を俺の前へと差し出す。その色紙には明らかにサイン慣れしていない俺の名前と、最後に『スズちゃんへ』という一文が記されていた。どちらも俺の筆跡だ。

「こ、これは……!?」

「ひでぇな、俺の方が上手《うま》く書ける自信がある」

「いいや、私が一番価値のあるサインを書けるよ。賭けたっていい」

外野が途轍《とてつ》もなくうるさい。しかし、こいつは俺がスズにサインを書いて渡した確固たる証拠だ。この初めて書いたような感じからして、時期的には初期の初期。となると――

「――もしかして、俺がA級に昇格した時の？」

「そ、そうです！　そうなんです！　その時のスズなんです！　覚えていてくださったんですね！」

「う、うん。すまないけど、俺はその時のスズしか知らないんだけどな……」

俺がA級に昇格した時って、確かビクトールと戦って、セラを仲間にした辺りの事だ。まだリオンもいなかった頃だと思うと、すっごい懐かしい。

「あの頃、私はトラージの冒険者としてたまたまパーズに出向いていたのですが、その、ケルヴィン様を見た瞬間にビビッときまして……！　依頼の途中だったので、あの後にトラージに帰らなければならなかったのですが、どうしてもケルヴィン様の事が忘れられず。トラージにて依頼完了の確認を頂き、パーズへとんぼ返りしたまでは良かったのですが……」

「パーズにか？　ええっと、確かあの後って、俺達《たち》はトラージに向かったような気がするんだが」

「そうなんです。タイミングが悪い事に、見事にすれ違いになってしまったのです……！目立たないようパーズを捜し回り、恥を忍んでギルドの方《かた》に伺って、そこで初めてケルヴィン様がトラージに向かった事を知ったんです……それから私は、再びトラージへと舞い戻ったのですが……」

「あー、うん、何となく察した。またそこでもすれ違いになったと」

「はい……」

ガックリと肩を落とすスズ。そうだよなぁ、あれからスズと会った記憶がないもんなぁ。

「その後も私は諦めず、ケルヴィン様にもう一度お会いしようと各所を転々としました。ただ追いかけるだけでは何となく恥ずかしいので、ついでに依頼を受けたりしながら飛び回ったんです。ケルヴィン様がガウンに向かったと聞けばガウンへ、次にトライセン、デラミス、またパーズ――ケルヴィン様が訪れた国、ダンジョンも全て回りました。けど、私ったら本当に運が悪いみたいで……」

「そ、そんなにか。ん？　いや、ちょっと待ってくれ。俺が行った場所を、全部回ったのか？　パーズの『傀儡《くぐつ》の社』や、トラージの『竜海食洞穴』、デラミスの『英霊の地下墓地』とかも？」

「え？　あ、はい。その辺りも探索させて頂きました。デラミスは許可を頂くのが大変でしたので、ギルド長としての調査、という形でしたが。後はガウンの『神獣の岩窟』も、

ギルド長に就任してからですね。ただ、この時期のものはケルヴィン様がいない事は予《あらかじ》め分かっていましたので、聖地巡礼という意味で、たまの休日を利用して行ってきました。ケルヴィン様とお仲間の方々がお肉を焼いたと謳《うた》われる場所、実際にモンスターを狩って食材にしてみたり――堪能させて頂きましたっ！」

せ、聖地……!?　えっと、一応、どれも各国の最高峰ダンジョンなんだけど……しかも、行動方針がなかなかにワイルド。これのどこが臆病なんだ。この子、ひょっとして見かけによらず、凄《すさ》まじい逸材なのでは？　いや、待て。まだ確認したい事がある。

「話を聞く限り、パーティの名が出てこないが、もしかしてスズはソロで挑んだのか？」

「と、当然ですよ！　追っかけをする為の旅にパーティを組むなんて、恥ずかしくてできませんもんっ！」

……この子、実力はS級では？

◇　◇　◇

候補者達の紹介が全員分終わったところで、俺達は例のエレベーターを使って、ギルド本部の地下へとやって来ていた。シン総長の話を聞くに、ここには高位の冒険者用に設《しつら》えられた模擬戦場があるらしい。言ってしまえば、俺の屋敷にある地下鍛錬場のような場所だ。シン総長の戦闘力を基準に設計しているだけあって、それなりに暴れたとしても大丈夫なくらいに頑丈な造りとなっている。そしてそして、この場所もエレベーター同様、シン総長がこっそりと造った場所なんだそうで。この総長、勝手に本部を魔改造し過ぎである。

「で、何で俺らはこんなところに連れて来られたんだ？」

「パウル君、良い質問だ。流石は有望株だな」

「パ、パウル君……!?」

今この模擬戦場にいるのは俺にリオン（＋影の中のアレックス）と総長、そして対抗戦候補者の四名だけだ。広大な空間がガランとしていて、一層広く感じられる。つか、マジで広いなここ。こっそり造ったって規模じゃない。

「ルミエストとの対抗戦に出られるレベルになるまで、これから君らを俺が鍛えていく手筈《て はず》になっている。その事は聞いてるよな？」

「まあ、大雑把にはな。けどよ、その内容に対しては半信半疑に思ってる。ルミエストとの対抗戦ってのは、毎年やってるアレの事だろ？　いつもなら俺らが出るまでもなく、お行儀の良い中堅の奴《やつ》らが担当していたんだ。それが何で急に俺らにお鉢が回ってきて、その上鍛えなきゃならねぇんだよ？」

「そうだそうだぁ！　冒険者にもなっていない、世間知らずの青二才共が相手なんだろ!?

今のままでも、というよりも！　この面子《メンツ》が集まった時点で過剰な戦力だろ！　俺にパウル、それにシンジールで確定三勝！　そこのスズという娘が話通りの強さなら、確定四勝だぁ！」

「あー、マジで大雑把にしか説明されてないのな、お前ら……」

俺が疑いの視線を送ると、シン総長は自信満々に頷《うなず》き始めた。ああ、はい。詳しくはこの場で証明しろって事ですか。

「ケルヴィンさんの指導を受けられるのなら、私は特にその辺は気にしないけれどね。S級に至るほどの実力を得る為なら、今回の件はまたとないチャンスだとは思わないかい？」

「ま、まあ、それはそうだけどよ……」

「わ、私はケルヴィン様にご指導ご鞭撻《べんたつ》頂けるのであれば、何でも、何でもする所存です！　少しでもケルヴィン様の強さに近づきたいので……！」

説明をせずとも、シンジールとスズは最初から乗り気のようだ。パウル君もこの間の一件が効いているのか、あと一歩で了承しそうである。で、残るは――

「待て待て待てぇい！　俺はまだ納得しておらんぞ！　鼻に付く貴族共とはいえ、相手は一般生徒だ！　俺は弱いもの虐《いじ》めをするつもりはなぁい！　そもそもだ、俺はそこのケルヴィンとやらの実力も訝《いぶか》しんでいる！」

――オッドラッドか。彼の主張は尤《もっと》もなものだ。だからこそ、疑問に思っている今年のルミエストのやばさ、不審に思っている俺の実力を実感してもらう必要がある。具体的には指導役の俺、そして生徒役のリオンと腕試しをすれば良いのだ。そう、これは所謂《いわゆる》味見、じゃなかった。正当な説得なのである！

「まあ、そうなるわな。じゃ、その両方の疑問不審を解決していこう。オッドラッド、今から俺とこのリオンと――」

「――ま、待ってください！」

唐突に声を発し、ピンと真《ま》っ直《す》ぐな挙手をしたのはスズだった。何だ何だ、もしやスズもバトりたいのか？　仕方ないなぁ、本当に仕方のない奴らだ。フフフッ。

「どうした、スズ？」

「え、えと、実力が分からないという点では、私もその中に入ると思うんです。オッドラッドさんの先ほどのお話でも、私の力が噂《うわさ》通りならという事でしたし……」

「んんっ、俺かぁ!?　ああ、そういえばそう言ったな！　それがどうしたぁ!?」

「それなら今から、私とオッドラッドさんで腕試しをしませんか？　丁度ここは戦えそうな場所ですし、まだ実力をお見せしていない私とオッドラッドさんの戦いを、ケルヴィン様に知って頂けます。そしてもし私が勝った場合は、どうかケルヴィン様を認めては頂けないでしょうか？　私程度、ケルヴィン様の足下にも及ばないのは明白ですので」

「えっ」

突然の申し出に、俺の並列思考が思わず止まってしまう。

「……ほう、言うじゃねぇか！　ちっこい形《なり》して、いい度胸をしている！　いいぜ、気に入ったぁ！　もしお前が勝ったら、お前とケルヴィンの力を心の底から認めてやる！」

「あ、ありがとうございます。約束してくださいね？」

「ったりめぇだぁ！　この筋肉に誓って、漢《おとこ》に二言はねぇ！　だがよ、このお嬢ちゃんを倒したら、次はケルヴィン、お前の番だ！　足を洗って覚悟しておくんだなぁ！」

「オッドラッド君、それを言うなら首を洗ってだよ」

「そうだったかぁ！　実に惜しいぃ！」

「ま、総長の私としてはそれで文句はないかな。とはいえ、彼らの指導役はケルヴィン君だ。決定権は君にあるけど、どうする？」

「ケルヴィン様、私、頑張りますっ！　どうか、どうかっ！」

「い、いいんじゃないッスかねぇ。俺もそう提案しようと思っていたんです、はい……」

周りの空気とスズの純粋な気持ちに押され、今更俺が戦いたいとは言えなくなってしまった。言えなくなってしまった……！

「ケルにい、ガンバだよ！」

「ウン、オ兄チャン頑張ル。ああ、頑張るぞ……！」

献身的なリオンの応援のお蔭《かげ》で、何とか立て直しが完了。オーケーオーケー、俺は最終的に一番美味《おい》しく実ったところを頂ければ、何も問題ないのです。だから今は、ただただ我慢……！

それから俺は模擬戦の簡単なルールを説明して、スズとオッドラッドを開始線に立たせた。欠損程度であれば俺が回復させられるとはいえ、昇格式のような殺し合いルールは万が一って事がある。ここは我が家の模擬戦ルールに則《のっと》り、殺傷能力のない得物を使い、先に相手を戦闘不能にした方の勝ちとする事に。もちろん、それ以外の場合で俺やシン総長が危ないと判断した場合、各自の判断で止めに入る仕様だ。

「二人とも、武器は何を使うんだ？」

「武器なんて女々しいもんは使わねぇ！　漢らしく、この肉体一本で勝負だぁ！」

「私も徒手空拳で大丈夫です。これが一番身軽なので」

「そ、そうか……」

俺は分身体クロトの中から頭まで取り出していた非殺傷武器を、静かに元の場所へと戻すのであった。

「審判役は説明した通り、俺とシン総長が担当する。攻撃の余波とかは気にしないでくれ。こっちで勝手に避《よ》けるから」

「ケルにい、僕は邪魔にならないように、あっちの席の方に行ってるね」

「じゃ、君達も向こうの観戦席に移動しようか。さ、パウル君、シンジール君、駆け足駆け足だ！」

「うおっ⁉　せ、背中を小突くんじゃねぇ！　走る、走るっての！」

「レディに急《せ》かされるのも、別に私は嫌いじゃないんだけどね。でも、ここは素直に走らせてもらうとするよ。レディ・スズ、あまり無茶はしないように。オッドラッドは見ての通り、あまり器用な奴じゃないからね」

「おう、シンジールの癖にいい事を言うじゃねぇか！　俺は手加減が下手だからなぁ！　無理だと思ったら、意地を張らずにギブアップする事だぁ！　その代わり、俺も無理だと思ったら素直にギブアップしてやる！　じゃねぇとフェアじゃないからなぁ！　譲り合いの精神だぁ！」

「お気遣い、ありがとうございます。私もケルヴィン様の前で無様な戦いをしないよう、全力を尽くしたいと思います！」

　という訳で、模擬戦の準備はこれで完了。双方、やる気も十分だ。正直なところ、スズが勝ちそうかなと大分思ってしまっているが、これは良い試合が期待できそうか？　よし、見物に徹するからには、お前らの実力を目に焼き付けてやろうじゃないか。

「試合――始めっ！」

◇　◇　◇

俺の掛け声と共に動き出す二人。開始線からの距離はやや遠く、肉弾戦に持ち込む為《ため》には距離を詰めなければならない。が、手合わせの結果は思いの外早くに出た。

「――勝負あり。ここまで力の差があったとはな」

「ありがとうございました。……ハァ～～～！　か、勝てた……！　ケルヴィン様の前で、良いところを見せられた……！」

「……マジか」

「オ、オッドラッドを一撃とは、とんだレディの登場だね」

手合わせの勝者はスズ、開始数秒での勝利であった。但し、オッドラッドも何もできなかった訳ではない。内容を思い返すとこんな感じ。

『蜂刺針《ほうししん》！』

模擬戦が開始されるや否や、オッドラッドはその場で右腕の人差し指を力一杯に突き出し、スズへとそれを向けた。開始位置からではまず届かないであろう突き刺し、しかしオッドラッドの狙いは直接攻撃などではなく、意外な事に遠距離からの攻撃だった。異様に発達した筋力によって生じるは、不可視である空気の塊。オッドラッドはそれを、正面へと駆け出したスズへと放ったのだ。

やたらと筋肉を強調していたというのに、初手に使った技はなかなかにテクニカル。これには良い意味で俺も驚かされた。しかしこの技、どこかで見覚えが。そんな思考をしているうちにも、空気弾はスズと衝突しそうだ。

『柳《やなぎ》』

衝突する間際、スズの姿が一瞬ぶれた。オッドラッドの空気弾はそんなスズを通り抜け、彼女に何の衝撃を与える事もなく、そのまま過ぎ去ってしまう。

『ぬうっ!?』

躱《かわ》す、或《ある》いは弾《はじ》き飛ばされる。予想していたとしても、オッドラッドの考えはそんなところだったのだろう。何事もなかったかのように迫りくるスズに対し、オッドラッドは驚きの表情を作っていた。ちなみに空気弾は背後の壁にぶつかり、それなりの衝突音をしっかりと鳴らしている。威力が伴っていない訳ではないようだ。

またその一方で、スズの前進速度はかなり速い。オッドラッドの初手が不発となった時点で、二人は互いの拳が届く間合いに入っていた。

『ならばこれだぁ!　怒鬼烈滅拳《どきれつめつけん》!』

『お、おい、それはやり過ぎだよ、オッドラッド!』

観戦席から立ち上がり、そう声を上げたのはシンジール。となると、この技はオッドラッドの必殺技って事だ。だが、オッドラッドは止まらない。これまたどこかで聞いた事があったような技名の、オッドラッドの拳によるラッシュ攻撃が開始された。単発だけでも十分に強力な打撃を、怒濤《どとう》の勢いで繰り出し続けている。先の攻撃がスズに通じなかったのを見て、彼女であれば遠慮はいらないと判断したらしい。そして、その判断は正しかった。

『円《まどか》』

降り注ごうとされていた猛撃を、スズは手で円を描くように超高速で動かし、その全てを外へと弾いたのだ。見るからに武の技であるそれを間近で目撃し、オッドラッドの顔が引きつる。スズは今や、オッドラッドの眼前だ。

『雷《あずま》』

天から地に落とされるようにして、スズの踵落《かかとお》としがオッドラッドの頭部へと見事に決まる。動作の大きい筈《はず》の攻撃だというのに、その攻撃速度はオッドラッドの連続技よりも数段素早い。俺が勝負ありの掛け声を言い放つ頃には、オッドラッドの顔面は深々と床に埋まる事態に——というのが、この腕試しの一連の流れだ。

終わってみれば当初の予想通り、スズの圧勝。しかし、この腕試しで得た収穫は非常に大きい。ここまで圧倒されては、オッドラッドも今後文句は言えなくなるだろうし、彼の戦闘スタイルの目指す先も見えた。敗北したとはいえ、オッドラッドはオッドラッドで将来性のある力を持っている。

そして見事勝利してみせてくれたスズは、完全に今回のダークホース的存在になった。

スズのステータスは『隠蔽』スキルで隠しているのか、その能力値を俺の『鑑定眼』で見る事はできない。この時点で若干ワクワクしていた訳であるが、蓋を開けてみても満足するものだったのだ。現状、候補者達《たち》の中で頭一つ、いや、それ以上の実力を有していると断言できる。扱う技も興味深いものばかりだ。

「オッドラッド、大丈夫か？」

顔面が埋まっているオッドラッドを起き上がらせ、魔法による回復を施す。どうやら意識はあるようだ。

「……パワーで負けたとは思わねぇ。いや、パワーだけなら、俺が圧倒的だった筈だ。だが同時に、俺の筋肉を凌駕《りょうが》する何かを感じた。へ、へへっ、筋肉のまるでねぇゴルディアーナと戦ったみたいだったぜ。完敗だぁ！」

潔く敗北を認めるオッドラッド。筋肉言語な台詞《せりふ》ではあるが、一応スズを褒め称《たた》えているらしい。

「オ、オッドラッドさんの強さも凄《すご》かったです。あの、もしかしてなのですが、『ゴルディア』を習得されているのですか？」

「ああ、それは俺も気になっていた。さっきお前が使った技、どれもゴルディアーナが使っていたものに似ていたけど、オッドラッドはゴルディアの門下生だったのか？」

技名に関しては全然違うし、それ以前にどこかで見た覚えがあったような気もするけど。

「フッ、そうだと良かったんだがなぁ！　俺がゴルディアの門を叩《たた》いた時には、もう門下生の募集は終わっちまってたようでよ！　仕方ねぇから、我流でゴルディアの技を真似《まね》ていたって訳だ！　ま、ガワだけ似た模倣品よ！　ゴルディアの奥義たるオーラなんて、今のところ纏《まと》える気配もねぇしなぁ！」

「なるほど、模倣か。オッドラッド、お前の指導方針も何とか決まりそうだよ」

「なぬ？」

餅は餅屋、ここは近くにいる専門家を呼ぶとしよう。

「次にスズ。君も見た事のない技を使っていたようだけど、アレは我流で会得したのか？　オッドラッドの攻撃をすり抜けたり、一瞬で面での攻撃を全て弾いたり――ああ、そうだ。最後の踵落としも尋常でない速さだったっけ」

「そう、そうなんだよ！　一挙手一投足がまるで見えなかったぞ！　あの不可思議な術は何だったんだ!?　もしかして魔法との併用か!?」

「いや、魔力の流れは一切感じられなかったから、それはないだろう。ほんの僅かな時間だけ、動作の速度を最高に達しさせているような感じだった。虎狼《ころう》流の居合をその身で実践してるって言うのかな？　上手《うま》く言い表せられないが、俺はそんな風に感じた」

「あわわわわ、わ、私、ケルヴィン様に分析されちゃってます……！」

「あの、スズさん？」

スズは両手を口元に当て、これまた全身で凄《すさ》まじい振動を引き起こしている。これ、振動速度が速過ぎて、軽く左右に分身作ってない？

「す、すみません、感極まって取り乱してしまいました。えっと、大よそケルヴィン様の仰《おつしや》る通りです。忍《しのび》という特殊な職業に就く父の技と、母が教えてくれた異国の武術を合わせ、私なりに改良を施したものでして。我流のような、元があるので我流ではないような……」

「ほう、それは興味深いものだな！　忍というものも初めて聞いた！　それに異国というとトラージの武術ではないようだが、どこの国のものなのだ!?」

「そ、それが私も知らない国でして。母曰《いわ》く、とてもとても遠い国なんだそうです。東大陸でも西大陸でもないというので、もしかしたら島国だったのかもしれません。あ、ちなみにこの服、母の国の民族衣装なんだそうです。母から貰《もら》った一張羅で、こういった特別な日にしか着ないのですが」

「ほ～、珍しいものだなぁ！」

「……」

オッドラッドが感心して深く頷《うなず》きまくっている。が、一方の俺は少し思うところがあった。スズの両親、どちらも凄い出自の可能性ががががが。いかん、興奮が心の声にまで影響を及ぼし始めている。

「スズ、ちなみにお母さんの名前は何ていうんだ？」

「母ですか？」

「ああ、俺も色々な国を回ってきたものだからさ、もしかしたら、名前で出身地が分かるかもしれないぞ」

「な、なるほど……！　えっと、リンリンと言います。とっても珍しい名前なんですが、如何《いかが》でしょうか？」

「……すまん、この世界ではちょっと聞いた事ないかも」

「いえいえ、お気になさらず！　恐らく冒険者ギルドも把握していない、とっても遠くの小さな孤島とかですから！　本っ当にお気になさらず」

いや～、すっごく遠くってのは合ってるけど、たぶん孤島ではないかな～。

◇　◇　◇

来たる対抗戦に向けて、候補者達の楽しい楽しいトレーニングが開始される。

「ゴルディアの神髄を会得したいの？　フフン、仕方ないわね。ゴルディアーナの親友であるこの私が、直《じか》に教えてあげるわ！」

自信満々鼻高々にそう告げるセラ。まずはオッドラッドであるが、基礎能力は俺が鍛え上げるとして、その他に彼にはゴルディアを基礎から応用、果ては奥義までをも特別教官《セラ》に叩き込んでもらう事にした。目指す理想像はゴルディアーナとグロスティーナ――なのだが、あの風変わりな気質まで取り込まないよう、細心の注意を払うつもりだ。まあ、そんな事を心配する必要は皆無だとは思うが。……大丈夫、だよね？　漢《おとこ》であっても、漢女《おとめ》になったりはしないよね？

「おう、よろしく頼むぜ！……とは言ってみたけどよ、そんな気軽く教えちまってもいいのかよ!?　免許皆伝とはいえ、流派の奥義なんだろ!?　俺ぁ憧れてるっつっても、部外者には違いねぇんだぜ!?」

「別に大丈夫でしょ。丁寧に教えたら絶対に会得できるってものじゃないし。むしろこれでゴルディアをマスターしたら、ゴルディアーナなら喜ぶと思うわよ？　親友として、そこは保証してあげる！」

「なるほどなぁ！　なら安心だぜ！　早速頼むわぁ！」

「やる気があっていいわね。じゃ、まず基本となる赤のオーラからなんだけど、こうお腹《なか》にぐおーんって力を入れて、でも全身はふわーんって感じになるの」

「すまーん！　もう一度頼ーむ！」

「だから、ぐおーんふわーんよ！」

「すまーん！　分からぁーん！」

おっと、早速問題発生か。天才肌で感覚型なセラは、人にものを教えるのが信じられないほどに下手だ。長い間一緒にいる俺でさえ、漸《ようや》く言っている意味が分かりかけている程度だからな。しかしだ、この問題が発生するのは予想済み、というか予想していなきゃおかしいってもんだろう。当然、対策も立てている。

「セラお姉ちゃんの説明を翻訳するね。ゴルディアは気を体中に巡らせて、身体能力を向上させる事ができるの。セラお姉ちゃんはお腹からスタートさせて、それを体中に巡らせていくイメージみたい。で、肝心の気をどうやって発生させるかなんだけど――」

本日は解説者のシュトラさんに来て頂いているので、セラの難解で独創的な説明も分かりやすく翻訳できるのだ。

「お、おお……!?　お、おい、ケルヴィン!?　言ってる事は凄くそれっぽいんだが、この小娘の言っている事は本当に合ってるのか!?」

ただ、オッドラッドとしては半信半疑であるらしい。まあ、いくら俺の紹介とはいえ、今日会ったばかりの少女に言われても、正直判断に困るよな。

「安心しろって。シュトラは言葉の意図を探る達人なんだ。ぶっちゃけ、俺が翻訳するより正確だと思うぞ」

「マジか!?」

「そう、安心して私に従ってね。私が貴方《あなた》を立派に導いてあげるから」

「ちょっと、教えてるのは私なんだけど!?」

シュトラもやる気のようだし、オッドラッドは大丈夫そうかな。じゃ、次。

シンジールは現在リオンと模擬戦中だ。リオンがルミエストの次期生徒であり、対抗戦の最有力候補である事は既に皆に伝えている。そして実際問題どの程度強いのかを体験してもらう為《ため》、一度全員と模擬戦を組もうとしたのだが……一組目のシンジールがここで躓《つまず》く。異性には攻撃できないなどと抜かし始めたのだ。

「レ、レディ・リオンを攻撃する事なんて、私にはできない……！」

「フッ！」

「げうっ！」

相手が何と言おうとも、対人戦におけるリオンは加減はするが容赦がない。今もシンジールの腹部に膝蹴りを食らわせ、彼を地面にのたうち回らせている。

「シンジール、対抗戦の相手が女子生徒だったらどうするんだ？　ただでさえ出場枠の五枠中、三枠はリオンを含めて女子生徒が出て来る可能性が高いんだぞ？」

「し、しかしッ……！」

「シンちゃん、その態度は相手にとっても失礼だよ？　シンちゃんは区別しているつもりかもだけど、相手にとっては侮辱以外の何物でもないもん。無抵抗の相手をいたぶらせて、シンちゃんは楽しいの？」

「そういう問題ではっ……！」

「ううん、今の僕にとってはそういう問題。そんな事じゃいざとなった時、大切な人も護《まも》れないよ？」

「――っ！」

　と、このように本当に容赦がない。シンジールの男としてのプライド、倫理観等々を揺さぶり、闘争心を呼び起こしている。リオンは入学までの少しの間しかいないけど、この調子なら短期間でシンジールの弱点を克服させてくれるだろう。ほい、次。

「初めまして、クロメルです。パパがいつもお世話になってます」

　ペコリと礼儀正しく挨拶するクロメル。信じられないほどに可愛《かわ》い。対してパウル君は不服そうだ。

「……おい、ケルヴィン。これは何の冗談だ？　俺の相手、オッドラッドの野郎に付いてる子供や、シンジールと戦ってる子供より小さいじゃねぇか。しかもパパって」

「俺の愛娘《まなむすめ》だ。妹より小さいのは当たり前だろ。だがそれでも、お前よりかは強い。パウル君には色々なタイプの格上と戦ってもらおうと思ってさ。この経験を通して、自分の目指す姿を見定めてもらいたい」

「言いたい事は分かるけどよ、いくら何でもこんなちんちくりんと模擬戦をやれだなんて、俺を舐《な》めてんのか？　どっからどう見ても、育ちのいいただのガキだ」

「なるほど、尤《もっと》もな意見だな。けど、そういうところだぞ？」

「あ？　何がだ？」

「S級の敵を相手するには、パウル君の思考は常識に囚《とら》われ過ぎてるって事。この戦いはそういう常識を打《ぶ》ち壊す為のものでもあるんだよ。今回は最初だから、パウル君とそう実力の離れていないクロメルを選出したんだ。うちの娘にとっても、ちょうどいい練習相手になるだろうし――あ、でも娘に怪我《けが》をさせたら承知しないから。マジで怒るから、その辺もよろしく」

「もう、パパったら過保護ですよ。そんな事を言ったら、パウルさんが何もできなくなってしまいます！」

「ハハッ、ごめんごめん。パパは心配性でさ～。もしもの事があっても、パパが治してあげるからな～」

「……」

　相変わらず煮え切らない様子のパウル君であるが、模擬戦が始まった途端にその表情は一変した。どうやら一瞬でクロメルの実力を理解したらしい。流石《さすが》は超一流の冒険者ってところだろうか。でも怪我をさせたら、遠慮なく殴らせてもらう。よし、ラスト。

「ケ、ケルヴィン様、他の方々とのお喋《しゃべ》りも良いのですが、その……私との戦いに集中してくださると、ですね……も、もっと私を見てほしいです！」

「そんなに見てほしかったら、もう少し俺にやる気を出させてくれ。それとも、もう限界か？　案外底が浅かったな。ちょっとガッカリかも」

「ま、まだまだです！　もっと色々できますから！　見ていてください！」

現在候補者中実力ナンバー1としているスズの相手は、俺自身が行っている。まずはスズが会得しているあの不思議な技、その全てを把握させてもらう。拳法と忍術のいいとこ取りをしているだけあって、現時点でも完成度は恐ろしく高い。だとしても、先に進む事のできる扉は無数にあるだろう。さあ、俺にもっと見せるといい。フフフ。さあ鍛えるぞ鍛えるぞ！　原石磨き、ピッカピカ！

「ケルヴィンったら何だか顔がやましいわ！　不潔よ！」

「セラ、周りが勘違いするような台詞《せりふ》を言わないでくれる!?」

「ケ、ケルヴィン様、そんなやましい気持ちで私を見てくださって……！　でも私、まだ気持ちの整理が……！」

「違ーう！」

とまあ、こんな感じで各々の弱点を潰し長所を伸ばし、例のS級ダンジョンにスズ達《たち》を放り投げてはの日々を送るのであった。そして気が付けば、リオン達のルミエスト入学日が間近となっていた。

◇　◇　◇

対抗戦候補者達の指導を引き受けてから、数週間が経過した。溌剌《はつらつ》な日々を送っているせいか、候補者達も多少の輝きを見せるようになってきている。期待の若手冒険者の成長に、依頼人のシン総長は大喜び。その調子で頼むよと、何とも軽い感じで指導続行を命じられてしまった。まあ、俺にとってもこれは意味のある行為、喜んでやらせてもらってい る。最初は歪《いびつ》だったあいつらとの関係も、今はそれなりに仲良くやれていると思う。パブの他の冒険者達とも交流を深め、全てが順調に進んでいる感じだ。

「マスター・ケルヴィン！　次は何をしましょうか!?」

……ただ、スズからの俺の呼称がレベルアップを繰り返し、今ではこんな事になっているのが唯一の問題点と言うべきだろうか。最近じゃオッドラッド辺りも面白がって、そう呼び始めたから洒落《しゃれ》にならない。しかし、世の中にはもっと洒落にならない事があるものだ。そう、リオンとクロメルが学園都市ルミエストへ出発する日が、遂《つい》に来てしまったのである。

手配した馬車の前にて、制服姿のリオンとクロメルを仲間達と共にお見送り。入学式以降、学園では生徒のみで生活するようになるので、遺憾ながら俺が共に行く事はできない。認可が必要なペット枠として、リオンにアレックス、クロメルに戦闘特化型クロトが付いているが、兄でパパな俺はとっても心配。御者《ぎょしゃ》のルドさんに無事に届けてくれと、何度もお願いしておいた。でもやっぱり心配だから、ルミエストに入るまでは俺も同伴した方が

「ケルにい、そろそろ行くよ。僕がいない間、シンちゃんの指導をよろしくね」

「シンジールの事は任せておけ。リオン以上に厳しく指導しておくから。けどリオン、お前こそ向こうじゃ気を付けるんだぞ！」

「あはは、ケルにいは心配性だな〜。分かってるよ、男子生徒は皆狼《おおかみ》なんだよね？」

「その通り！　学園内では会う奴《やつ》ら全員と対人戦をする気構えでいてくれ！　兄との約束だ！」

「うむ、うむ！　ジェラ爺《じい》もそう思います！」

「えっと、それをしちゃったら、僕が退学になっちゃうような……」

「初めての学園生活、とっても楽しみです。パパ、ママ、心配しないでくださいね。私はパパとママの娘なんですから！」

「クロメルぅ〜〜〜……！」

「あなた様、嬉《うれ》しいやら悲しいやらで号泣する気持ちは分かりますが、いくら何でも限度というものがありますよ？」

「ママ、パパは泣き虫さんですか？」

「昔はそうでもなかったんですけれどね。本当に困ったものです。モグモグ」

「こんな時にも飯食ってるお前に言われたくないぃ〜〜〜……！」

「二人とも、勉強で分からないところがあったら、いつでも連絡を寄こしてね。私、これでも先輩だから、一生懸命教えるから！」

「うん！　その時はよろしくね、シュトラちゃん！」

「よろしくお願いします！」

「あ、あの、そろそろ出発の時間なんですが……」

ルドさんからの無慈悲なる通告。俺は泣く泣く抱き寄せていた二人の体を離す。

「では、あっしが責任持って送り届けますんで」

「ルドさん、道中にどんな罠《わな》が仕掛けられているか、どこの国の刺客が潜んでいるか分かりません。本当に細心の注意を払って、ルミエストに辿《たど》り着いてくださいね……！」

「うんむ、うんむ！　ジェラ爺もそう思います！」

「ええっ!?」

「ケルヴィン君、ジェラールさん、無駄に不安にさせなくても大丈夫だから。ルドさん、二人の言っている事は気にしないでください。どちらもちょっと錯乱しているだけなので。むしろリオンちゃん達が乗ってるその馬車は、世界一安全なので」

「は、はぁ……？」

アンジェに諭され、泣く泣く馬車を離れる俺とジェラール。シクシクと離れるのである、シクシク。

「で、では出発しますよ。御二人《おふたり》とも、馬車の中へ」

「皆、行ってくるねー！」

「お土産を楽しみにしていてください。クロメルは大きくなって帰ってきます！」

馬車がパブを出発する。リオンとクロメルは姿が見えなくなるまで、馬車の窓から俺達に向かって手を振り続け、俺達もまた見えなくなるまで、二人に手を振り続けた。

「敢《あ》えて指定はしません。お土産は美味《おい》しいもの、美味しいものなら何でも構いませんからねー！」

「メル、もう聞こえてないってば。でも、本当に行っちゃったわねー。ベルとは向こうで合流するんだっけ？」

「そのようです。ご主人様やジェラールさんもこの様子ですから、グスタフ様も号泣されているかもしれませんね」

「あー、父上はねー。たぶん、ビクトール辺りが被害を受けているわ」

「ケルヴィン君もいい加減立ち直りなよー。これから候補者さん達の指導があるんでしょ？　父親がいつまでも泣くもんじゃありません。半年後にはエフィルちゃんとの子供も生まれるんだしさ」

「た、確かにそうだな。半年後といえば、ルミエストとの対抗戦の時期でもある。ぐずっている暇なんてないし、父親としてどんと構えていなきゃだ」

　我に返り、立ち直る俺。

「そうですね、ご主人様は大変に多忙です。寵愛《ちょうあい》を授かったこの幸福、ご主人様は他の皆様にもしなくてはいけませんし」

「わっ、エフィルちゃんったら大胆！」

「エ、エフィルはたまに凄《すご》い発言をするのよね。油断ならないわ」

「でもエフィルお姉ちゃんらしく、的を射た発言だと思うの。セラお姉ちゃん、アンジェお姉ちゃん、クロメルちゃんとは別腹でメルお姉ちゃん、大人の私は結婚してから、リオンちゃんは成人になってからにしても——死ぬほど頑張らないとだよ、お兄ちゃん♪」

「う、うん……」

　非情なる現実を突きつけられ、再び我を忘れたい俺。持ってくれよ、俺の体……！

「おや？　レディ・リオンにレディ・クロメルはもう行ってしまったのかい？」

「ハハァッ！　俺も見送りの挨拶をしたかったんだがなぁ！」

「あ、ああ、挨拶はできませんでしたが、想《おも》う事はできます。対抗戦にて立派に対峙《たいじ》できるよう、スズは頑張ります。リオン様もお元気で……！」

「ツチ、何で俺様がこんなところに……」

俺が現実に押し潰されそうになっている最中、シンジール達がギルド本部の方からやって来る。

「お前ら、どうしてここに？」

「どうしてって、時間になってもケルヴィンさんが来ないから、私達の方からお迎えに上がったのさ」

「その道中でリオン様とクロメル様がルミエストへ出発するという噂《うわさ》を伺いまして、急いで来たのですが……」

「この通り、間に合わなかったという訳だぁ！　残念無念んん！」

「俺は無理矢理連れて来られただけだ。勘違いすんなよ？　お前の子供に負けっ放しだったからって、特に思うところがあった訳じゃねぇし、見送りに来た訳じゃ断じてねぇ！」

なるほど、まるっと全て理解した。全員リオンとクロメルを見送りに来てくれたのか。フッ、可愛《かわい》い奴らめ。

「ありがとな、お前ら。お礼と言っちゃなんだが、リオンとクロメルが抜けた分、代わりに俺が限界までお前らを追い詰める事を約束しよう。対抗戦は半年後だ。それまでにS級ダンジョン『死神の食卓』を、全員に踏破させてやる！」

「面白《おもしれ》ぇ！　やってやろうじゃねぇか！」

「ケルヴィンさんから得た事は、レディ・リスペクトとレディ・アイスにもフィードバックしているんだ。最終的に最も成長するのは、私達のパーティだよ」

「わわわ、私だって、負けないくらい努力します……！」

「フンッ、お前らなんか端《はな》から眼中にねぇよ。対抗戦だってそうだ。けどまあ、一番強い奴が出るってんなら、俺が出ねぇ訳にはいかねぇな。仕方ねぇ、俺が選ばれてやるよ！」

　俺の鼓舞に呼応し、候補者全員が拳を上げる。愛娘《まなむすめ》に妹よ、簡単には勝たせてやらないからな。

■リオン・セルシウス Lion Celsius

■14歳／女／聖人／剣聖
■レベル：216
■称号：黒流星
■ＨＰ：8652/8652（+5768）
■ＭＰ：5423/5423

■筋力：2899
■耐久：1370（+640）
■敏捷：5510（+640）
■魔力：4119（+640）
■幸運：3030

■装備
ルミエスト指定制服（C級）
女神の指輪（S級）
ローファー（D級）

■スキル
斬撃痕（固有スキル）　絶対浄化（固有スキル）
剣術（S級）　格闘術（S級）　二刀流（S級）
軽業（S級）　天歩（S級）　赤魔法（S級）
気配察知（S級）　危険察知（S級）　心眼（S級）
隠密（S級）　隠蔽（S級）　偽装（S級）　絵画（S級）
胆力（S級）　謀略（S級）　感性（S級）　交友（S級）
剛健（S級）　屈強（S級）　鉄壁（S級）　鋭敏（S級）
強魔（S級）　成長率倍化　スキルポイント倍化
■補助効果
雷竜王の加護　隠蔽（S級）　偽装（S級）

■クロメル・セルシウス Kuromel Celsius

■8歳／女／堕天使／神の子
■レベル：80
■称号：死神の愛娘
■ＨＰ：856/856（+100）
■ MP：1242/1242（+100）

■筋力：646（+100）
■耐久：249（+100）
■敏捷：376（+100）
■魔力：694（+100）
■幸運：455（+100）

■装備
ルミエスト指定制服（C級）
シルバーハイロゥミニ（S級）
大天使の指輪（S級）
ローファー（D級）

■スキル
怪物親（固有スキル）　格闘術（S級）
青魔法（A級）　黒魔法（B級）
飛行（B級）　危険察知（S級）
歌唱（B級）　交友（A級）
■補助効果
召喚術/魔力供給（S級）　隠蔽（S級）

■ベル・バアル Bell Baal

■21(+?)歳/女/悪魔の嵐刃王《デーモンストームロード》/脚士

■レベル：187

■称号：断罪者

■HP：13536/13536(+9024)

■MP：16857/16857(+11238)

■筋力：2855(+640)

■耐久：2467(+640)

■敏捷：3414(+640)

■魔力：4011(+640)

■幸運：3077(+640)

■装備

ルミエスト指定制服(C級)

偽装の髪留め(A級)

ローファー(D級)

■スキル

色調侵犯(固有スキル)　格闘術(S級)

緑魔法(S級)　飛行(S級)　気配察知(S級)

危険察知(S級)　魔力察知(S級)

隠蔽察知(S級)　拷問術(S級)　舞踏(S級)

演奏(S級)　自然治癒(S級)　味覚(B級)

屈強(S級)　精力(S級)　剛力(S級)

鉄壁(S級)　鋭敏(S級)　強魔(S級)

豪運(S級)

■補助効果

魔王の加護

隠蔽(S級)　偽装(S級)

■スズ Suzu

■15歳／女／超人／忍者
■レベル：101
■称号：死神の愛弟子
■ＨＰ：1966/1966
■ＭＰ：89/89

■筋力：2041
■耐久：575
■敏捷：2708（+320）
■魔力：160
■幸運：1310

■装備
風雷棒（S級）　クナイ（C級）×?
手裏剣（S級）（C級）×?
手作りのシニヨンキャップ（C級）
狂怒旗袍（S級）　功夫鞋（C級）

■スキル
影分身（固有スキル）　剣術（B級）
槍術（B級）　棒術（S級）　格闘術（S級）
投擲（A級）　軽業（S級）
危険察知（B級）　隠蔽察知（B級）
隠密（B級）　天歩（B級）　鋭敏（A級）
成長率倍化　スキルポイント倍化
■補助効果
隠蔽（S級）

■シン・レニィハート Sin Lennyheart

■34(+?)歳／女／魔人／脚士

■レベル：■■■

■称号：不羈《ふき》

■ＨＰ：アートよりも屈強!

■ＭＰ：アートよりもバランスが良い!

■筋力：アートよりも強い!

■耐久：アートよりも頑丈!

■敏捷：アートよりもやっぱりバランスが良い!

■魔力：アートよりも絶対的にバランスが良い!

■幸運：アートよりも豪運で悪運が強くて強々!

■装備

試銃ハザードクラスター(S級)

眼帯(E級)　ギルド総長服(S級)

暴嵐獣の革ブーツ(S級)

■スキル

■外(固有スキル)

■神■(固有スキル)

―――

■補助効果

隠蔽(S級)　偽装(S級)

■アート・デザイア Art desire

■28（+?）歳／男／ダークハイエルフ／演奏家
■レベル：[redacted]
■称号：縁無《ふちなし》
■ＨＰ：シンよりもシャープ！
■ MP：シンよりも魔力に愛されている！

■筋力：シンよりも女性的！
■耐久：シンよりも愛され系！
■敏捷：シンよりもスピーディー！
■魔力：シンよりも魔力に慕われモテて最早アイドル！
■幸運：シンよりも悲運な感じが尚更に人気の秘訣！

■装備
先進の眼鏡（A級）
グローバルテーラードジャケット（A級）
朔月の髪留め（A級）
グローバルストレートパンツ（A級）
グローバルドレスシューズ（A級）

■スキル
紙[redacted]（固有スキル）

———

■補助効果
なし

あとがき

『黒の召喚士16　迷宮国の冒険者』をご購入くださり、誠にありがとうございます。ソイヤソイヤ！　と、テンション高めの迷井《まよい》豆腐《どうふ》です。WEB小説版から引き続き本書を手にとって頂いた読者の皆様は、いつもご購読ありがとうございます。

今回何よりも先に触れておかねばならないのが、『黒の召喚士』のアニメ化についてでしょう。WEBで連載を開始したのが2014年、全く予想もしていなかった書籍化を果たしたのが2016年、そしてこの度、アニメーションが制作される事となりました。……いえ、嘘《うそ》なんかじゃないんですよ。マジなんですよ。文庫本の帯を見てくださいよ。流石《さすが》に嘘情報を記載してまで、騙《だま》そうなんて考えていませんって。信じた？　ねえ、信じた？　ちなみに、作者は未《いま》だに半信半疑。

とまあ、そんな茶番をさて置き。いやあ、まさかアニメ化までする事になるとは、筆を執り始めた頃は欠片《かけら》も思っておらず……あの頃の私がこの事実を知ったら、一体どんな反応をするでしょうか？　いやいや、まさかまさかと、絶対に信じないと思います。しかし現実とは不思議なもので、ケルヴィンやクロト、ジェラール、エフィル達《たち》が画面の向こうで動き回る事になるんですよね。いやあ、ホントになぁ……（感嘆）。

あ、それともう一つお知らせです。本書の発売日、その同日に同レーベルのオーバーラップ様より、『黒鴉《くろう》姉妹の異世界キャンプ飯』を出版させて頂きました。『黒の召喚士』とちょっぴり似た異世界で、メルにも負けない腹ペコ姉妹が活躍する料理（？）小説です。いや、バトルもあるから、一概に料理小説とも言えないのかもしれませんが……まあ、作者なりの料理小説なんです！　バトル３：料理７くらいの黄金比！　どうかこちらの作品も、よろしくやってくだせぇ！　いや、ホントに！

最後に、本書『黒の召喚士』を製作するにあたって、イラストレーターの黒銀様とダイエクスト様、アニメーション制作に関わる皆様、そして校正者様、忘れてはならない読者の皆様に感謝の意を申し上げます。それでは、次巻でもお会いできる事を祈りつつ、引き続き『黒の召喚士』をよろしくお願い致します。

迷井豆腐

迷井豆腐が贈る「黒」シリーズ最新作!

ドラゴンは、じつはとってもおいしいの。

姉・美味《みみ》。好きなことは食べること。妹・甘露《かんろ》。好きなことは食べること。
そんな食べることが大好きな黒鵜《くろう》姉妹は、
異世界へと転生しても変わることはなかった。
モンスター討伐専門の新鋭冒険者である彼女たちは、旅を続ける。
それもこれも、「知らないものを、おいしいものをお腹いっぱい食べるため」。
異世界の魔物や植物をおいしく調理、そして残さずごちそうさま。
今日も今日とて彼女たちは、異世界のすべてを食い尽くす！
「「さあ、待望のご飯タイムを始めましょうか」」
「黒」シリーズ最新作。迷井豆腐が贈る異世界グルメ譚、ここに開幕！

黒鵜姉妹の異世界キャンプ飯［1］

KUROU SHIMAI NO ISEKAI CAMP-MESHI

ローストドラゴン×腹ぺこ転生姉妹

迷井豆腐
ILLUST たん旦

NOW ON SALE!

作品のご感想、
ファンレターをお待ちしています

あて先

〒141-0031
東京都品川区西五反田 8-1-5 五反田光和ビル4階
オーバーラップ文庫編集部
「迷井豆腐」先生係／「ダイエクスト、黒銀（DIGS）」先生係

PC、スマホからWEBアンケートに答えてゲット！

★この書籍で使用しているイラストの『無料壁紙』
★さらに図書カード（1000円分）を毎月10名に抽選でプレゼント！

▶https://over-lap.co.jp/824001108
二次元バーコードまたはURLより本書へのアンケートにご協力ください。
オーバーラップ文庫公式HPのトップページからもアクセスいただけます。
※スマートフォンとPCからのアクセスにのみ対応しております。
※サイトへのアクセスや登録時に発生する通信費等はご負担ください。
※中学生以下の方は保護者の方の了承を得てから回答してください。

オーバーラップ文庫公式 HP ▶ https://over-lap.co.jp/lnv/

OVERLAP

黒の召喚士 16
迷宮国の冒険者

発　　行　2022年2月25日　初版第一刷発行
　　　　　2022年6月17日　　　第二刷発行

著　　者　迷井豆腐

発 行 者　永田勝治

発 行 所　株式会社オーバーラップ
　　　　　〒141-0031　東京都品川区西五反田 8-1-5

校正・DTP　株式会社鷗来堂

印刷・製本　大日本印刷株式会社

©2022 Doufu Mayoi
Printed in Japan　ISBN 978-4-8240-0110-8 C0193

※本書の内容を無断で複製・複写・放送・データ配信などをすることは、固くお断り致します。
※乱丁本・落丁本はお取り替え致します。下記カスタマーサポートセンターまでご連絡ください。
※定価はカバーに表示してあります。
オーバーラップ　カスタマーサポート
電話：03-6219-0850／受付時間 10:00～18:00（土日祝日をのぞく）

第10回 オーバーラップ文庫大賞
原稿募集中！
イラスト：KeG
紡げ、魔法のような物語！
【賞金】
大賞…300万円
（3巻刊行確約＋コミカライズ確約）
金賞……100万円
（3巻刊行確約）
銀賞………30万円
（2巻刊行確約）
佳作………10万円
【締め切り】
第1ターン 2022年6月末日
第2ターン 2022年12月末日
各ターンの締め切り後4ヶ月以内に佳作を発表。通期で佳作に選出された作品の中から、「大賞」、「金賞」、「銀賞」を選出します。
投稿はオンラインで！ 結果も評価シートもサイトをチェック！
https://over-lap.co.jp/bunko/award/
〈オーバーラップ文庫大賞オンライン〉
※最新情報および応募詳細については上記サイトをご覧ください。
※紙での応募受付は行っておりません。